Les perles noires
de Jackie O.

Du même auteur

Actrice, Le cherche midi, 2005 ; Pocket, 2007.
Grand amour, Le cherche midi, 2011 ; J'ai lu, 2016.
Les gens sont les gens, Le cherche midi, 2013 ; Pocket, 2014.
Amuse-bouche, Le cherche midi, 2017.

Stéphane
CARLIER

Les perles noires de Jackie O.

ROMAN

J'AI LU

© Le cherche midi, 2011.

Pour Steve Louvet

Première partie

Oh, Gabriela !

1

Lundi 1ᵉʳ décembre, 6 h 06

Elle avait un truc, au réveil, pour éviter de sauter de son sixième étage ou d'aller se jeter dans l'East River. Un truc tout simple, qu'elle avait vu chez Oprah (la présentatrice l'avait mimé, allongée sur le canapé où elle recevait ses invités). Il suffisait, à peine sorti du sommeil, de rester au lit une ou deux minutes supplémentaires pour y dresser mentalement la liste des choses qui nous font du bien. Les grands bonheurs, les petits plaisirs. Un régime qui commence à porter ses fruits, un concerto pour piano de Mozart. Cette jupe qui ne vous vaut que des compliments, ce type du service informatique qui ne vous lâche pas du regard à la cantine. « Vous sentirez immanquablement un sourire se dessiner sur votre visage et vous n'aurez qu'une envie, bondir hors du lit et entamer cette journée ! » avait promis Oprah, en brandissant un poing vainqueur.

Pour Gaby, c'était devenu un réflexe. Chaque matin, à peine lucide, le cerveau encore imprégné des images de ses rêves, elle déclenchait son sonar à réjouissances aussi automatiquement que sa main cherchait autrefois son paquet de cigarettes sur la table de chevet. Et ça marchait, même si la liste qu'elle établissait était toujours un peu la même. Elle ne bondissait peut-être pas hors du lit mais au moins elle ne s'y asseyait plus pour se mettre à pleurer, comme elle le faisait encore il n'y a pas si longtemps.

Il y avait le chocolat chaud qu'elle prenait chez Edgar's à la fin de son service, les jours où elle travaillait chez madame Friedman. Rien ne lui plaisait tant que de le boire en terrasse en regardant les gens passer sur Amsterdam Avenue. Il y avait l'argent qu'elle touchait quand c'était jour de paie. Ces billets de vingt et de cinquante sur lesquels elle faisait glisser son fer à repasser avant de les déposer à la banque. Il y avait Eusebio, son petit-fils, sa raison de vivre, et le sourire qu'elle échangeait avec le vieux Noir qui tapait sur sa caisse en bois à la station Main Street. Il y avait les fêtes de fin d'année qui approchaient, les marrons chauds, les merveilleuses vitrines de Macy's...

Et, ce matin-là, elle eut deux autres visions.

Celle d'une part de gâteau dans son frigo, d'abord. Un reste de cake à la banane que lui avait donné Madeleine Romero, une de ses patronnes, à la fête d'anniversaire de son fils. Très riche, très sucré, il avait pratiquement l'effet d'une drogue hallucinogène. Il envoyait dans un pays imaginaire, une région enfantine où tout était jaune bouton-d'or, rubans de satin, jeux et comptines. Depuis deux jours, elle s'en repaissait le plus lentement possible, seule dans sa cuisine, en émettant un « Mmmm » langoureux chaque fois qu'une bouchée entrait en contact avec son palais.

Et puis, David... David, qu'elle n'avait jamais vu qu'en photo. Brandissant fièrement un diplôme, jouant au frisbee dans un parc ou pilotant un hors-bord, torse nu. Ses cheveux bouclés, son corps mince et musclé, son goût pour les sports de plein air rappelaient John Kennedy Jr, mais sa blondeur et son regard clair le faisaient dépasser John-John en beauté, au moins aux yeux de Gaby.

Un des clichés le montrait en gros plan, serrant contre lui une jeune femme, au terme de ce qui ressemblait à une chaude journée d'été. Le bronzage faisait ressortir ses yeux verts et ses taches de rousseur. Ce regard fixe et volontaire qu'elle connaissait par cœur, il lui arrivait encore de le contempler des minutes durant, béate d'admiration, en se demandant comment un tel miracle de sensualité était possible.

Ce bellâtre était le filleul d'Irving Zuckerman, chez qui elle faisait le ménage depuis 1999. Monsieur Irving, comme elle l'appelait. Un marchand d'art ne jurant que par l'expressionnisme abstrait, les céramiques de l'époque Ming et les photos de Robert Mapplethorpe. Un esthète, que son âge avancé (76 ans) n'empêchait pas de parcourir le monde (il pouvait s'envoler pour Florence sur un coup de tête dans le seul but d'y revoir un détail de la Sainte Famille de Michel-Ange). Un humaniste, que ses manières exquises faisaient passer pour un excentrique dans cette ville de sauvages...

Il était d'ailleurs celui de ses employeurs avec lequel elle s'entendait le mieux. Leurs relations ne dépassaient que timidement le cadre professionnel, mais lorsqu'il lui parlait de météo ou de transports en commun on sentait qu'il s'inquiétait vraiment de savoir si elle avait souffert du froid ou de l'interruption du courant dans le métro new-yorkais.

Minuscule et nerveux, le visage lisse, mangé par une énorme monture de lunettes et déformé par un rictus le faisant sourire en permanence, il vivait seul, ou presque. Une petite chienne partageait sa vie depuis presque douze ans, un carlin sympathique et ventru répondant au doux nom de Carmen.

Monsieur Irving était riche. Immensément, du point de vue des gens comme Gaby, mais raisonnablement si on rapportait sa fortune à celle des habitants de son quartier, l'un des plus cotés de Manhattan. Il vivait à quelques encablures du Metropolitan Museum, entre Park et Lexington, où il fallait au moins être millionnaire pour se loger aujourd'hui. Tout était différent quand il avait acheté son trois-pièces à la fin des années 1970 – ce qu'il avait fait, surtout, pour rendre service à une amie vieillissante de sa mère qui piaffait d'impatience d'aller s'installer en Floride.

L'immeuble, pompeusement baptisé le Mayfair, était d'un luxe excessif et un peu toc, avec son doorman en habit planté sous l'auvent entre deux pots de lierre et son hall comprenant frises, colonnes en stuc et statues de nymphes.

L'appartement témoignait de plus de goût et de subtilité. Situé au quatrième étage, il était conçu autour d'un large couloir recouvert d'une moquette sable où, de part et d'autre, des lumières incrustées dans le plafond éclairaient de petites toiles de maîtres. À droite, un grand salon où deux canapés écrus encadraient un incroyable tapis persan dont le bleu-gris semblait sorti d'un songe. Cheminée de marbre blanc, fauteuil marquise rayé vert et crème, commode Louis XV exhibant un bronze grandiose (Thésée terrassant le Minotaure).

Plus loin, la salle à manger jouait du contraste entre la rusticité d'une longue table en chêne et l'exubérance d'un lustre délirant qu'on aurait dit dessiné par Miró. Sur le mur du fond, comme une profession de foi, se dressait une toile monumentale et tapageuse, explosion de couleurs typique de l'École de New York, un des dadas du maître de maison. De là, une porte discrète ouvrait sur son bureau, un cabinet de travail dans les tons havane, que d'épais stores vénitiens maintenaient dans une pénombre étudiée. La pièce préférée de Gaby, à cause de son silence et de l'odeur de bois vernis de sa bibliothèque.

La chambre, de l'autre côté du couloir, parlait d'Irving plus que de Zuckerman. D'Irving enfant, précisément, qui, avant de devenir un homme ayant fait du bon goût son credo, s'était semble-t-il rêvé en Scarlett O'Hara. Le papier peint reproduisait à l'envi le dessin d'un gros bouquet de pivoines, trois fleurs fuchsia tenues par un ruban vert pâle, motif que reprenaient les draperies encadrant les deux fenêtres dans des effets redondants de plis. Le lit, où quatre personnes pouvaient tenir, était la bête noire de Gaby : le faire demandait un temps infini et une force de galérien, le plus pénible étant de remettre en place la vingtaine d'oreillers et de coussins qui y était disposée selon un ordre immuable. Dentelle, franges, pompons...

Entre les fenêtres, un secrétaire en acajou présentait une potiche en porcelaine de Canton et une lampe à l'abat-jour rose pâle éclairant trois petites huiles de l'époque victorienne, des portraits de chiens de race fixés au mur dans le sens de la hauteur. En face du lit, sur une commode campagnarde, étaient posés un miroir ovale et un bouquet de fleurs, les préférées de Zuckerman, des hortensias blancs livrés chaque semaine.

Au-dessus, tout l'espace qu'offrait le mur était couvert de photos soigneusement encadrées. Et c'est là, parmi les souvenirs de réunions de famille, d'événements mondains et autres rencontres avec les grands de ce monde (Al Gore, la Callas) que se trouvaient les portraits du filleul chéri.

La collection avait bien changé en quinze ans, Irving y mettait régulièrement de l'ordre. Telle relation reniée en disparaissait du jour au lendemain, tel cliché de sa petite enfance, retrouvé par sa sœur dans un grenier du Maine, y faisait son apparition. Les couples se faisaient, se séparaient, les enfants naissaient, grandissaient... Et c'est ainsi qu'au fil des ans Gaby avait vu David, adolescent dégingandé toujours en retrait sur les photos de groupe, devenir un homme bientôt trentenaire au charisme solaire.

Elle ne l'avait jamais rencontré alors même qu'Irving, lorsqu'il quittait New York, mettait désormais l'appartement à la disposition de son filleul. Ce dernier, gestionnaire de fortunes à Los Angeles, en profitait pour régler des affaires, voir les amis qu'il avait de ce côté-ci du pays, ou simplement changer d'air, lui qui professait détester la Californie.

L'absence de chambre d'amis faisait que les deux hommes ne pouvaient que se croiser. David mettait même un point d'honneur à quitter les lieux avant le retour de son parrain. Il arrivait en général le vendredi soir ou le samedi matin et s'en allait le lundi, journée que Gaby passait à l'appartement. Mais, à cause du stupide horaire de son vol qui le faisait décamper aux aurores, elle ne l'avait encore jamais trouvé à son arrivée, vers 9 heures.

La semaine précédente, Irving lui avait demandé de plier trois chemises en prévision d'un voyage à Austin, où avait lieu une vente de jouets anciens. Elle avait immédiatement pensé à David et, sans rien laisser paraître, avait attendu la suite.

« Trich promènera Carmen, et Ross lui donnera à manger, comme d'habitude. » (Trich, l'étudiante qui sortait Carmen le matin, et Ross, l'intendant de l'immeuble, qui venait la nourrir quand son maître s'absentait.)

Quelques minutes s'étaient écoulées dans le silence. De la chambre, Gaby était passée à la cuisine, où son patron avait fini par se montrer. Là, en ouvrant un tiroir, il avait murmuré, comme pour se le rappeler à lui-même : « Je passerai prendre des chouquettes chez Payard, David les adore. »

Elle n'avait pu réprimer un sourire.

Il viendrait. Il foulerait cette moquette, dormirait dans ce lit, respirerait cet air. Il se déshabillerait dans cette salle de bains, ferait couler l'eau de cette douche sur son corps nu.

Alors, en continuant à verser de l'eau déminéralisée dans son fer à repasser, elle décida quelque chose. Lundi prochain, elle programmerait son réveil à 6 heures au lieu de 6 h 30. Elle ne prendrait qu'une tasse de chocolat, pas plus de deux muffins, et se dispenserait de yaourt. En route, elle ne s'arrêterait ni chez le teinturier ni chez le fleuriste (elle irait plus tard, dans la journée). Elle arriverait au Mayfair plus tôt que d'habitude et, enfin, rencontrerait David.

2

Lundi 1ᵉʳ décembre, 8 h 11

Quand elle émergea du métro, 77ᵉ rue, il faisait jour et grand soleil. Comme pour lui rappeler, si c'était nécessaire, qu'elle vivait en enfer et travaillait au paradis. Elle avait quitté Flushing dans une fin de nuit poussive, poisseuse et battue par les vents (même le soleil n'avait pas envie de s'y montrer), et à Manhattan, c'était avril en décembre.

Dans cette douceur inattendue, le quartier révélait ses couleurs, sa beauté, qui étaient d'une autre époque. On aurait dit que chacun prenait la pose en attendant d'être croqué par Norman Rockwell : élégantes s'attardant devant une vitrine de chapeaux, peintre sifflotant en haut de son échelle, lévrier afghan impatient de se retrouver dans le parc, tirant avec force sur sa laisse.

Louis, le doorman du Mayfair, l'accueillit en souriant de toutes ses dents. Jouant des sourcils sous la visière de sa casquette un peu grande, il lui lança « Il est là » de sa voix chaude, comme s'il entonnait un air de blues. Oui, il était là, elle le savait, elle n'avait pensé qu'à ça depuis le réveil...

Devant la porte de l'appartement, elle se tint un moment, le cœur cognant dans la poitrine. Elle mit de l'ordre dans ses cheveux, inspira profondément, puis, très vite, sortit la clef de sa poche et ouvrit.

Elle entra timidement, toussota pour signaler sa présence.

Monsieur Irving se montra aussitôt – il venait du salon. « Ah, Gaby ! »

Il avait à la main le combiné de son téléphone fixe.

« C'est idiot, j'ai laissé mon téléphone portatif...

— Votre portable ?

— Mon portable. Je l'ai laissé à Austin, ils sont en train de voir si... » Il raccrocha brusquement. « Je rappellerai. Les Texans sont très gentils, mais d'une lenteur... Gaby, dites-moi que vous avez donné le smoking au teinturier.

— Oui, dit-elle en déboutonnant le haut de son imper. Il est prêt, j'irai le chercher ce matin.

— Vous êtes parfaite, vous savez ça ? »

Il la scrutait, bouche grande ouverte, comme s'il attendait une réponse pleine d'esprit. Mais, à 8 heures du matin, après une heure de transports en commun et sous le coup d'une déception majeure, Gaby n'avait pas le cœur à faire des mots.

« J'espère qu'ils ne vont pas encore agrafer leur petit papier rose à l'étiquette, reprit Irving. Je leur ai demandé, vous savez, j'y suis passé l'autre jour et je leur ai demandé de mettre une aiguille toute simple, parce que les agrafes, ça gratte dans la nuque. Eh bien, écoutez, j'avais l'impression de parler à des carpes ! Ah, il y a quelque chose que je voulais vous... Venez ! »

Il fila vers le salon. Gaby posa son sac dans le couloir et lui emboîta le pas. Elle le retrouva dans la salle à manger, l'index pointé sur la tablette en marbre recouvrant l'un des radiateurs.

« Je ne sais pas ce qu'a fait David, je ne veux pas le savoir, il est chez lui quand il est ici, mais, bon, c'est tout de même très gênant. »

Il désignait une tache sur la tablette. Une petite tache brune comme celle d'une cigarette. Gaby, penchée, l'observa une seconde, avant de commencer à la gratter du bout de l'ongle. « C'est rien du tout, ça. Un coup d'Ajax et c'est bon. »

Zuckerman tapa dans ses mains.

« Ma petite Gaby, vous êtes une fée ! Bon, je vous laisse, je vais à une réunion de la société des amis d'Andrew Carnegie. Ça me barbe plutôt qu'autre chose, ce sont tous des vieux crabes, mais on y mange très bien ! »

Il disparut en fredonnant. Gaby retourna dans le salon, où elle finit de se déboutonner. Elle commençait à peine à se poser que son patron passa la tête par la porte : « J'oubliais : régime sec pour Carmen ! Vous ne lui donnez rien de la journée ! Elle a encore vomi dans la chambre, rien de méchant, vous verrez, j'ai mis une feuille de papier pour que vous ne vous laissiez pas surprendre... »

Elle hocha la tête. Le vieil homme lui adressa une petite grimace à la signification obscure et se volatilisa. Elle entendit la porte claquer, le tintement de l'ascenseur sur le palier, et se retrouva plongée dans le silence.

Elle enleva son manteau et fit quelques pas dans la pièce, comme si elle y était perdue...

Elle avait loupé David, cette fois encore. C'est à croire qu'il le faisait exprès, qu'il l'évitait. À quelle heure avait-il pu partir ?

Elle rangea son imper dans la penderie du couloir puis se rendit dans la cuisine, où elle alluma. Elle aimait cette cuisine avec son plan de travail en granit toujours impeccable et le ronron sécurisant de ses appareils. Elle ouvrit le frigo et y trouva exactement ce qui lui fallait : des chouquettes ! L'emballage avait été déchiré mais David n'en avait mangé que quelques-unes sur la douzaine qu'avait achetée son parrain. Une en moins ne ferait pas de différence. Elle attrapa le plus gros chou du sachet et s'assit pour le déguster...

Elle ne demandait pourtant pas l'impossible. Elle ne s'attendait pas à ce que David, en la voyant, se mette à genoux et lui demande de refaire sa vie avec lui. Une femme de ménage ! Une femme de ménage de 62 ans, en surpoids et sujette à l'aérophagie ! (Elle se faisait glousser.) Bien sûr, chacun devait rester à sa place. Mais cet homme qui mettait de la beauté dans sa vie à distance, elle aurait aimé le voir, juste une fois. Le sentir.

Le voir, le sentir...

Elle se leva subitement et traversa l'appartement. Dans la chambre, les coussins d'ornement gisaient, par terre, près d'une feuille de papier absurde signalant par une flèche le vomi de la chienne. Gaby se saisit du seul oreiller resté sur le lit, y plongea le visage et inspira profondément... Rien. Rien d'autre que le parfum de muguet de l'adoucissant qu'elle utilisait pour le linge de maison.

Elle revint sur ses pas et se promena, en quête d'indices que David aurait laissés de son passage. Il lui serait très facile de les repérer, l'appartement n'avait pas de secrets pour elle et les habitudes de Zuckerman (par ailleurs très soigneux) encore moins. Mais son butin se révéla bien maigre : un filtre de Marlboro light écrasé sur le balcon et une revue retrouvée au pied d'un canapé (un numéro du mensuel *Sotheby's* répertoriant les appartements de luxe à vendre à New York).

Et puis elle entra dans le bureau d'Irving.

Quelqu'un y était passé. Les persiennes y dispensaient plus de jour qu'à l'ordinaire et, sur la table, se trouvait un bloc de papier à lettres habituellement rangé dans le tiroir. On s'en était servi. On avait même fait des boules de papier qu'on avait jetées dans la corbeille.

Gaby se pencha, plongea la main dans le panier et en sortit une enveloppe sur laquelle était sobrement inscrit « Irving ». L'écriture n'était pas celle de son patron (qui n'avait aucune raison de s'écrire à lui-même) et pouvait très bien être celle d'un jeune gestionnaire de patrimoine : tenue, un rien puérile et affectée.

David avait écrit à son parrain. Tiens.

Intriguée, elle déplia une première boule de papier. Il ne s'agissait pas d'un brouillon mais d'une lettre, signée « David ». Elle entreprit de la lire... Très vite, ses mains se mirent à trembler.

Cher Irving,

J'ai changé la combinaison du coffre, comme on avait dit. Il faut maintenant faire 22-07-38 (ta date de naissance moins une semaine, tu te souviendras).

J'ai pris 2 000 dollars pour le cadeau de Laurie. Il reste donc 164 400 dollars (tablette du haut). Les six lingots sont rangés en dessous, avec les perles de Jackie O.

Surtout, détruis ce mot dès que tu l'auras lu, qu'il ne tombe pas dans des mains étrangères.

À dimanche,

David.

Son cœur loupe un battement, il lui faut s'asseoir.

Le coffre, le petit coffre derrière les livres, elle voit très bien. Monsieur Irving lui avait dit, après le krach de 2008, qu'il ne fallait pas mettre toutes ses économies à la banque. Comme si elle était concernée, comme si elle avait la moindre économie…

164 000 dollars, à portée de main. Elle peut se servir, se servir et foutre le camp, quelle heure est-il ? 8 h 39. Elle peut se servir, foutre le camp, et à 8 h 44 elle est une femme riche, riche et libre. Elle retourne en Colombie, elle retourne au pays. Là-bas, elle se teint en blonde, fait faire des faux papiers, elle sait à qui demander ça, à Bogotá. Après quoi, elle repart, elle va n'importe où mais elle ne revient pas, ah ça, non ! Son trou à rat à Flushing, elle le laisse, il ne lui

manquera pas. Son trou à rat, son boulot de merde, attendre le métro sur un quai qui sent l'urine, découper les coupons de réduction dans le journal du dimanche, les fissures, les fuites, les cafards, tout ce froid, toute cette crasse, l'Amérique peut les garder...

164 000 dollars, et les lingots, et les perles... Les perles ! Elle se souvient quand Zuckerman les a achetées, c'était dans le *New York Post*. Une grosse vente aux enchères, les Kennedy se séparaient des effets de Jackie. Il avait acheté le collier, il était content, il en parlait, racontait comment il avait cru qu'il lui échapperait. Des perles noires, magnifiques... Quelle bêtise au passage d'avoir pensé qu'il détruirait ce mot ! Il ne détruit pas les mots, monsieur Irving, ce n'est pas du tout son genre. Il en fait des boules qu'il jette dans la corbeille et il passe à autre chose. Elle le sait, Gaby, elle le connaît. Elle n'aurait jamais fait comme ça, elle, jamais tout écrit sur un bout de papier...

Son cœur bat la chamade, ses acouphènes n'ont jamais sifflé aussi fort, ils vont faire exploser son crâne. Elle n'en revient pas, met sa main sur sa bouche. En quelques secondes, tout a changé. Elle qui n'était qu'une figurante de sa propre existence en est devenue le centre, elle a maintenant le pouvoir de décider, d'infléchir le cours des choses, de changer sa vie et celle de quelques autres. Elle n'a qu'à se lever, faire les quatre pas qui la séparent de la bibliothèque, pousser les livres, entrer la combinaison et se servir. Elle mettra peut-être un peu de temps à retrouver l'emplacement du coffre sur le mur, mais elle y arrivera. C'est là, par là, derrière les reliures en cuir, les encyclopédies rouges. Elle se sent capable, se dit qu'elle va le faire, seulement voilà, le choc a été rude. À 62 ans, Gaby est dans un état général, comment dire, très moyen. Tension, cholestérol, aérophagie, phlébite dans la jambe droite, lumbago en sommeil, thyroïde capricieuse, étourdissements, raideurs, fatigue – fatigue, surtout. Si elle se lève, elle tombe. Sans compter qu'elle tremble tellement qu'elle serait incapable de taper la combinaison sur le clavier. Il faut qu'elle se détende ou elle va nous faire une crise cardiaque. On n'arrive à rien dans la précipitation. Faire le vide, respirer, quelques secondes. Fermer les yeux, voilà, comme ça...

Elle entend le carillon, à l'autre bout de l'appartement. Elle ouvre les yeux, tend l'oreille. Quelqu'un introduit une clef dans la serrure. Quelqu'un entre. C'est monsieur Irving, elle en est sûre. Il s'est souvenu qu'il n'a pas détruit le mot de David et revient pour le faire...

Elle se lève, jette la lettre dans la corbeille, remet le tout en place. La porte d'entrée claque. Gaby sort du bureau aussi vite qu'elle peut et réalise qu'elle n'a pas mémorisé la combinaison. Si Zuckerman revient pour détruire le mot, elle ne pourra plus jamais ouvrir le coffre. Elle fait demi-tour, s'agenouille, plonge la main dans la corbeille, en sort une boule, qu'elle déplie en s'efforçant de ne pas trembler. Ce n'est pas la bonne lettre, c'est un brouillon, une feuille avec écrit « Cher parrain », et c'est tout. Elle entend des bruissements dans l'appartement, quelqu'un vient. Elle a envie de pleurer, de hurler. Elle attrape une autre boule de papier, la déplie, c'est la bonne. Ah, oui, la date de naissance d'Irving moins une semaine. « 22 juillet 38, 22 juillet 38, 22 juillet... » Elle s'arrête net. Elle sent une présence dans son dos, se sait observée. C'est foutu, c'est dommage. Elle se retourne.

Sur le pas de la porte, la chienne la regarde. Gueule ouverte, langue pendante, essoufflement caractéristique du retour de promenade. Son regard affligé semble dire : « Tu es en train de faire une connerie ou je me trompe ? » Au même instant, une voix appelle de la cuisine : « Carmen ! Viens boire un coup, ma fille ! » Trich, l'étudiante qui la promène le matin. La chienne détale.

Gaby plie la lettre en quatre et la glisse dans la poche arrière de son jean. Elle prend appui sur le bureau, se lève avec peine. Vertige. Elle respire un grand coup, remet ses cheveux en place. Elle se dirige vers la fenêtre et, le plus naturellement du monde, règle le niveau d'ouverture des persiennes. Elle revient sur ses pas, range le bloc de papier dans le tiroir du bureau. Elle se baisse, attrape la corbeille et sort de la pièce en fermant derrière elle. Dans la cuisine, elle videra la corbeille dans la poubelle, saluera Trich, lui demandera comment elle va. Son calme la surprend. L'adrénaline a joué son rôle : à la panique a succédé une étonnante maîtrise de soi et de ses gestes. Il faut dire qu'il ne s'est rien passé dans ce bureau. Enfin, presque. Elle a juste repris sa vie en main.

3

Mardi 2 décembre, 2 h 09

Elle ne pouvait pas faire le coup elle-même. On saurait tout de suite que c'est elle, il lui faudrait vivre cachée, recherchée, ses proches seraient inquiétés, elle n'aurait plus de contacts avec eux, plus de contacts avec Eusebio, sa vie deviendrait un cauchemar.

Cette évidence s'imposa alors qu'elle se trouvait dans son lit, blottie sous les couvertures, dans une position qui avait à peine changé depuis qu'elle s'était couchée. Le corps raide, les mains jointes au niveau de la poitrine, le cerveau totalement mobilisé par la découverte qu'elle avait faite le matin même. Elle n'avait pas de mal à trouver le sommeil, elle ne le cherchait pas. Dormir était, pour une fois, le dernier de ses soucis.

Si le contenu du coffre disparaissait, son nom serait le premier sur la liste des suspects... Et si le vol se produisait un autre jour que le lundi ? Imaginons qu'elle revienne dans l'appartement, à l'insu de Zuckerman – après tout, elle avait la clef. Comment, dans ce cas, déjouer l'attention du doorman ? Sans compter les deux caméras qui filmaient les allées et venues devant l'immeuble et dans le hall...

À moins qu'elle ne reste dans l'appartement, un lundi après son service, tout en faisant croire qu'elle l'avait quitté à l'heure habituelle. Elle pourrait se planquer dans la penderie de l'entrée, monsieur Irving ne l'ouvrait jamais. Non, la chienne la sentirait, elle se planterait devant le placard et couinerait de plus en plus fort... Elle pouvait se cacher au sous-sol de l'immeuble. Dans la douche, la petite douche inutilisée, à côté de la laverie. Elle attendrait tranquillement que le temps passe et, plus tard, dans la nuit, remonterait dans l'appartement. Impossible : la chienne réveillerait tout l'immeuble à son arrivée.

Elle risqua une main hors de la couette, jusqu'au réveil qu'elle alluma en appuyant dessus : 2 h 13. Elle devrait se lever dans moins de cinq heures et n'avait pas dormi une minute.

Ses yeux se posèrent sur la verveine qu'elle s'était préparée en se couchant et qu'elle avait oublié de boire (après avoir laissé l'eau bouillir sur le feu). Elle avait passé sa journée la tête ailleurs. Elle avait loupé sa correspondance à Jackson Heights et avait perdu vingt-cinq minutes à récupérer le métro dans l'autre sens. Elle avait complètement zappé le jardinier qui venait tailler les arbustes sur le balcon de Zuckerman. Il avait trouvé porte close en arrivant à 15 heures. Forcément, elle s'occupait du linge, au sous-sol. Il lui avait dit qu'il attendait depuis un quart d'heure, que ce n'était « pas cool », mais elle voyait bien qu'il était soulagé de la voir arriver.

Et si elle remplaçait le contenu du coffre par des faux ? Faux billets, faux lingots, faux collier. Elle annonce à monsieur Irving qu'elle va prendre sa retraite et, à quelques jours du départ, elle remplace les vrais par les faux. Pour se procurer des faux, elle passerait par Nando... Nando ! Elle ne l'avait pas vu depuis quoi, vingt-cinq ans ? Il était probablement mort. La dernière fois qu'elle avait eu de ses nouvelles, c'était par Liliana, sa fille, qu'elle avait croisée chez Rite Aid, trois ou quatre ans plus tôt. Elle lui avait appris que son père était dans une maison pour vieux à Baltimore. Nando dans une maison de retraite ! Un lion dans une cage à lapins !

De toute façon, avec cette histoire de faux, elle se retrouvait au point de départ, à savoir qu'on comprendrait très vite que c'est elle.

Ça aiderait, si elle était plus intelligente. Oprah prétendait qu'on n'avait pas besoin d'être intelligent pour réussir, que la chance et la persévérance étaient plus importantes. Elle devait dire ça pour rassurer son public. Dans le cas présent, il est clair qu'un peu d'intelligence en plus serait d'une grande utilité... Comment procéderait un esprit supérieur ? Comment aborderait-il le problème ? Il mettrait de côté toute forme d'excitation, de passion, pour considérer la situation le plus froidement possible (très bien, elle évacuait toute excitation). Il se demanderait ensuite quel serait le meilleur moyen d'innocenter Gaby. Ce serait, bien sûr, de faire porter les soupçons sur quelqu'un d'autre. Elle était bien avancée... À moins que... Et si ce quelqu'un n'était autre que Zuckerman ? Et si sa négligence en faisait le premier responsable ? Sa négligence, ses travers...

L'idée lui vint, d'un coup. Toute faite, toute prête, comme un plat sortant du four.

Elle alluma, s'assit dans le lit et passa en revue les différentes étapes de son scénario. Ou bien elle était vraiment fatiguée et ne se rendait plus compte de rien, ou bien son plan était génial.

Elle se leva, enfila ses mules et une veste en laine. Dans son foutoir près de la fenêtre, elle chercha du papier. Il fallait qu'elle écrive, vite.

Chez elle, on ne trouvait pas de papier à lettres bien rangé dans un tiroir qui sentait bon le bois verni, mais il y avait les relances de l'hôpital Saint-Luke, à la suite de son opération du poignet. Des sommations de payer rassemblées dans une chemise en plastique. Leur verso était vierge. Elle écrirait là-dessus. Elle avait tout dans la tête, elle ne pouvait pas attendre.

Elle fit de la place sur une petite console encombrée de linge. Au moment d'inscrire le premier mot, elle releva la tête. Ses yeux cherchèrent le portrait d'Eusebio encadré au-dessus de la télé. Son petit homme, son angelot. On pourrait l'envoyer à l'université. Il serait le premier des Navarro à mettre les pieds dans une université américaine. Le petit-fils d'une femme de ménage ! Quelle revanche sur la vie !

Bien, commençons par le commencement : ça devait se passer un vendredi.

4

Mardi 2 décembre, 14 h 57

Elle lui avait donné rendez-vous sur la promenade de Battery Park, le long de l'Hudson. Un lieu public où elle pourrait se rendre facilement en sortant de chez madame Friedman. Elle l'attendrait sur un banc, près du mémorial.

Elle l'avait appelé d'une cabine, sur Broadway, un peu après 8 heures. Il n'avait pas l'air surpris, il n'avait même pas demandé pourquoi elle voulait le voir, il semblait juste endormi (sa voix était méconnaissable). Elle n'avait pas donné de détails, seulement insisté pour qu'il soit à l'heure. Il avait dit : « C'est bon. »

Le temps avait changé pendant la nuit. Le ciel s'était couvert d'un voile blanc, uniforme, qui faisait plisser les yeux. Un froid glacial s'était abattu sur la ville. La neige était annoncée en soirée. À la radio, les auditeurs étaient invités à débattre sur le thème « Noël sera-t-il blanc à New York cette année ? » Gaby n'avait pas d'avis sur la question, elle s'était contentée de ressortir sa doudoune du placard.

C'est bon, c'est bon, il avait déjà une demi-heure de retard... Elle le voyait d'ici, se rendormir juste après leur conversation et en avoir tout oublié à son réveil...

Elle se leva, comme sur le départ, en se disant que ça le ferait venir, et l'aperçut alors, qui traversait l'esplanade d'un pas vif. Il lui adressa un sourire à distance qui l'emplit d'une bouffée de tendresse. Il était si touchant, la tête rentrée dans les épaules, les mains blotties dans les poches de son blouson, si touchant de jeunesse avec ses baskets d'ado.

Ce n'est pas ce qui venait à l'esprit quand on pensait à lui. On se souvenait de quelqu'un de gentil, de jovial, qui aimait les voitures et les jeux vidéo. Un peu glandeur, pas très ambitieux. Son côté petit garçon, on l'oubliait facilement, tout comme le fait qu'il serait bientôt papa (il fallait qu'elle pense à prendre des nouvelles de Stephanie).

Et puis, il y avait sa beauté. Elle savait qu'il était beau mais elle oubliait toujours à quel point. La finesse de ses traits, ce sourire impeccable d'acteur de *telenovela*, cette gueule d'amour qui avait transformé Stephanie en monstre de jalousie... En le voyant approcher, elle se dit qu'elle ne pourrait jamais l'embringuer dans son histoire. Demander ça au fils de sa sœur ! Elle était devenue complètement folle, la cupidité lui avait fait perdre la tête !

« Eh, Gaby, *what's up* ?

— Comme tu es beau, *mijo* ! dit-elle, en se jetant dans ses bras.

— Pardon pour le retard, je travaille la nuit en ce moment, je ne me couche pas avant 5 heures du mat'. »

Gaby desserra son étreinte et chercha un mouchoir dans ses poches. Elle pleurait.

« Tout va bien ?

— Je suis tellement contente !

— Tu veux marcher un peu ? »

Elle prit le temps de se moucher et fit oui de la tête.

Ils longèrent la promenade en direction du nord. Gaby, agrippée à son bras, voulait tout savoir. Elle ne l'avait pas vu depuis si longtemps. Était-il heureux ? Que faisait-il de ses journées ? Avaient-ils choisi un prénom pour le petit ? Avaient-ils gardé le chaton qu'ils avaient trouvé, un beau jour, coincé dans leur gouttière ?

Ça allait. Il travaillait toujours pour le TripleTree, à Newark. Il conduisait maintenant le minibus qui faisait la navette entre l'hôtel et l'aéroport. Ça lui plaisait, tout ce qui avait quatre roues lui plaisait, même s'il regrettait les pourboires qu'il touchait comme voiturier. Pour mettre un peu de beurre dans les épinards, dès qu'il avait un moment, il donnait un coup de main à un ami qui vendait des voitures d'occasion à Elizabeth (ils avaient remarqué que le chiffre d'affaires augmentait lorsque Frank était là)... Le bébé ? Ils l'appelleraient Saul, ils adoraient ce prénom tous les deux. Le chaton ? Il l'avait complètement oublié, celui-là, et ne se souvenait plus de ce qui lui était arrivé.

Ils achetèrent des marrons chauds qu'ils se partagèrent en continuant à marcher. Ils évoquèrent Noël, Stephanie, et la dernière fois que la famille s'était réunie au grand complet, à Atlantic City, pour les 90 ans d'une grand-tante de Gaby – c'était la veille de l'intervention américaine en Irak, Frank venait d'avoir 15 ans...

Ils ralentirent le pas à l'endroit de la promenade qui offrait la meilleure vue sur la statue de la Liberté et se rapprochèrent naturellement du parapet.

« Dis donc, dit Frank, je suppose que tu ne m'as pas demandé de venir pour admirer Miss Liberty. »

Gaby remua la tête de gauche à droite, comme pour reconnaître une erreur.

« Je ne sais pas ce qui m'a pris, Frankie. J'ai trouvé la combinaison d'un coffre et, je ne sais pas ce qui m'a pris, je me suis fait tout un cinéma. Je crois que j'avais surtout besoin de te voir. Vous me manquez, tous. Antonia, aussi. Je ne comprends pas qu'elle m'en veuille encore, après tout ce temps.

— Tu as trouvé la combinaison de quel coffre, *tía* ?

— Le coffre d'un monsieur chez qui je travaille. Il a demandé à son filleul de changer la combinaison pendant son absence. L'autre l'a fait, lui a écrit un mot, et je suis tombée dessus... »

D'une poche de sa doudoune, elle sortit la lettre froissée. Frank, dont le nez coulait, renifla un coup, déplia la feuille de papier et la lut en fronçant progressivement les sourcils.

Puis il la rendit à sa tante, l'air soucieux.

« Pourquoi il lui dit "À dimanche" ?

— Ils vont tous à une fête, dimanche. Un mariage, je crois... Frank, il faut que tu me jures que tu ne parleras à personne ! À Stephanie, à Antonia, à tes copains. Jamais ! Quoi qu'il arrive !

— Je te le jure.
— Vraiment. Jure sur la mémoire de Pepe ! »
Il lui prit les deux mains.
« Je le jure, sur la tête de Pepe.
— J'en peux plus, tu comprends. J'étais professeure à Bogotá, autrefois, tu sais ça ? Bien avant ta naissance. J'enseignais la comptabilité dans une petite école privée, près de l'ambassade des États-Unis. Ce n'était pas trop mal payé. Si j'avais continué, j'aurais ma maison à moi aujourd'hui, c'est sûr. Mais j'ai rencontré Salvadore, je suis tombée enceinte, il a voulu partir, tout le monde partait. J'ai élevé Isabela, Pepe a eu son accident, il a fallu que je travaille, j'étais trop vieille pour tout, et voilà où j'en suis ! J'ai passé ma vie à faire des ménages ! Tu te rends compte ! Quand je regarde en arrière, tu sais... »

Elle allait se remettre à pleurer. Frank posa une main affectueuse sur son épaule.

« Gaby, tu as pris ce qu'il y avait dans le coffre ?
— Non, je ne peux pas, il comprendrait tout de suite que c'est moi. Il faut que quelqu'un d'autre le fasse. Quelqu'un qu'il ne connaît pas et qu'il ferait venir chez lui.
— Comme un livreur.
— Non... » Elle s'arrêta, reprit plus bas : « Il est, comment dire... Il aime les hommes. Il ne rencontre jamais personne, il a plus de 75 ans. Mais s'il rencontrait quelqu'un, eh bien, je suis sûre qu'il le ferait venir chez lui. Il est très... sentimental. »

Frank regardait droit devant lui.

« Et en quoi ça me concerne ? »

Gaby inspira profondément. Elle ne pouvait plus tourner autour du pot.

« Quand il est à New York, en général, il va dans un club, le vendredi soir. Dans mon idée, tu le rencontrais là-bas, tu te présentais sous un faux nom et en changeant un peu ton apparence. Tu lui disais que tu es argentin, pour brouiller les pistes. De toute façon, il n'est jamais très concentré, il a toujours mille choses en tête. Vous faisiez connaissance et il te ramenait chez lui. Là, tu l'aidais à dormir un peu plus profondément que d'habitude, sans le tuer, évidemment. Et, pendant la nuit, tu vidais le coffre en faisant attention à ne pas laisser d'empreintes. Tu sortais de chez lui naturellement, avec le contenu du coffre dans un sac à dos. Tu traversais le hall en baissant la tête, je te dirai où sont les caméras. Et voilà. Tu gardais 100 000 dollars et les lingots. Tu me donnais 64 000 dollars et le collier. Six lingots, j'ai calculé, ça représente à peu près 220 000 dollars. Tu repartais donc avec 320 000 dollars. De quoi refaire ta vie à Hawaï, avec Stephanie qui ne rêve que de ça, et le petit Saul qui y sera très heureux. »

Elle se tut, essoufflée, épuisée.

Son neveu la dévisageait. Il avait à peu de chose près l'expression d'un enfant auquel on vient d'annoncer qu'il est adopté.

« Mais, se lança-t-il, comment j'expliquerais les 320 000 dollars à Stephanie ? »

C'est tout ce qui lui posait problème ? Sa tante voulait qu'il bascule dans le vol et la prostitution, et il s'inquiétait de la réaction de sa copine s'il ramenait trop d'argent à la maison !

« J'y ai pensé. On n'aura qu'à dire que j'ai gagné mon procès contre Saint-Luke, pour mon opération ratée, et que je t'ai donné une partie de l'argent. Ce genre d'affaires rapporte des sommes énormes quand on les gagne. Stephanie pourra difficilement vérifier et, de toute façon, elle n'aura pas la tête à ça.

— J'avais complètement oublié cette histoire.

— Pas moi. Tu te rends compte qu'ils m'ont opéré le mauvais poignet et qu'ils m'ont demandé de repayer, trois mois plus tard, pour opérer le bon ! Sans compter que maintenant j'ai mal aux deux.

— Ça ne devrait pas être trop dur à gagner, comme procès.

— Tu parles. Ils m'ont fait signer des décharges qui auraient innocenté Pablo Escobar. Et puis, la dernière fois que j'ai eu des nouvelles de mon avocate, c'était par un courrier dans lequel elle annonçait à tous ses clients qu'elle avait un cancer. C'est mort, je n'obtiendrai pas un penny. »

Ils s'étaient remis à marcher et avancèrent un moment, dans un silence ponctué alternativement par les cris de mouettes et les reniflements de Frank.

« Gaby... Ce... Ce monsieur... Qu'est-ce qui te fait croire qu'il me fera venir chez lui ? »

Elle pensa aux diverses représentations de jeunes hommes dans l'appartement de Zuckerman. Le profil sur fond vert dans la chambre, les études de nus dans la salle de bains, le gladiateur dans le bureau, le jeune pâtre dans le salon. En peinture, au fusain, en bronze, en photo sur une carte postale. Cette jeunesse vigoureuse, ces corps minces, musclés, ces nez fins, ces bouches étroites et bien dessinées, Frank en était la synthèse, en chair et en os.

« Je connais la vie, *mijo*, dit-elle, en cherchant la main de son neveu. Si cet homme croise ton chemin, il t'offrira le monde sur un plateau. »

5

Mardi 2 décembre, 17 h 42

Il arriva au TripleTree vingt minutes avant le début de son service. Il trouva une place au deuxième sous-sol du parking et sortit de la voiture avec, à la main, sa chemise blanche gentiment posée sur un cintre.

Alors qu'il attendait l'ascenseur, un léger parfum d'herbe dans l'air lui indiqua que Biscotte ne devait pas être loin. Il fit le tour du bloc, pénétra dans une zone du parking où le plafond s'abaissait étrangement et trouva son ami à l'endroit habituel, caché dans un renfoncement entre deux colonnes de béton. Assis par terre, le nez plongé dans son portable, un joint éteint posé près de ses pieds, à côté d'un briquet rouge.

Biscotte était l'un des bagagistes du TripleTree. Son travail consistait à transporter les valises des clients sur un chariot en laiton doré qu'il avait pour mission d'astiquer tous les matins. Il avait ce job en horreur. Seul le pétard qu'il avait pris l'habitude de se rouler à la fin de ses huit heures de travail le lui rendait supportable.

Celui qu'il fumait avant de venir bosser aussi, d'ailleurs. Sans compter les quelques taffes qu'il tirait pendant la pause-déjeuner. En fait, il était pratiquement défoncé en permanence.

Il est vrai qu'il avait des circonstances atténuantes. Imaginez qu'un matin vous vous réveilliez noir, grand (très grand), doté de fesses disproportionnées et affligé d'un ptosis à l'œil gauche, c'est-à-dire que votre paupière ne ferme pas complètement mais ne s'ouvre pas non plus : bienvenue dans son monde ! Pour couronner le tout, vous avez un autre problème de taille. Votre nom. Biscotte.

L'histoire de ce sobriquet ridicule était aussi simple que navrante. La mère de Biscotte avait mis onze enfants au monde. Elle avait donné aux premiers des prénoms normaux (Jared, Crystal) puis s'était lassée (des grossesses, des accouchements, de la vie en général) et avait développé une forte dépendance à la Coors. À la fin, prénommer son dernier-né lui importait moins que de savoir où elle pourrait se procurer un pack de bière en sortant de la maternité.

Biscotte était l'avant-dernier. Elle avait décidé de le prénommer Brandon et le déclara comme tel. Quelques jours après avoir effectué cette formalité, alors qu'elle relatait son accouchement à une amie qui lui rendait visite, cette dernière lui fit remarquer que l'un de ses fils s'appelait déjà Brandon. La mère de Biscotte, femme d'une grande mauvaise foi, fit porter le chapeau à l'employée qui, à l'hôpital, lui avait fait remplir les formulaires : « Quelle conne ! Tu crois pas qu'elle aurait pu me le dire ? Elle va m'entendre, celle-là, tu peux me croire ! »

Il était trop tard pour changer quoi que ce soit. Deux de ses enfants porteraient officiellement le même prénom. Dans la vie, bien sûr, elle pourrait les différencier en attribuant, par exemple, un surnom au plus jeune.

Le jour où elle l'observa en se demandant quel sobriquet elle pourrait bien lui donner, le bébé était allongé par terre, près d'une de ses sœurs qui regardait la télévision. Il avait une fourchette dans une main et une biscotte dans l'autre. Difficile de dire ce qui présentait le plus grand danger, de la biscotte qu'il portait à la bouche ou de la fourchette qu'il pouvait se planter dans l'œil à tout moment. Et pourtant, sa mère ne réagit pas. Elle ne voyait pas le risque, elle voyait... la biscotte. Pourquoi ne pas donner à son fils le nom de cet aliment sympathique, que tout le monde appréciait ? Après tout, Gwyneth Paltrow avait bien prénommé sa fille Pomme. Biscotte, c'était mieux que Pomme, surtout pour un garçon... De toute façon, elle n'avait pas d'autre idée. Elle n'allait tout de même pas l'appeler Fourchette[1] !

« *What's up, man ?*
— *What's up ?* »

Frank accrocha son cintre dans une aspérité sur le mur. Il se saisit du joint qu'il ralluma sans rien demander et tira une première taffe, puis

---

[1]. Le même genre d'accident se produisit l'année suivante, à la naissance de la petite dernière, que sa mère appela Sofa (comme un sofa). Cette fois, ce n'était pas volontaire. Elle avait prévu de l'appeler Sofia mais, complètement ivre quand elle l'avait déclarée, elle avait oublié une lettre en inscrivant son prénom sur le formulaire.

une deuxième, au son des bruitages sympas de Candy Crush. *Sweet ! Tasty ! Delicious !*

Des trompettes romaines entonnèrent ce qui ressemblait à une musique de la victoire. Biscotte posa le téléphone à côté de lui et Frank lui refila le pétard. Le neveu de Gaby en était alors à sa cinquième taffe – ce qui, dans son cas, était exceptionnel et contribua grandement à lui délier la langue.

« Qu'est-ce que tu dirais si on te proposait de l'argent pour passer la nuit avec un vieux ? Beaucoup d'argent. »

Biscotte étouffa un rire.

« Putain, mec, j'étais sûr que ça arriverait ! C'est qui ? Le nouveau DRH ? Il t'a invité chez Wendy's ? Il a fait ça, y a pas longtemps, avec un groom. Il l'a invité à bouffer chez Wendy's, soi-disant pour faire connaissance. Il a compris que l'autre n'était pas intéressé mais il lui a quand même demandé de ne pas mettre de déodorant quand il venait bosser. Tu sais pourquoi ? Parce qu'il kiffe les mecs qui sentent des bras ! »

Frank sourit à la cantonade.

« Sérieux, qu'est-ce que tu dirais ? »

Biscotte prit l'air aussi responsable que s'il participait à une réunion de la Fed. « Ça dépend. Vieux comment ? 40 balais ou plutôt 80 ?

— Ça fait une différence ?

— Bah, oui. Vieux-vieux, c'est quand même moins gênant. Y a des chances qu'il ait fait la guerre. Le mec, il s'est battu pour toi, pour que tu sois libre. Il s'est pris du napalm dans la gueule pour que tu puisses glander avec tes potes ou passer ta vie sur ton canapé à regarder la famille Kardashian. Dans ces conditions, accepter de coucher avec lui, c'est un peu une façon de le remercier, tu vois. Alors que, bon, un mec de 40 ans, ça fait juste gros pédé.

— Il a 75 ans. »

Biscotte hocha la tête d'une manière plutôt favorable. « Combien il propose ?

— Il ne me l'a pas proposé directement. Disons que j'ai un plan, si tu veux.

— 500 ?

— Plus que ça.

— 1 000 ?

— Non, plus. Beaucoup plus.

— Je veux pas pousser au vice, mec, je sais que t'as une copine et qu'elle attend un gosse, mais si le mec te propose 1 500, t'imagines ? Tu gagnes plus en une nuit que ce qu'on se fait ici en un mois. Tu sais quoi ? Pour 1 500, non seulement je le fais, mais je fais même les trucs bizarres. Le mec veut me sentir sous les bras ? No problemo. Pour 1 500, il peut me sentir partout, et toute la nuit, si c'est son trip ! »

Il prit le temps de rallumer son joint.

« Sauf que moi, on me le proposera jamais. Toi, c'est normal avec la gueule que t'as. Une gueule pareille, c'est comme la voix du chanteur aveugle que ma grand-mère écoute tout le temps. C'est un talent, mec. Et, dans la vie, il faut faire fructifier ses talents. (Il regarda son ami dans les yeux.) Putain, mec, Dieu t'a donné ce talent, et toi, qu'est-ce que t'en fais ? Tu conduis un putain de minibus de tapette ! »

Frank, tête baissée, se mit à rire comme un vulgaire junkie. Puis il regarda l'heure sur son téléphone, réalisa qu'il était en train de se mettre en retard et se leva d'un bond.

« Combien il te propose ? » demanda Biscotte.
Frank récupéra sa chemise.
« 320 000 dollars. »
Biscotte balaya le chiffre d'un geste de la main.
« OK, mec. À plus. »

6

Mercredi 3 décembre, 1 h 10

Frank, arrêté à un croisement près de l'aéroport, oublia de redémarrer. Il passa quelques secondes complètement ailleurs alors que le feu était redevenu vert. Le couple d'Australiens qu'il transportait bruissa derrière lui. L'homme se pencha en avant et lui toucha l'épaule. « Eh, fils. » Au même instant, deux coups de klaxon se firent entendre derrière le minibus. Frank tressaillit, s'excusa et démarra.

Cet épisode insignifiant, dont personne ne se souviendrait, avait son importance. C'est pendant cette absence qu'il prit sa décision.

C'est une photo qui l'avait convaincu. Celle de la Porsche 911 Carrera S qu'il avait reçue en alerte sur son téléphone, quelques jours plus tôt. Un bolide dont il rêvait déjà quand ses testicules n'étaient pas descendus... Son prix lui était revenu en mémoire. 103 000 dollars. Il pourrait se l'offrir et il lui resterait encore 217 000 dollars. Son plus grand rêve, réalisé si tôt, si vite. Ce n'est pas comme ça que ça marchait, normalement. Normalement, on travaillait dur, toute sa vie, et on n'arrivait même pas à les réaliser, ses rêves.

4 h 34

« *Tía*, j'ai pris ma décision. Je suis d'accord. Je le fais.
— …
— Tu dors ?
— Non.
— Tu pleures ? Tu pleures encore ?
— Je suis tellement contente, *mijo*. Quand on s'est dit au revoir à Battery Park, j'étais sûre que tu dirais non.
— Pourquoi ? Je t'ai dit que j'avais besoin de temps pour réfléchir.
— Tu faisais la tête. J'ai cru que tu ne voulais plus me voir. Comme Antonia.
— Arrête avec ça ! Et puis il faut que tu arrêtes de pleurer tout le temps, *tía*. Ce qui compte maintenant, c'est de réussir ce qu'on a décidé de faire. Et on n'a pas beaucoup de temps pour se préparer.
— Comment ça ?
— Ce genre de truc, je pourrai plus le faire une fois que le petit sera né. J'aurai plus la tête à ça. Et Stephanie peut accoucher d'un moment à l'autre. Son terme, c'est le 10 décembre.
— Seigneur.
— Il est à New York, ton patron, vendredi ?
— Euh, oui.
— Alors, il faut le faire vendredi.
— Mais…

— Tu travailles aujourd'hui ?
— Je garde un petit garçon cet après-midi.
— On peut se retrouver en fin de matinée ?
— Euh, oui… Non, attends. Jeudi, c'est mieux.
— D'accord. Jeudi, à 14 heures au Starbucks de Macy's. C'est bon ?
— C'est bon.
— Eh, Gaby ?
— Oui, *mijo*.
— Arrête de penser à Antonia, OK ? Ça va s'arranger, je vais lui parler.
— Dis-lui bien que le pot était déjà fêlé quand j'ai récupéré la yaourtière.
— Hein ?
— Dis-lui "Le pot de yaourt était déjà fêlé quand Gaby a récupéré la yaourtière", elle comprendra.
— OK, je lui dirai.
— Tu es gentil. »

7

Mercredi 3 décembre, 10 h 42

C'est en arrivant à Buy'n Save qu'elle se décide à appeler. À peine entrée dans le magasin, elle en sort en cherchant la carte de visite dans son sac.

Elle se souvient parfaitement de leur rencontre au rayon shampoings/après-shampoings du Rite Aid de Ridgewood, il y a quelques années. Elles ont échangé quelques banalités puis Gaby a mentionné Nando et c'est comme si une grille se fermait sur le visage de Liliana. La conversation était finie. Liliana a juste pris le temps de lui donner sa carte. Comme s'il y avait une chance que Gaby l'appelle pour réaliser des travaux dans son trou à rat. Là, tu vois, à la place du canapé-lit qui ne ferme plus du tout, on pourrait envisager un jacuzzi. Et là, sur le carton d'emballage du four dont je me sers comme table d'appoint, pourquoi pas un vase en cristal de Baccarat ?

Liliana P. Shelton
Architecte d'intérieur

Typographie prétentieuse, contraction de Perez : on la sentait fière de porter un nom de famille tellement américain. Si seulement elle avait pu angliciser son prénom...

La carte est écornée, elle a 3 ou 4 ans. Le numéro a probablement changé mais Gaby n'a pas eu l'idée de vérifier sur Internet. Elle n'a pas d'ordinateur : elle ne comprend pas qu'on choisisse de taper ces adresses compliquées et de consulter ces écrans successifs quand l'information qu'on cherche se trouve dans un bottin qu'il suffit d'ouvrir.

Elle prend place à l'une des tables en ciment sur le parvis de Buy'n Save et compose le numéro. L'annonce, anonyme et très courte, l'invite à laisser son message après le bip. Pas de nom, pas de numéro. Elle raccroche, réfléchit et rappelle. Cette fois, elle ne se laisse pas surprendre par la brièveté de l'annonce.

« Bonjour, mon nom est Gabriela Navarro et je cherche à joindre Liliana au sujet de Fernando Conte. Vous pouvez m'appeler au numéro suivant... »

En raccrochant, elle se dit que ce qu'elle vient de faire est parfaitement inutile. Liliana ne l'appellera jamais. Elle a probablement changé de numéro. Et, dans le cas contraire, elle s'empressera d'effacer le message en entendant le nom de son père.

8

Jeudi 4 décembre, 14 h 32

« C'était pour mes 60 ans. J'avais travaillé normalement ce jour-là et, juste avant que je parte, il m'a fait un cadeau, une écharpe qu'il avait achetée chez Bloomingdale's. Il voulait immortaliser ce moment, alors il a appelé l'intendant pour qu'il monte prendre la photo. C'est la seule qu'on a de nous deux. »

Frank examinait le téléphone de sa tante en plissant les yeux. Pas facile de voir quelque chose sur cet écran de trois centimètres sur deux. En zoomant sur l'image, ça allait un peu mieux.

« Il ressemble à une tortue.
— C'est vrai, je n'y avais jamais pensé.
— Il a 75 ans, c'est ça ?
— 76.
— Mais, il marche, et tout ?
— Il ne tient pas en place. Une énergie incroyable.
— Il a l'air gentil.
— C'est une crème. Et il m'aime beaucoup.

— Ça ne te gêne pas de lui faire un coup pareil ?

— Tu veux que je te dise ce qui me gêne, Frankie ? Ma vie. Ma vie tout entière. Ce que j'en ai fait. Ce qui aurait pu être et ce qui a été... Et puis je ne m'en fais pas pour lui, il est blindé, crois-moi. Ce qu'il y a dans le coffre, c'est une toute petite partie de ce qu'il possède. Cet appartement, ce n'est qu'une garçonnière pour lui. Il a une maison au bord de la mer, une villa à Palm Springs, des tableaux dont tu ne peux même pas imaginer le prix. Ce n'est pas comme s'il allait se retrouver dans le besoin. »

Elle reprit son téléphone.

« C'est bon, tu le reconnaîtras ?

— Oui, je pense.

— On y va ?

— On y va. »

Il s'appelait Miguel. Miguel Torrena. Il vivait avec sa mère dans la banlieue de Buenos Aires. Il travaillait dans un hôtel de milieu de gamme près de l'aéroport, le Tres Fuentes (nom inventé de toutes pièces). Il était à New York pour dix jours, en vacances. Son premier voyage. Un enchantement. Il avait visité l'Empire State Building, vu *Mamma Mia !* à Broadway. Il adorait cette ville pour ses gratte-ciel, son énergie, tout le tralala, mais aussi parce qu'il s'y sentait libre d'aimer qui il voulait. Les hommes mûrs, en l'occurrence (attention, il ne devait jamais employer le mot « vieux », même pour parler d'un film ou d'une chanson). Dès son plus jeune âge, il s'était senti attiré par les hommes de plus de 60 ans...

Elle guetta la réaction de son neveu, qui n'en eut aucune. Il l'écoutait aussi sagement que s'il était au catéchisme. Elle se gratta le bout du nez et continua.

Dans le club, il fallait qu'il paraisse à l'aise, heureux d'être là. Le Townhouse, ça s'appelait. 58e rue. Ce n'était rien de plus qu'un bar, mais assez chic. Pendant longtemps elle avait mis de côté le ticket des vestiaires qu'elle retrouvait dans les poches de Zuckerman, jusqu'au jour où il lui avait dit que c'était inutile et lui avait parlé un peu de ce lieu où il aimait se rendre le vendredi.

Le temps d'une soirée, Frank devait oublier les voitures, le football et les jeux vidéo. L'univers de Miguel, c'était la décoration d'intérieur, les comédies musicales, Judy Garland, Barbra Streisand...

« C'est qui ?

— Des chanteuses qu'il apprécie. Il a tous leurs disques. Je t'ai fait la liste. Ce serait bien que tu écoutes leurs chansons. C'est peut-être possible sur Internet.

— Bien sûr, on peut tout écouter sur Internet.

— Dis donc, j'allais oublier, il faudra que tu prennes l'accent.

— Argentin ?

— Prends l'accent colombien, les Américains ne font pas la différence. Tu n'auras qu'à imiter l'accent de Pepe. Tu t'en souviens, tu sauras le faire ?

— Oui, *tía*.

— Bien. Donc, après le Townhouse... »

Ils allaient chez lui. Là, Frank devait impérativement entrer dans l'immeuble avec Zuckerman.

S'il arrivait seul (imaginons que le vieil homme lui propose de le rejoindre plus tard), il lui faudrait parler au doorman, signer le registre des visiteurs, ce n'était pas possible.

Et puis il y avait les caméras. La première se trouvait à l'extérieur, dissimulée sous l'auvent, côté gauche quand on arrivait. La seconde était placée dans le hall, derrière le pupitre du doorman. Frank portait une casquette (un béret que sa tante avait acheté chez Ross), mais deux précautions valent mieux qu'une : il devait penser à baisser la tête en entrant et en sortant de l'immeuble, et aussi éviter de regarder le doorman dans les yeux.

Une fois dans l'appartement, le plus important était de ne pas laisser d'empreintes. Ou, s'il en laissait, de penser à les essuyer avant de partir. Attention aux poignées de portes, aux passages aux toilettes et dans la salle de bains. L'idéal, en arrivant, était d'aller directement s'asseoir dans le canapé et de n'en bouger que pour se rendre dans la chambre…

« Maintenant, écoute bien. J'irai chez lui demain après-midi. Je n'y travaille que le lundi mais il m'est déjà arrivé d'y passer un autre jour. S'il est là, le doorman l'appelle et lui demande si je peux monter. Il n'aime pas trop ça, mais il n'a jamais refusé. S'il est absent, évidemment, c'est encore mieux. Bref, j'irai demain, je trouverai un prétexte et voilà ce que je ferai : je verserai des somnifères dans la bouteille de lait entamée qui se trouve dans le frigo. »

Le soir même, quand ils arrivaient dans l'appartement, Zuckerman proposait à Frank de prendre un verre. S'il ne le faisait pas, il fallait le lui suggérer. Il y avait alors de fortes chances pour qu'Irving leur prépare des White Russian. C'était son péché mignon, un cocktail à base de lait. Il ne jurait que par ça, voulait y convertir le monde entier. Frank faisait semblant d'y goûter, de ne pas aimer, et demandait gentiment un Coca light à la place.

Les somnifères mettaient entre vingt et quarante minutes à agir. Elle le savait, elle en prenait régulièrement. Une fois le vieil homme endormi, Frank avait deux choses à faire dans la chambre : enfiler une paire de gants d'hôpital et, surtout, déposer au pied du lit, comme s'il les avait fait tomber en enlevant son pantalon, quelques pièces de monnaie, une carte de métro hebdomadaire et un reçu de chez Amalia's Pizza indiquant Miguel comme nom de client.

Là, il se rendait dans le cabinet de travail. Elle lui avait fait un plan pour qu'il ne perde pas de temps. Le dessin indiquait aussi l'emplacement du coffre sur le mur. Elle croyait se souvenir qu'il se trouvait derrière des encyclopédies reliées de cuir rouge. Il les déplaçait, composait la combinaison, ouvrait le coffre...

« Ce sac à dos (elle désignait le petit Eastpak noir que son neveu avait pris avec lui), il ferme bien ? Il n'a pas de trous ?

— Il est parfait.

— Prends-le demain. Tu t'en serviras pour transporter les billets, les lingots et le collier. »

Il remplissait le sac, refermait le coffre et remettait les livres en place. Il filait dans la cuisine, où il remplaçait la bouteille de lait aux somnifères par une nouvelle dont il versait une partie du contenu dans l'évier. L'ancienne bouteille, il l'emportait avec lui, dans l'Eastpak.

Il faisait un dernier tour dans l'appartement afin d'être sûr de ne rien laisser derrière lui. Inutile de stresser, il avait tout son temps – avec ces somnifères, même la fanfare de l'Armée du salut ne parviendrait pas à réveiller monsieur Irving.

Il sortait de l'appartement, prenait l'ascenseur. Il traversait le hall très naturellement en souhaitant une bonne nuit au doorman qu'il évitait de regarder et, une fois dans la rue, appelait sa tante. Elle l'attendrait à Union Square, où ils se répartiraient le magot. De là, Frank prendrait un taxi qui le ramènerait à Elizabeth.

« Trop fort.

— Hein ?

— Non, rien, continue. »

Il n'y aurait pas, d'après elle, d'enquête de police. Zuckerman avait une réputation, il était membre de toutes sortes de clubs et d'œuvres de bienfaisance, il siégeait dans des conseils d'administration. Et il avait beau ne pas faire mystère de ses préférences sexuelles, il n'aurait certainement pas envie de devenir « celui qui s'était fait dévaliser par un minet argentin qu'il avait ramené chez lui un vendredi soir ». Sans compter la réaction de la copropriété du Mayfair, très à cheval sur ces choses-là. En prévenant la police (ou la compagnie d'assurances), il prenait le risque de rendre tout cela public, surtout dans une ville comme New York qui raffolait de ce genre de scandale. Il s'en dispenserait et engagerait plutôt un détective privé.

Peu importe, d'ailleurs. Qu'elle soit confiée à la police ou à un détective privé, l'enquête devrait aboutir à la même conclusion : Irving avait lui-même ouvert son coffre, dans le but d'épater le jeune Argentin en lui montrant le bijou ou les lingots. C'était irresponsable mais, malheureusement pour lui, ça collait bien à son personnage de vieillard sentimental, un peu imprévisible. Il nierait, bien entendu, mais c'était la seule explication. Comment un garçon de passage, qu'il ne connaissait pas trois heures plus tôt, aurait pu autrement avoir accès au contenu du coffre ?

Pour cette raison, chaque détail du plan avait son importance : la bouteille de lait, le reçu d'Amalia's Pizza, la MetroCard hebdomadaire (celle qu'utilisent les touristes). Et si l'une de ces étapes ne se passait pas comme prévu (si, par exemple, Zuckerman ne buvait pas son White Russian), il valait mieux en rester là et renoncer à ouvrir le coffre.

« Tout est là-dedans... »

Elle lui tendait une enveloppe.

« Le déroulement de la soirée, le plan de l'appartement... Tu t'en imprègnes bien et, surtout, tu ne fais pas comme lui, tu ne mets rien à la poubelle, tu détruis ! »

Puis elle lui donna le sac qu'elle avait gardé sur ses cuisses tout ce temps, un sac plastique à l'enseigne bleu ciel de Ross Dress for Less : « La moustache, le béret et les gants d'hôpital. Tu y trouveras aussi un téléphone portable blanc. Tout simple, tu verras. L'abonnement est prépayé, il expirera dans dix jours. Il n'y a qu'un seul nom dans les contacts : madame Nguyen. À partir de maintenant, on ne communique qu'avec ça. Et, dans dix jours, tu t'en débarrasses.

— C'est qui, madame Nguyen ?

— Moi. C'est le nom que je me suis donné. Et, dans mon téléphone, tu es monsieur Nguyen. »

Frank était stupéfait.

« On a l'impression que tu as fait ça toute ta vie. »

Il vit sa tante sourire.

« Et pourtant, c'est la première fois. Pepe a trempé dans des combines autrefois. Avec un certain Nando. Son nom te dit peut-être quelque chose. Il montait des petits coups avec sa bande. Moi, je me tenais loin de tout ça, je ne voulais pas en entendre parler.

— Et aujourd'hui, c'est toi qui fais un coup.

— Les temps ont changé. »

Elle amena son mocha à ses lèvres. Il était froid.

« Tu n'en auras pas besoin, mais tu as pensé à un alibi ? »

Frank vit en pensée le visage hilare de Biscotte, perdu dans un nuage de fumée.

« Oui, j'ai un copain qui pourra dire qu'on a passé la nuit chez lui, à jouer aux jeux vidéo.

— D'accord, mais il ne doit rien savoir.

— Ne t'inquiète pas. Je lui dirai que j'ai rencard avec une fille et que j'ai besoin qu'il me couvre vis-à-vis de Stephanie. Il sera ravi de m'aider, il ne peut pas la blairer.

— Il vit seul ?

— Non, avec sa grand-mère. Mais elle est un peu sénile. Y a sa sœur, aussi, mais elle n'est jamais là, elle prend du crack.

— Il est fiable ? »

Non, Biscotte était tout sauf fiable. Mais il était le seul à qui Frank pouvait demander ce genre de service.

« Oui, *tía*, sois tranquille. »

Elle lui sourit brièvement et regarda sa montre.

« Tu as faim ?

— Un peu.

— Ça tombe bien parce que je t'emmène manger une pizza, dit-elle en se levant. Chez Amalia's. Tu passeras la commande en disant que tu t'appelles Miguel et ton nom apparaîtra sur le reçu. C'est le seul endroit de New York que je connaisse qui fait ça.

— Je préférerais un calzone, tu crois qu'ils en ont ?

— C'est sûr. »

Elle boutonna son manteau en observant son neveu.

« Tu sais, à Montejo, les garçons du village couchaient ensemble avant leur mariage. Tout le monde était au courant, ça ne gênait personne.

— Je ne savais pas. »

Il enfila son bonnet.

« Pourquoi tu me racontes ça ? »

9

Vendredi 5 décembre, 16 h 11

« Qu'est-ce que tu choisirais, toi ? Une Française crispante, une Espagnole croulante ou les vieilles biques du Townhouse ? »

Par-dessus ses lunettes, Irving observa Carmen qui se mit à agiter son bout de queue. Une boule d'amour, cette chienne, qui se réjouissait pour son maître alors qu'elle était certaine de passer la soirée seule dans l'appartement.

Céline, la petite Française, était beaucoup trop nerveuse, agaçante d'arrivisme, et puis elle avait une odeur corporelle désagréable : elle sentait toujours un peu le cabillaud sous le Shalimar. Mais elle aimait rire et s'habillait très bien. Sa galerie commençait à être connue et il y croiserait plein de jeunes. Il pouvait s'estimer heureux d'être encore invité à ce genre de vernissages branchés, même si on l'y conviait surtout par intérêt et qu'il s'y sentait toujours obligé de jouer le rôle de « la vieille folle cultivée qui a de l'humour, du pognon et ses entrées dans des institutions prestigieuses ». Bon, il mettait de côté.

Remise de décoration à la duchesse d'Arzuelo au consulat d'Espagne. Alors, là, franchement, à part les serveurs se glissant dans la foule des invités avec leurs plateaux, rien ne lui faisait envie. Ce n'était pas rien, les serveurs. Les mâles espagnols pouvaient être d'une beauté provocante. Une virilité innée. Une cambrure. La classe, quoi. À côté, les Portoricains pouvaient aller se rhabiller, eux qui étaient tous obèses. La duchesse, femme charmante jusqu'au milieu des années 1980, était une momie. Elle ne le reconnaîtrait probablement pas. Le consul, une folle tordue avec un double menton, lui courait après, mais pour les mauvaises raisons (sociales). Non, non et non ! Il ferait livrer un bouquet le lendemain au domicile de la duchesse, avec un mot plein d'esprit.

Et puis, le Townhouse... Ah, le Townhouse... Ce qui était bien, là-bas, c'est que rien ne se passait jamais comme prévu. Il y avait toujours un élément de surprise. Attention, quelquefois, on pouvait être surpris par la mollesse d'une soirée qui se révélait déprimante. Vu la moyenne d'âge de la clientèle, la mélancolie n'était jamais très loin. Mais c'était rare, particulièrement le vendredi soir...

La chienne se mit à aboyer, sauta du lit et se rua hors de la chambre. Irving tendit l'oreille et, entre deux jappements de Carmen, perçut la sonnerie grésillante de l'interphone.

Il n'attendait personne. C'était l'intendant qui l'appelait, à coup sûr, pour lui signaler qu'il avait laissé ses phares allumés ou sa clef sur la porte. La barbe !

Il enfila son peignoir en soie gris perle et se rendit dans l'entrée, où il décrocha nerveusement le combiné.

« Oui, Louis, soupira-t-il.

— Ce n'est pas Louis, monsieur.

— Ah, pardon, Idriz.

— C'est Mike, monsieur.

— Je suis confus, Mike.

— Aucun problème, monsieur. Il y a une personne de chez Tyler's qui vient livrer un sapin de Noël et...

— Ah, faites monter, faites monter ! »

Il raccrocha, tapa dans ses mains et virevolta dans l'entrée (il adorait l'effet du peignoir quand il tournait sur lui-même). À ses pieds, Carmen, instantanément gagnée par l'excitation, se mit elle aussi à faire la toupie, dans un sens puis dans l'autre, en essayant d'attraper sa queue.

Le sapin, quel bonheur ! Livré, en plus, avec ses ornements. Comme l'an dernier, il avait opté pour une décoration minimaliste : des boules, des boules dorées de différentes tailles, et une guirlande scintillante toute simple, dans les mêmes tons. C'était du plus bel effet. Très boutique-hôtel. Il n'avait jamais grand monde à qui le montrer mais, l'année dernière, il avait tout de même reçu des compliments... de qui, déjà ? Constance ? Non. David, peut-être.

Il aurait, en plus, la surprise du livreur, et il adorait ça, ne pas savoir quel homme s'apprêtait à sonner à sa porte. Serait-il jeune ? Bien fait ? Il les trouvait toujours beaux, de toute façon, même les moches. Chez l'homme, il voyait de la séduction partout. C'était l'un des avantages du grand âge : tout ce qui était en vie, qui respirait encore, était digne d'intérêt, de compliments. Surtout quand ça avait des muscles et un peu de poils.

Il se posta devant la fenêtre du salon. Là, dans le coin mais bien en vue, comme l'an passé, ce serait parfait ! Il gonfla le torse d'émotion, tapa deux fois dans ses mains et ouvrit grands les rideaux. Les lumières chez la Richardson, de l'autre côté de la rue, indiquaient qu'elle était chez elle. Tant mieux, il serait ravi de lui faire croire que, bien que juif et septuagénaire, il était encore trop entouré pour se dispenser de fêter Noël. Il se voyait d'ici, lui lancer d'une fenêtre à l'autre : « On n'y échappe pas, que voulez-vous ! » C'était un gros mensonge mais ça faisait tellement de bien.

Il tourna la tête vers la droite, du côté du parc, et se perdit un instant dans la contemplation du jour déclinant sur la ville. Les feuilles se détachant des arbres une à une, le ciel gris argile et sa promesse de neige, la lumière jaune s'échappant des intérieurs cossus... C'était si beau. Si beau quand on le regardait de chez soi, bien au chaud.

Il retourna dans l'entrée et attendit, l'oreille collée à la porte. Ça prenait un peu de temps, forcément, le livreur avait dû emprunter le monte-charge. Et pourtant, c'est le tintement de l'ascenseur qu'il entendit.

Il ouvrit timidement et vit... sa femme de ménage !

« Gaby ?

— Monsieur Irving, le doorman m'a an... annoncée, mais vous aviez ra... raccroché...

— Mais...

— Je suis venue chercher le fer... le fer à repass... »

L'essoufflement l'empêcha de terminer. Elle n'avait pourtant monté aucune marche.

« Calmez-vous, vous allez faire un infarctus du myocarde. Qu'est-ce que c'est que cette histoire de fer à repasser ? »

Elle avait une de ces allures, avec sa doudoune gris sale, son bonnet dépareillé et ses sacs de supermarché. Limite clocharde.

« Votre fer à repasser a un problème de vapeur, reprit-elle. Vous vous souvenez ? Alors, comme je vais faire réparer celui de madame Friedman, je me suis dit que j'allais en profiter pour déposer le vôtre. »

Le vieil homme secoua la tête de gauche à droite.

« Et dans ce froid, en plus ! Ma bonne Gaby, votre conscience professionnelle vous hon... »

Les livreurs apparurent sur le palier. Irving se couvrit la bouche des deux mains et resta figé par l'émotion.

Gaby en profita pour s'immiscer dans l'appartement. Elle observa les deux hommes depuis l'entrée et, sous prétexte de leur faire de la place, fila dans la cuisine.

Dieu devait juger que ce vol-là était un peu particulier, que ce n'était pas un péché à proprement parler, que Gaby en avait assez bavé. Il semblait de son côté. Il avait programmé la livraison du sapin de Noël en même temps que sa visite et avait tenu Zuckerman occupé au salon pendant qu'elle préparerait son empoisonnement dans la cuisine. Elle n'oublierait pas de

67

lui en rendre grâce... Il ne lui avait pas simplifié la tâche, par contre, avec ses tremblements (qui s'accompagnaient maintenant de gargouillis discrets mais pratiquement ininterrompus).

Elle avait déposé le fer à repasser sur le plan de travail, pour faire illusion, puis elle avait réussi à ouvrir la porte du frigo. Mais en sortir la petite bouteille de lait en plastique qu'elle voyait, bien rangée à l'extrémité d'un des balconnets, lui parut impossible. Elle avait le sentiment qu'elle tomberait dans les pommes une fois qu'elle l'aurait dans les mains. Les conditions étaient pourtant réunies : elle entendait Zuckerman, dans le salon, faire la conversation aux livreurs (« On voit que vous avez l'habitude »), il semblait avoir oublié jusqu'à l'existence de sa femme de ménage...

Ma fille, tu sais quoi ? Pense à Eusebio. Imagine que vous l'accompagnerez, Isabela et toi, le jour où il entrera à l'université. Pense à sa gratitude, ce jour-là. Pense aux quelques mots qu'il glissera à ton oreille lorsqu'il t'embrassera. Rien d'autre n'a d'importance.

Elle inspira à fond et attrapa la bouteille. Elle la secouait si fort qu'on aurait dit que c'était du jus d'orange dont elle voulait mélanger la pulpe, mais un déclic s'était produit : elle se savait maintenant capable de le faire, il s'agissait seulement de ne plus perdre de temps.

La bouteille était juste entamée. Elle dévissa la capsule au-dessus de l'évier et s'assura, à l'odeur, que le lait n'avait pas tourné. Elle jeta un œil du côté de la porte (elle était seule) et plongea la main dans la poche de son manteau. Elle en retira un sachet contenant dix somnifères Sleep

Aid « maximum strength » qu'elle avait passé trente minutes à concasser. Mais alors qu'elle l'approchait du goulot de la bouteille, son patron l'appela du salon : « Gabyyyyy ! »

Elle remit le sachet dans sa poche, rangea la bouteille dans le frigo, retourna près du plan de travail. Là, elle s'empara du fer qu'elle amena à hauteur de ses yeux en prenant l'air soucieux. Elle ferait celle qui, accaparée par son problème de vapeur, n'avait rien entendu.

Une seconde plus tard, un des livreurs se montra à l'entrée de la cuisine. Un Hispanique, la quarantaine, petite moustache, petite bedaine. Son nom, Jose, était brodé sur sa chemise, à l'ancienne.

« Le *señor* demande si vous auriez une paire de ciseaux. »

Gaby était si soulagée qu'elle posa la main sur la poitrine.

« Je vous ai fait peur ? demanda l'autre.

— Non, non, ça va. »

Elle prit les ciseaux dans un tiroir du plan de travail et les lui tendit en esquissant un sourire.

« *Gracias*. »

Elle le regarda partir. Peu après, elle entendit Zuckerman, dans le salon, s'exclamer : « Ah, très bien ! Jose, donnez les ciseaux à votre ami. »

Comment se faisait-il qu'à ses grandes frayeurs succédait chaque fois une parfaite maîtrise de soi ? La peur, se dit-elle, est un état d'esprit.

Ce qu'elle avait à faire lui prit alors moins d'une minute. Verser la poudre dans la bouteille, la secouer et la remettre en place. S'assurer que d'autres bouteilles, inentamées, se trouvaient dans le frigo.

Elle fourra le fer à repasser dans un de ses sacs en plastique et, avant de sortir, jeta un dernier coup d'œil dans la cuisine. Elle y avait dissimulé de quoi assommer un régiment de cavalerie, et pourtant tout y était aussi normal, aussi serein qu'à son arrivée.

L'odeur magique du sapin embaumait le salon tout entier. L'arbre avait été dressé, Jose arrangeait la guirlande lumineuse. Zuckerman avait mis de la musique, des standards de Noël interprétés par Barbara Hendricks. Il tenait à ce que chacun garde un souvenir agréable de ce moment. Il était comme ça, toujours dans la générosité. Il se préoccupait des autres, voulait s'en faire apprécier et y parvenait, la plupart du temps. En l'observant depuis l'entrée du salon, Gaby se dit qu'il était tout de même dommage que ça tombe sur lui. Elle aurait préféré faire un coup pareil à cette peste de madame Friedman, ou même à la Romero, qui n'était pas particulièrement sympathique...

Irving réalisa qu'elle était là. Par un signe de la main, elle lui fit comprendre qu'elle partait. Il leva les sourcils derrière ses lunettes.

« Au revoir, Gaby ! Merci pour tout ! »

Puis il lui adressa un signe à son tour, mais ce n'était pas un salut. Il lui indiquait qu'elle avait quelque chose au niveau du ventre. Une tache, probablement. Gaby baissa la tête. Une traînée blanche barrait sa doudoune en diagonale. La poudre des somnifères ! Elle en avait répandu sur son manteau en fourrant le sachet dans sa poche, à l'arrivée de Jose. Et pas qu'un peu :

la marque, parfaitement visible sur la couleur grise, était longue d'au moins dix centimètres...

Elle tapota sur son manteau pour la faire disparaître et releva la tête en se forçant à sourire. Mais son patron ne la regardait déjà plus. Il s'était retourné pour admirer son sapin.

Une autre paire d'yeux, en revanche, la fixait. Ceux de Carmen qui, près de son maître, avait identifié l'élément dissonant de cette scène idyllique.

« Tu entres, tu sors, tu fais quoi ? » semblaient questionner ses yeux globuleux.

10

Vendredi 5 décembre, 16 h 42

Elle était à peine sortie de là que son portable se mit à sonner. En découvrant un numéro qu'elle ne connaissait pas, elle eut un pressentiment.
« Allô ? dit-elle, à la manière d'une enfant.
— Gabriela ? »
C'était lui.
« Nando ? »
La voix à l'autre bout du fil partit dans un rire rocailleux qui se changea en toux grasse : « Ah, Gabriela, il n'y a plus que toi pour m'appeler comme ça !
— Je suis tellement heureuse de t'entendre. Où es-tu ?
— À Poughkeepsie.
— Poughkeepsie... »
L'ascenseur s'ouvrit devant elle, elle s'y engouffra. « Ta fille m'avait dit que tu étais à Baltimore. Mais ça fait déjà un moment.
— J'y étais. Je vais un peu où on me met, tu sais. Où il y a de la place. Je suis ici depuis un an, à peu près. C'est pas le grand luxe mais je

n'ai pas à me plaindre. Et toi, toujours à Staten Island ?

— Non, je suis dans le Queens, maintenant. Les choses ont bien changé depuis que... tu sais que Salvadore est mort, n'est-ce pas ?

— Oui, j'ai su. Mais je ne pouvais pas t'appeler à l'époque, c'était compliqué. Tu t'en sors ?

— Je fais ce que je peux. Ce n'est pas facile. Justement, Nando, je ne sais pas où tu en es par rapport, comment dire... par rapport à ce que tu faisais dans le temps.

— Attends, donne-moi une seconde... »

Il se déplaçait. Elle perçut des voix, des bruits de couverts, puis un air de rock au piano qui s'atténua rapidement.

« Je t'écoute.

— J'ai la possibilité de mettre la main sur un bijou. Un beau bijou. Et je me demandais comment ça pouvait se passer, une fois que je l'aurai.

— Tu veux savoir où tu peux refourguer la came ?

— La quoi ?

— Ton bijou, tu veux savoir à qui tu peux le refourguer.

— C'est ça.

— Ça dépend. Qu'est-ce que c'est, exactement ? »

La porte de l'ascenseur s'ouvrit dans un bruit élégant de traîne glissant sur la pierre.

« Nando, ne quitte pas, s'il te plaît. »

Elle traversa le hall au pas de course. Il était désert. Mike, le doorman, se trouvait sur le trottoir. Elle lui adressa un sourire auquel il répondit par un coup de menton et s'éloigna du Mayfair.

« Nando ?
— Je suis là.
— C'est un collier qui a appartenu à Jackie Kennedy.
— À elle... personnellement ?
— Oui. »
Pause. Elle l'entendait respirer à l'autre bout du fil.
« Dis donc, c'est pas rien. Il est dans un musée, un truc comme ça ?
— Non, chez quelqu'un. Chez un particulier.
— Oh, Gabriela...
— C'est trop dur, Nando.
— Je sais, mais ils ne plaisantent pas avec ça, à New York. Tu peux en prendre pour vingt ans, facile. »
Elle ne dit rien. C'était terrifiant, évidemment, mais elle n'avait jamais considéré les choses sous cet angle.
« Tu as une photo ? demanda-t-il.
— Non. Ce sont des perles noires. Des petites perles noires. Je crois que c'est assez rare.
— Bon, je vais me renseigner. Je vais me renseigner et je te rappelle... Gaby, si tu me rappelles, évite de le faire de ton portable.
— J'ai un autre téléphone, sûr, intraçable.
— Très bien. Envoie-moi le numéro. Moi, je t'appellerai d'une cabine. »
Il était vivant, se dit-elle en raccrochant. Nando était vivant, sa fille lui avait passé le message et il l'avait appelée... Est-ce que tout cela était réel ?
Sans vraiment le réaliser, elle avait marché vers son endroit préféré dans la ville. Le parc. Elle y passa un moment, assise sur un banc,

insensible au froid. Bouillonnante, même, d'envies, d'impatience. Elle ne pouvait s'empêcher de faire des petits gestes inutiles (s'assurer que son écharpe était bien nouée, passer la main sur son genou pour en chasser une poussière invisible) comme si l'inertie lui était devenue intolérable...

Il fallait se rendre à l'évidence : plus le temps passait depuis lundi, plus elle avait d'énergie. Plus elle s'enfonçait dans le crime, mieux elle se sentait.

11

Vendredi 5 décembre, 18 h 55

En général, lorsque deux livreurs (déménageurs, installateurs, dépanneurs) se déplaçaient ensemble, l'un était désirable et l'autre non. Cet après-midi en avait fourni un parfait exemple. Un Jose tout à fait quelconque, mais un Alexander étourdissant, jeune et qui devait passer sa vie dans les salles de sport. Il semblait sorti d'une de ces revues des années 1940 qui, sous prétexte de renseigner sur les techniques de musculation, montrait des athlètes en petite tenue.

Irving se souvenait de l'une d'elles, qui s'appelait *Your Physique*. Quels émois elle lui avait donnés ! Il la lisait avec son voisin, Bruce Brackett, qui prenait le culturisme très au sérieux. Irving, que tout le monde appelait la crevette, prétendait s'y intéresser... « Tu vois, la crevette, en faisant cent pompes par jour, tu peux gagner des pectoraux et aussi des épaules... » Et la crevette, dont la polio avait failli emporter les vingt-cinq kilos quelques années plus tôt, se contorsionnait pour cacher les violentes érections que déclenchait la vision de ces corps somptueux, de ces bras relevés découvrant des aisselles luisantes, de ces pieds dénudés, cambrés comme par le plaisir. Ce qu'il aurait donné pour découvrir ce que dissimulaient ces slips pourtant légers ! La forme que ça avait. La sensation au toucher...

Il se rinça puis s'essuya la bouche et, en replaçant la serviette sur l'étendoir, réalisa qu'il était en train de se préparer sans même savoir comment il occuperait sa soirée. L'idée de rester à la maison à écouter Barbara Hendricks en buvant des White Russian lui traversa l'esprit. Il faisait si froid dehors et, après tout, il avait vu assez de monde pour la journée... Mais, justement, le passage du troublant Alexander dans son appartement l'avait comme réveillé. Comment préférer la solitude de son salon aux contacts humains et aux échanges ? Il sortirait, bien sûr. Il enfilerait sa chapka, son manteau en peau retournée, et sortirait.

Devant encore choisir entre le vernissage et le Townhouse, il décida de s'en remettre au sort. Excellente idée ! Il trouva une pièce de 25 cents dans la poche d'une de ses vestes et la lança en l'air avec son pouce. Il la récupéra, garda la main posée dessus un instant. Pile, il irait au vernissage. Face, au Townhouse.

Il découvrit, amusé, ce que le destin avait décidé pour lui... Pile ! Vernissage dans une galerie branchée de Tribeca. Champagne, petits-fours, bises, potins, éclats de rire, artistes, pseudo-artistes, jeunesse, pseudo-jeunesse...

Ça lui allait.

Il se mit aussitôt en quête de sa chapka.

12

Vendredi 5 décembre, 19 h 42

Il n'aurait jamais pensé qu'entrer au Townhouse le rendrait si heureux. Il ne portait qu'une chemise sous son blouson et, depuis le métro de la 59e rue, avait dû marcher dans le blizzard qui s'était levé en début de soirée. Il était frigorifié et l'endroit était chauffé, surchauffé même. Sa reconnaissance envers le portier qui lui avait ouvert n'aurait pas pu être plus sincère.

La première impression n'était d'ailleurs pas désagréable. On aurait dit le bar d'un hôtel de luxe au charme un peu passé. Fauteuils de velours rouge, moquette épaisse, douceur de l'éclairage, de la musique (un air de piano *live* provenant d'une pièce voisine). Aux murs, des scènes de chasse dans l'esprit des clubs de gentlemen anglais. Entre les fauteuils, sur des tablettes en verre, de monstrueux bouquets de lis roses exhalant leur parfum capiteux. Une sensation frappait, à la fois discrète et indiscutable, plus enveloppante encore que la senteur des fleurs coupées : celle de l'argent, de l'opulence.

Le bar occupait presque toute la longueur du mur sur la gauche. Autour gravitait une dizaine d'hommes, seuls pour la plupart. Pas un n'avait moins de 50 ans. En voyant le neveu de Gaby débarquer, tous, absolument tous, le dévisagèrent, certains en ouvrant la bouche de saisissement. Frank ignora leurs regards et fondit sur le barman, un gaillard en chemise Oxford à qui il demanda où étaient les toilettes. L'autre l'envoya au sous-sol, au fond d'une salle plus intime que celle de l'étage, dans des W-C minuscules mais d'une propreté irréprochable. Là, il se posta devant le miroir pour vérifier sa moustache.

Cette moustache... Il avait découvert son mode d'application la veille, dans le minibus, alors qu'il attendait des clients à l'aéroport et que Barbra Streisand s'égosillait dans ses écouteurs (« *It's a riiiiiiight I defend, over and over again...* »).

Le postiche, très réaliste, était attaché à une pièce de tulle transparente sur laquelle s'appliquait une colle spéciale, invisible. La notice précisait que, pour réussir, le collage devait s'effectuer sur une peau rasée de près – recommandation que Frank, pressé par le temps et peu perfectionniste par nature, s'était dispensé de lire. Sa moustache, il l'avait posée en venant au Townhouse, dans des conditions déplorables (seul, sans glace, enfermé dans une cabine des toilettes de Penn Station) sur une peau rasée dix heures plus tôt. Voulant s'assurer qu'elle tenait, il avait tiré dessus (beaucoup trop tôt) et en avait décollé la moitié. Il avait tout recommencé et, cette fois, avait attendu une dizaine de minutes, immobile sur l'abattant fermé des toilettes, au son des pets, jets d'urine et autres déjections environnantes...

Ça va, pensa-t-il, en se voyant dans la glace des toilettes du bar. Le postiche était droit et semblait bien fixé. Enfin, pour le moment. Frank sentait bien qu'il ne demandait qu'à se décoller. Il faudrait qu'il contrôle les mouvements de sa bouche, les expressions de son visage...

Et qu'est-ce que c'était moche ! Associée aux mèches que son béret avait plaquées en haut de son front, la moustache lui donnait un petit air fasciste... « C'est vraiment horrible », murmura-t-il en se passant la main dans les cheveux.

Un bruit de chasse d'eau coupa court à son examen. La porte de la cabine sur sa droite s'ouvrit dans la foulée. En sortit un vieux, dont l'expression naturellement mielleuse se changea en stupeur quand il aperçut le neveu de Gaby. Il s'approcha du lavabo, sans le quitter du regard. « Pas horrible à mon goût ! » lança-t-il, avec l'aplomb d'une comédienne dans une pièce de boulevard. Frank sourit nerveusement et lui laissa la place.

À l'étage, l'ambiance avait complètement changé. Les vieux sortent tôt, avait prévenu Gaby. Oui, et les très vieux très tôt. Il y en avait maintenant une vingtaine et ça se bousculait à l'entrée. Le niveau sonore avait gagné en intensité. Éclats de rires et exclamations commençaient à fuser et, en plus du piano qui continuait à jouer des mélodies romantiques dans la pièce d'à côté, la sono diffusait un air pop, *If I Were a Boy* de Beyoncé. Il ne restait plus, au bar, qu'un tabouret libre. Frank se l'appropria et commanda un Coca light.

Ce n'était pas si terrible. Les hommes présents ne déambulaient pas en casquette de cuir, torse nu, seins percés, langue pendante de vice et d'envie. La plupart, plutôt élégants, ressemblaient à de bons petits papys. À ces politiciens qui se font interviewer dans les couloirs du Capitole sur C-SPAN. Souriants, sociables, détendus. Des rides, des rougeurs et du bide : rien ne les distinguait des autres hommes de leur âge.

Frank couvrit l'assistance du regard en se remémorant la photo de Zuckerman et, rapidement, le vit. À l'autre bout du bar, du côté de l'entrée. Les mouvements du barman le lui cachaient par intermittence, mais il en était sûr, c'était lui. Sa petite taille, son crâne lisse, sa monstrueuse monture de lunettes. Le côté remuant, nerveux, dont Gaby avait parlé. Il discutait avec un homme assis au comptoir, qu'il semblait connaître, ce qui permit à Frank de l'observer encore quelques secondes.

Puis Irving l'aperçut à son tour.

Instantanément, l'expression de son visage se relâcha. Il devint grave, ce qui était exceptionnel. Grave et vulnérable. Il lui arrivait quelque chose. Son monde était pris d'assaut et il n'opposait aucune résistance. C'est ça, il capitulait.

13

Vendredi 5 décembre, 20 h 20

Gaby attendait dans sa chambre, assise sur le bord de son lit, habillée et chaussée. Prête. Bonnet, doudoune, bottes en caoutchouc. Elle ne perdrait pas de temps à se préparer lorsque Frank l'appellerait.

Son sac à main était posé à côté d'elle. Dedans, elle avait glissé un sac en plastique de supermarché qui lui servirait à transporter les 64 000 dollars. Pas folle, la guêpe, elle n'allait pas se trimbaler avec un attaché-case ou une de ces petites valises en métal. Le collier, lui, irait dans son sac à main.

Ce collier. Chaque fois qu'elle y pensait, elle avait un coup au cœur. Elle s'en séparerait, bien sûr (il devait valoir plus de 64 000 dollars), mais pas tout de suite. Elle le garderait au moins vingt-quatre heures, le caresserait, le porterait... De Jackie Onassis à Gabriela Navarro. D'une première dame à l'une des dernières.

Elle s'était prise à rêver, un peu plus tôt, à rêver tout éveillée. Elle s'était vue en haut d'un escalier monumental, les perles autour du cou. Robe bouffante en soie mauve, tiare posée sur un chignon parfait, maquillage à faire pâlir d'envie les actrices de *Lo que la vida me robó*. Nando (ou, plutôt, le souvenir qu'elle avait de lui) se tenait en retrait, dans un uniforme immaculé, orné d'épaulettes et de cordons dorés. Une voix annonçait : « Madame Gabriela Navarro Torres de Molina ! » Gaby faisait un pas en avant, les flashs se mettaient à crépiter dans la nuit...

La télé marchait, sans le son. Y passaient en boucle des poursuites de voitures de police qui se terminaient par des accidents épouvantables ou des captures de truands, à genoux dans les jardins de résidences privées. Gaby détestait habituellement ce genre de programme mais, ce soir-là, pour une raison qui lui échappait, ces images ultraviolentes lui faisaient presque du bien.

Elle n'avait rien avalé depuis le pauvre sandwich qu'elle s'était préparé à midi. Une tranche de pain de mie grillée, une tomate et du faux emmental, qu'elle avait eu un mal fou à faire passer. L'un de ses derniers repas de femme pauvre... Dans ce froid, ce n'était pas raisonnable, il fallait se nourrir. Un chocolat chaud, peut-être ? Non, elle n'avait plus de lait. Une tisane ? Oui, très bien, elle se préparerait une tisane.

Un type avait pris en otage un livreur de citrouilles dans sa fourgonnette. Ils s'étaient probablement disputés et le conducteur avait perdu le contrôle de son véhicule sur l'autoroute. Gaby le regarda heurter de plein fouet un poids lourd arrivant en sens inverse et tournoyer sur lui-même avant de se coucher sur le bas-côté et de répandre son chargement dans la neige.

Le dénouement ne l'intéressait pas. Elle ne voulait pas voir le conducteur amoché, ni surtout son preneur d'otage s'en tirer pour se faire arrêter par la police peu après. Elle s'empara du portable blanc dont elle ne voulait pas se séparer, et se leva pour aller préparer sa tisane.

14

Vendredi 5 décembre, 20 h 20

« Je peux ? »

Sans attendre de réponse, Zuckerman se hissa sur le tabouret voisin.

« Je m'appelle Irving. »

Frank vit une main surgir sur sa gauche, une main squelettique, striée de veines mauves, qu'il serra à peine.

« Miguel, enchanté. »

La main s'agita et réussit à capter l'attention du barman occupé à remplir une chope de bière.

« Deux White Russian, Jeff, s'il te plaît ! »

Quelques secondes passèrent dans un silence gêné, au point que Frank, qui n'avait pas quitté des yeux l'entrée du bar en face de lui, se demanda si son voisin était toujours là.

« Incroyable, ce temps ! »

Il n'avait pas bougé.

« Oui, très froid, répondit Frank, du bout des lèvres.

— Exactement ! Et si soudain ! J'étais parti pour aller à Tribeca, je ne sais pas si la géographie de New York vous est familière...
— Oui et non.
— C'est au sud de la ville. Bref, j'étais parti pour aller à un vernissage dans ce coin-là et, une fois dans le taxi, je réalise que je ne connaissais pas l'adresse. J'avais laissé le carton d'invitation chez moi ! Eh bien, il faisait si froid qu'au lieu de ressortir pour aller le chercher, j'ai demandé au taxi de m'amener ici ! Le destin, probablement ! »

Sa petite allusion romantique n'eut aucun effet. Irving fixa stupidement le vide devant lui avant de se coller pratiquement contre son voisin.

« Vous savez, murmura-t-il, si c'est l'argent que vous cherchez, ce n'est pas un problème, je paierai. »

Frank le regarda enfin. « Je ne suis pas un prostitué. Je suis de Buenos Aires, je visite New York.
— Je ne voulais pas vous blesser. Seulement, j'ai senti que je vous intéressais, comprenez ma surprise !
— J'ai toujours été attiré par les hommes de plus de 60 ans. Depuis mon plus jeune âge. »

Il récitait mot pour mot la prose de sa tante. Et l'effort qu'il lui en coûtait (dans un accent colombien qui ne lui était pas non plus naturel) s'accordait parfaitement au côté incongru, un peu tabou, de son inclination. Sa gêne passait pour une autre. Ce n'était pas volontaire, il ne le réalisait même pas, mais il composait un Miguel plus vrai que nature.

« Ah, bah, ce n'est pas moi qui m'en plaindrais ! s'exclama Irving, avant de pousser un piaillement bizarre (entre l'éclat de rire et le croassement de corbeau). Cela dit, il faut que je me dépêche de vieillir, parce que je n'ai que 59 ans ! »

Oh, le menteur ! Frank savait très bien qu'il en avait 76. Il s'enlevait dix-sept ans d'un coup, comme ça, en pensant que son interlocuteur était trop jeune pour faire la différence...

« En tout cas, votre anglais est remarquable. Votre accent est fort, bien entendu, mais votre anglais pratiquement parfait. Vous travaillez dans une ambassade, je parie.

— Non, dans un hôtel, près de l'aéroport. »

Frank avait senti un début de décollage de moustache sur le « p » d'aéroport. Il mit aussitôt la main devant sa bouche et appuya discrètement sur l'extrémité du postiche.

« Ah, c'est très bien aussi, continua le vieil homme. J'ai toujours eu une fascination pour les grands hôtels. Et pas seulement d'ici, dans le monde entier. Je pense que c'est un milieu dans lequel j'aurais aimé travailler... »

Ce qui était bien avec lui, c'est qu'il se faisait pratiquement la conversation à lui-même.

« J'ai passé un séjour inoubliable dans un palace, à Buenos Aires... Son nom m'échappe, c'est trop bête... Sur une place, très connue, près du centre. Avec une colonne et deux fontaines. À moins que ce ne soit l'inverse, deux colonnes et une... Oh, vous ne connaissez que ça ! »

Frank sentit son estomac se nouer. Tout ce qu'il connaissait de l'Argentine, c'était la couleur du maillot de son équipe de foot.

« Une colonne ? marmonna-t-il, espérant gagner du temps.

— Oui, une espèce d'obélisque... »

Piégé au bout de deux questions. Frank réalisa à quel point il était peu préparé et eut envie de partir.

« Non, attendez, reprit Irving, c'était à Rome, je mélange tout ! Ça ne va vraiment plus là-dedans (il tapotait sur sa tempe avec son index). Vous savez ce que j'ai fait, l'autre jour ? Vous n'allez pas me croire. J'ai eu envie de voir Vivien Leigh sur scène et j'ai regardé dans le journal si elle se produisait à Broadway en ce moment ! »

L'anecdote n'eut aucun effet puisque Frank ne savait pas qui était Vivien Leigh.

Irving le comprit. « Vivien Leigh est morte en 1967 », dit-il, avant de garder la bouche ouverte comme une marionnette du Muppet Show.

Chute gâchée, cette fois, par le barman qui déposa les deux cocktails sous leur nez. Zuckerman en fit aussitôt glisser un vers Frank : « Vous allez voir, leur White Russian est très réussi. Presque autant que le mien ! » Puis il leva l'autre verre en direction du jeune homme. « *Only in New York !* »

Ils trinquèrent en se regardant – Irving, longuement, amoureusement ; Frank, à la dérobée...

Le White Russian, c'est un peu comme un bonbon au café qui vous explose dans la bouche. Entrée en matière plutôt innocente, avant que la situation ne dégénère rapidement. Frank ferma les yeux au premier contact avec la vodka et les rouvrit grand en sentant le breuvage se répandre à l'intérieur de son corps en y mettant le feu...

« Il est fort », jugea Irving, la voix changée par l'alcool.

Euh, oui. La première gorgée faisait entrevoir un charmant petit nuage, là-haut dans le ciel, d'où l'observation du monde devait être plaisante. La seconde envoyait dessus.

« Je ne sais pas pourquoi vous cachez votre sourire, reprit le vieil homme. Regardez-moi. »

Il posa l'index sous le menton de son voisin, fit doucement pivoter sa tête dans sa direction et, derrière ses verres grossissants, se mit à détailler chaque centimètre carré de son visage.

« C'est un cadeau, trancha-t-il.
— Quoi ?
— Votre beauté. C'est un cadeau que vous faites au monde. »

Frank ne put s'empêcher de sourire. Effet de son ivresse naissante, bien sûr, mais aussi parce qu'il était touché. On ne lui avait jamais dit ça. Enfin, jamais avec ces mots-là. Stephanie, par exemple, au début de leur relation, lui disait « Putain, t'es trop beau ! » ou encore « Des fois, rien qu'à te regarder, j'ai le bout des nichons qui devient tout dur, j'te jure ». Et c'était le mieux qu'elle pouvait faire.

« Avez-vous remarqué que le haut de votre visage est plus masculin que le bas ? Vos yeux, votre front parlent de force, de hardiesse. Ils protègent et inspirent confiance, quand votre bouche et votre menton n'invitent qu'à la volupté. En haut, c'est Michel-Ange, en bas Canova. »

Le ton avait changé. On était passé du registre de l'épate à celui de la confidence.

« Je vous regarderais longtemps, pour essayer de comprendre comment ça fonctionne, une beauté pareille. Comment ça s'organise. Et je suis bien certain que je n'aurais pas assez de temps. Une vie entière n'y suffirait pas. »

Il observait Frank, la bouche étirée par un rictus, les paupières clignant nerveusement.

« Toutes ces journées, toutes ces années... Tenir, ne pas lâcher, ne pas succomber, écrasé par la laideur du monde. On ne sait plus pourquoi, à la fin... Et là, je vous vois, et je me souviens. C'est pour ça qu'il faut tenir, pour un moment comme celui-ci, pour une beauté comme la vôtre. Pour vous. »

Frank baissa la tête. Ça non plus, Stephanie ne le lui avait jamais dit.

Quelques secondes passèrent sans qu'ils échangent un mot. Quelques secondes très agréables, au son de *People*, interprétée dans la pièce d'à côté par le pianiste qui s'était mis à chanter.

> *People who need people*
> *Are the luckiest people*
> *In the world...*

« Vous êtes plus détendu, j'ai l'impression.
— Oui, reconnut Frank.
— Ça doit être le cocktail. Vous verrez, dans deux minutes, vous danserez sur le comptoir.
— C'est vous, aussi. Vous êtes très distrayant.
— Ah, bah, merci de le reconnaître ! Parce que vous n'imaginez pas les efforts que ça me coûte de parler autant ! Et de faire croire que c'est naturel ! »

Frank se mit à rire. Le vieux lui était si sympathique qu'il éprouvait le besoin de lui dire quelque chose de vrai. Pas la vérité, bien sûr, mais une phrase sincère, qui ne soit pas dictée par le projet de cambriolage.

Hélas, Irving le prit de court.

« Je peux vous enlever ? » demanda-t-il discrètement.

Refroidies, les envies de sincérité. Envolés, les effets du White Russian. La réalité reprenait ses droits. Le coup, le coffre, les 320 000 dollars. La ruse qu'il faudrait déployer, la concentration dont il faudrait faire preuve...

Frank posa les coudes sur le comptoir, étala les mains sur son visage et sentit au toucher que la moitié droite de sa moustache s'était encore décollée.

Heureusement, Irving discourait de son côté : « Je comprendrais très bien que vous vouliez rester ici. Si c'était le cas, il ne faudrait pas hésiter à me le dire... »

Il n'avait rien remarqué. Il devait être obnubilé par la partie masculine du visage de Frank. Ou bien il avait remarqué mais n'avait rien dit, par correction.

« Ce n'est pas comme si vous n'aviez pas le choix. Je peux vous assurer qu'il n'y a pas une seule personne présente dans ce bar qui ne rêve de repartir avec vous... »

Non, il n'avait rien remarqué. Il était bigleux. En plus d'être un peu sénile. Et très sentimental. Le pigeon parfait. C'était une chance, une occasion inespérée.

Frank avala cul sec ce qui restait de son cocktail et reposa bruyamment son verre sur le comptoir. Puis, tout sourire, il posa son regard dans celui de l'homme dont il allait vider le coffre.

« Allez, enlevez-moi. »

15

Vendredi 5 décembre, 21 h 22

Elle avait fini par s'endormir. Forcément, emmitouflée comme elle l'était, dans le noir presque complet, collée au radiateur sur roulettes qu'elle avait amené près du lit.

C'est la sonnerie du portable blanc, posé sur sa cuisse, qui la tira du sommeil. Une sonnerie qu'elle entendait pour la première fois, aussi puissante et angoissante que l'alarme d'un appareil médical. Le nom « Nguyen » s'inscrivait en lettres noires sur le cadran gris. Son neveu l'appelait.

Il ne lui laissa pas le temps de dire allô.

« *Tía*, je comprends pas ce qui se passe !
— Frankie ?
— Il me laisse en bas de chez lui ! Tu peux me dire ce qui se passe ?
— Qui te laisse en bas de chez lui ?
— Zuckerman !
— ...
— Allô ?
— Il faut que tu m'en dises plus, *mijo*.

— Bah, rien, on a fait connaissance...
— Au Townhouse ?
— Oui. Et puis on est sortis de là, on a pris le taxi pour aller chez lui et, une fois arrivés, il m'a planté dans le hall et s'est barré.
— Il est allé où ?
— Chez lui ! Il est monté chez lui tout seul !
— Frank, personne ne t'entend ?
— Non, je suis sorti pour t'appeler.
— Et monsieur Irving ne t'a rien dit en te laissant ?
— Il m'a dit d'attendre. Il voulait pas que je parte, comme s'il allait prévenir la police. Putain, Gaby, j'ai envie de me casser !
— Attends ! Il était comment avec toi, ce soir ?
— Normal. Enfin, il est un peu barge. Il parle beaucoup.
— Il faut que je réfléchisse, *mijo*, donne-moi une seconde... »

Elle éloigna le téléphone, ferma les yeux, se concentra... Non, Irving n'était pas monté prévenir la police. Les prévenir de quoi ? Qu'il avait rencontré un jeune homme au Townhouse ? S'il avait emmené Frank au Mayfair, c'était dans le but d'y passer la soirée avec lui. Et il était monté dans l'appartement seul pour y faire quelque chose avant d'y inviter le petit. Comme nettoyer un vomi de Carmen. Ou planquer des objets de valeur (une montre, une bague) qu'il ne voulait que Frank voie.

Elle reprit le portable et, en le collant contre son oreille, réalisa qu'elle avait raccroché sans le vouloir. Elle haussa les épaules et rappela monsieur Nguyen sur-le-champ.

Frank l'entendit raccrocher.

« C'est quoi, c'bordel ? » dit-il en regardant son portable comme s'il allait lui répondre.

Ses doigts tremblants cherchèrent madame Nguyen dans ses contacts et il rappela sa tante. Occupé.

Il remit l'appareil dans la poche de son blouson et y garda la main blottie. Le White Russian ne faisait plus du tout effet, son corps tout entier était parcouru de frissons et sa fausse moustache en voie de congélation.

En tapant des pieds pour se réchauffer, il jeta un coup d'œil furtif dans le hall du Mayfair. Le doorman, qui l'observait, baissa aussitôt la tête et fit semblant de lire quelque chose sur son pupitre. Un jeune mec que Zuckerman n'avait pas fait monter et qui attendait devant l'immeuble, forcément, c'était louche...

Et le vieux, qui ne revenait pas.

Et Gaby, qui ne répondait pas au téléphone.

Il décida de partir.

Il s'élança sur le trottoir, en direction du parc, d'un pas raide. Le quartier était calme, il y régnait un silence un peu inquiétant, ponctué par de rares passages de voitures sur la chaussée mouillée. Il s'attendait à voir les flics sortir de nulle part à tout instant...

Une sonnerie désagréable se déclencha, un signal comme celui d'une alarme qui le fit ralentir, avant qu'il comprenne qu'il provenait du téléphone blanc. Il s'arrêta au coin de la 80e et Madison pour répondre à sa tante.

« Gaby ?
— Frank...
— Putain, c'est quoi, cette sonnerie ?

— Frank, je ne pense pas qu'il va prévenir la police.

— Je partais, là.

— Surtout pas ! Retournes-y, *mijo*. Il va te faire monter, c'est sûr. (Frank fit demi-tour.) Il est monté avant toi pour ranger ou nettoyer quelque chose avant de t'inviter, pas pour prévenir la police. Ce n'est pas du tout son genre, de prévenir la police... Tu y retournes, hein ?

— Oui, oui... Il fait froid, tu peux pas t'imaginer.

— Je me doute, *mijo*, je suis désolée. Pense à ce que tu vas trouver là-haut, ça va te réchauffer. Pense à tout cet argent. Tu verras, la prochaine fois qu'on se parlera, c'est toi qui m'appelleras et tu auras 300 000 dollars dans ton sac. »

Quand il arriva au Mayfair, une vision lui fit ralentir le pas. Devant l'immeuble, sous la lumière d'un lampadaire que réfléchissait la fine couche de neige sur le sol, une voiture de sport attendait, en double file. Une Jaguar. Un modèle mythique qu'il reconnut instantanément, la E. Un chef-d'œuvre qui parlait de jeunesse et de liberté, des Beatles et des premiers James Bond.

Il s'en approcha, comme un petit garçon s'avance vers un sapin de Noël, la bouche figée dans une ébauche de sourire. On n'en faisait plus des comme ça depuis quarante ans, et pourtant ce joujou semblait sortir de l'usine. La peinture paraissait neuve, les jantes rutilaient. Son propriétaire savait ce qu'il avait entre les mains.

La vitre côté passager s'abaissa et le conducteur montra son visage... c'était Zuckerman !

« Vous auriez dû m'attendre à l'intérieur, mon pauvre ami ! Qu'est-ce que vous faites dehors ? »

Il avait un chapeau ridicule sur la tête et un chien sur les genoux – le même que dans *Men in Black*, en plus grassouillet. C'est donc pour ça qu'il était monté chez lui : pour récupérer son chien. Il le promenait en Jaguar ?

« Allez, montez, malheureux !

— Mais, on va où ?

— Montez, je vous dis ! Nous allons en parler. »

Frank ne se fit pas prier. Il passa la main sur sa moustache et se glissa dans la voiture. Se glissa, oui, comme le pied de Cendrillon dans sa pantoufle de verre. Le siège offrait peu d'espace mais une délicieuse sensation enveloppante. L'intérieur restauré était gainé d'un cuir crème qui y répandait une odeur à la fois sensuelle et luxueuse. Et le tableau de bord était irrésistible : placage en noyer vernis, interrupteurs qui s'alignaient comme dans un jeu d'enfants... Frank ne put s'empêcher de le caresser.

« Vous avez l'air d'aimer les voitures, Miguel.

— Roadster, Series 3, 1971 ?

— Presque.

— 1972 ?

— Bravo ! Je me la suis offerte, quelques années plus tard, pour mes 40 ans », ajouta Irving, oubliant complètement qu'il avait menti sur son âge un peu plus tôt (s'il avait eu 40 ans un peu après 1972, il pouvait difficilement n'en avoir que 59 en 2014).

Sans transition, sous le coup d'une pulsion, il empoigna la cuisse de son passager. « Vous avez du temps devant vous ? demanda-t-il, la mâchoire crispée par le désir.

— Euh, vous me faites mal.
— Oh, pardon. »

Irving retira sa main.

« Ne me dites pas que vous êtes attendu quelque part, je ne vous croirais pas. »

Frank se força à oublier la Jaguar une seconde.

« C'est pas ça…
— Quoi, vous ne voulez pas vous coucher trop tard ? Vous voulez être en forme demain matin, pour votre tour de ferry ? Votre visite de musée ? Croyez-moi, ce que nous allons faire est bien plus intéressant. »

Ça se corsait. Miguel n'avait effectivement rien de mieux à faire que passer la nuit avec Irving. Frank, par contre, devrait rentrer chez lui vers 4 heures, comme au terme d'une nuit de travail normale, après (accessoirement) avoir vidé un coffre-fort.

« Je préférerais aller chez vous », murmura-t-il.

Il se dit que c'était imparable (et c'est vrai que ce n'était pas mal pensé). Hélas, le vieux n'en fit qu'une bouchée : « Justement, cher ami, je vous y emmène. »

Sur ce, il attrapa sa chienne qu'il déposa sur les cuisses de son passager. « Ça ne vous dérange pas ? »

Frank, un peu dépassé par les événements, fit non de la tête. Au même moment, le carlin, très heureux de se retrouver sur lui, se mit à lui lécher la bouche.

« Carmen ! » gronda son maître, en lui donnant une petite tape sur la croupe.

Cette chienne venait probablement de faire sa toilette. En sentant son haleine, Frank plissa les yeux d'horreur et s'essuya les lèvres avec la manche de son blouson. Ce faisant, il décolla sa moustache qui tomba sur sa droite, dans l'espace entre son fauteuil et la portière. En cachant sa bouche d'une main, il plongea l'autre là où il avait vu le postiche disparaître et le récupéra aussitôt. Il le remit en place rapidement, en se fiant au contour de ses lèvres.

Par chance, Zuckerman n'avait rien vu. Au même moment, il fouillait dans le vide-poches sur sa gauche, d'où il sortit une paire de gants de conduite en cuir beige, magnifiques.

Il les enfila puis tourna lentement la tête vers son passager.

« Un objet de beauté est une joie pour l'éternité », dit-il en clignant des yeux.

La portée romantique de cette phrase échappa complètement au neveu de Gaby qui pensait qu'« un objet de beauté » désignait les gants.

« Ah, oui, fit-il, d'un air entendu.
— C'est une phrase de Keats.
— De qui ?
— Keats ? Le poète romantique. »

Le vieil homme comprit qu'il avait fait un flop et enchaîna aussitôt : « Elle vous a adopté, on dirait. » Il parlait de la chienne. « Un peu comme moi », ajouta-t-il, avant de fermer les yeux et de tendre le visage en direction de Frank.

Il aurait fallu être demeuré pour ne pas comprendre la signification de cette pose...

Un jour qu'un des managers du TripleTree avait demandé à Frank d'aller nettoyer sa voiture, Biscotte, pour donner du courage à son ami, avait passé sa pause-déjeuner à dresser la « liste des choses objectivement pires que d'aller nettoyer le véhicule personnel de monsieur Patatek ».

Elle comprenait des évidences, comme « Être envoyé en Irak », « Naître noir en Amérique » ou encore « Perdre à Candy Crush quand il ne reste qu'une seule gélatine à détruire ». Mais on y trouvait aussi des références à des expériences personnelles comme « Au cours d'un voyage en Italie, manger du pâté sans savoir que c'est de la bouffe pour chats » (c'était arrivé à une copine de sa grand-mère) ou « Se retourner l'ongle du petit orteil en se cognant dans un aspirateur » (ça lui était arrivé, il en avait parlé pendant une semaine et le racontait encore des années plus tard).

Ce petit inventaire se révéla très efficace : après en avoir pris connaissance, Frank était parti à la station de lavage pratiquement en sifflotant.

C'est à ça qu'il pensa, dans la Jaguar, sur le point d'embrasser Irving : que poser ses lèvres sur celles d'un homme de 76 ans était probablement la dernière chose dont il avait envie, mais que c'était toujours mieux que de perdre la vie dans un attentat-suicide quelque part au Moyen-Orient.

Et puis, à 320 000 dollars le bisou, il n'allait pas chipoter.

16

Vendredi 5 décembre, 23 h 14

Ses yeux s'ouvrirent naturellement quand la voiture s'arrêta. De l'extérieur, il ne vit que ce qu'éclairaient les phares : quelques mètres d'une allée couverte de neige menant à une porte de garage fermée.

« On est où ?
— Sands Point, Long Island. »

Irving ouvrit la portière de son côté. La chienne s'échappa aussitôt de la Jaguar et courut en direction de la maison.

Frank se souvenait maintenant. À New York, le vieux avait mis un CD dans le lecteur en disant « Je ne pourrais pas vivre sans musique » et ils avaient roulé un moment sans rien dire. Frank s'était surpris à apprécier ce qu'il entendait. Une chanteuse posait sa voix presque parlée sur des mélodies langoureuses, des envolées de violon. Classe et envoûtant. Autant que le paysage qui défilait sous ses yeux. Manhattan, ses plus belles avenues scintillant dans la nuit. Du bleu, de l'or, de l'acier. Jamais la ville ne lui avait paru si luxueuse.

Le Mayfair s'éloignait et, avec lui, la perspective de vider le coffre dans la nuit. Ça l'avait d'abord contrarié puis il n'y avait plus pensé. Il avait passé sa soirée à tout contrôler et éprouvait le besoin de se détendre. De profiter de cette sortie en Jaguar. Ce n'est pas comme si l'opération avait foiré, tout se passait même plutôt bien. Le vieux l'appréciait, ne se doutait de rien…

Il avait fermé les yeux, s'était pris à rêver d'une vie où il conduirait la Jaguar tous les jours pour aller ailleurs qu'au travail, une vie où il n'aurait plus à compter, à penser aux factures. Et, bien sûr, il s'était endormi.

En sortant de la voiture, il entendit le bruit des vagues. « On est loin de New York ?
— Oh, une petite heure, répondit Irving, avant de se retourner brusquement. Miguel, ne vous en faites pas, rien de ce qui va vous arriver ne sera désagréable. »

Un endroit pareil, il n'en avait vu que dans les reportages consacrés aux maisons de stars. La pièce principale était aussi grande qu'une petite église. Irving y évoluait pour allumer les lampes, révélant un à un les éléments d'un décor somptueux. Un buste d'empereur romain sur un piédestal. Des tentures de velours tombant sur les dalles de pierre. Un canapé grand comme un lit. Sur la gauche se dressait un mur tapissé de rayonnages contenant des centaines de livres, une bibliothèque si haute qu'elle comprenait une balustrade en bois sculpté, elle-même flanquée d'un petit escalier en colimaçon. Elle était construite autour d'une cheminée de marbre blanc surmontée d'un tableau monumental, le portrait en pied d'une femme perdue dans les fleurs qu'on aurait dit sortie d'un roman d'Edith Wharton. Une aristocrate, probablement, qui semblait se réjouir de la vue qu'offrait la baie vitrée face à elle : une étendue neigeuse et, plus loin, en contrebas et pourtant assez haut, la mer. La mer dans laquelle la lune et son halo se reflétaient intégralement. Une mer si parfaitement calme qu'on aurait dit le décor peint d'une pièce de théâtre.

Frank s'approcha lentement de cette vision de rêve.

« Tout ceci serait à toi si tu voulais bien le prendre. »

Il se demanda s'il avait bien entendu et se retourna.

« Pardon ?

— Je viens d'allumer le chauffage, tu n'auras pas froid très longtemps », répondit Irving. Un sourire barrait son visage épanoui. Frank comprit qu'il n'avait pas rêvé.

« Vous pourriez m'indiquer les toilettes ? »

Le vieux lui prit la main et le conduisit de l'autre côté de la maison, dans un cabinet de toilette attenant à une chambre. Il alluma, vérifia que s'y trouvaient des serviettes propres et abandonna Frank en lui effleurant affectueusement la joue.

Le neveu de Gaby s'enferma et passa quelques secondes l'oreille collée contre la porte, histoire de s'assurer que son hôte retournait bien dans le salon. Alors, il s'empara du téléphone Nguyen et s'assit sur le rebord de la baignoire.

Impossible de parler à sa tante dans ce silence, il préféra lui écrire.

> I.Z. m'a emmené à Sands Point.
> C'est mort.

Il se relut… Quel message stupide ! Il ne fallait pas fermer les portes de cette façon. Il corrigea.

> I.Z. m'a emmené à Sands Point.
> Qu'est-ce qu'on décide ?

Ça n'allait pas non plus. Il n'espérait pas recevoir les instructions de sa tante. Il savait parfaitement à quoi s'en tenir. Il supprima la deuxième phrase et envoya finalement ce message lapidaire :

> I.Z. m'a emmené à Sands Point.

Parfait. Gaby ne répondrait que pour lui faire part d'une information importante. S'il y avait un coffre-fort à Sands Point dont elle connaissait la combinaison, par exemple.

Il se releva et, pour donner le change, tira la chasse puis fit couler l'eau du robinet. Il vérifia sa moustache dans le miroir, recula, s'observa de plus loin. C'est drôle, le Frank qu'il avait sous les yeux était différent de celui qu'il connaissait. Il avait plus de classe et de prestance. Comme si ce décor luxueux et son emploi du temps des dernières heures (la balade en Jaguar, la compagnie d'Irving) avaient déteint sur lui. Il suffit de si peu, comprit-il, pour devenir quelqu'un d'autre. Un détail dans l'apparence et l'on parle d'une tout autre vie...

Il sentit son téléphone vibrer dans sa poche.

> OK. Attention à ne pas laisser d'empreintes.

Elle était incroyable, sa tante. Bien plus forte qu'il ne l'imaginait. Il lui annonçait que le vieux l'avait amené à Sands Point, elle ne répondait pas « Hein ? » ou « C'est horrible ! » mais « OK ». Et, immédiatement, elle pensait aux empreintes. Lui, évidemment, avait complètement négligé cet aspect-là. Il avait relâché sa garde en comprenant qu'il n'irait pas au Mayfair. Et si ce n'était que partie remise ? Et si Irving l'invitait dans son appartement new-yorkais prochainement ?

Il attrapa une petite serviette pliée en triangle sur le plateau de marbre et astiqua consciencieusement les poignées du robinet, le poussoir de la chasse d'eau et le rebord de la baignoire. Puis, en sortant, il prit soin d'éteindre avec son coude.

À son retour dans la grande pièce, il alla directement s'asseoir dans le canapé. La chienne, qui s'y trouvait déjà, vint se coller contre sa cuisse. Elle lâcha un profond soupir, posa la tête sur ses pattes de devant et tous deux observèrent le maître de maison qui s'activait devant la cheminée.

Il n'arrêtait jamais, cet homme-là ! Il avait mis de la lumière, du chauffage et de la musique, il avait rangé les manteaux, tiré les rideaux, posé deux verres sur la table basse, et il essayait maintenant de faire prendre un feu.

La scène avait quelque chose d'idéal. Les deux hommes auraient pu être un couple passant le week-end dans sa résidence secondaire. Un de ces couples dépareillés, un peu mystérieux, solides. L'idée fit sourire Frank. Il s'imagina compagnon officiel d'Irving Zuckerman. Plus besoin de travailler, de courir après l'argent. Il passerait ses journées à voir ses potes, à jouer à la Xbox. Il déjeunerait dehors, referait du sport, prendrait soin de lui…

Évidemment, il y aurait la contrepartie sexuelle. Mais ça le dérangeait peu. Pas autant qu'il aurait pensé, disons. Il n'associait pas Irving à la sexualité (les choses auraient été différentes s'il avait été plus jeune, Biscotte avait raison). Et puis, il l'avait embrassé et, franchement, l'idée qu'on s'en faisait ne correspondait pas à la réalité. L'embrasser, c'était comme poser ses lèvres sur la peau d'un poulet qu'on s'apprête à mettre au four. La même sensation, ni plus ni moins. Y a pire, dans la vie, non ?

« Je te sers un verre, mon petit Miguel ? »

Il l'avait rejoint sur le canapé.

« Ça ira, merci. »

Irving fit glisser son bras le long du dossier, en direction de Frank. « Tu m'as rendu très heureux ce soir.

— Pourtant, il ne s'est pas passé grand-chose.

— Ah bon ? Je dirais qu'il s'est passé quelque chose de très important, au contraire. Une rencontre, ce n'est pas rien. Pour qu'elle se produise, il ne suffit pas que deux personnes tombent l'une sur l'autre. »

Ses doigts effleuraient la nuque du jeune homme.

« Je vais te dire le fond de ma pensée. Je crois que tu ne dis pas toute la vérité. Mais ça m'est égal. Tu te protèges, je me protège, tout le monde se protège. Ce qui compte, c'est que ton âme soit bonne... Quelle est ta date de naissance ?

— Hein ?

— C'est quand, ton anniversaire ? »

Frank n'essaya même pas de mentir : « Le 29 mars.

— C'est bientôt !

— Pas vraiment, non.

— Oui, bon... »

Irving se redressa d'un coup, comme s'il avait reçu une petite décharge électrique. « Du cash aurait été plus pratique, je sais bien, mais je n'en ai pas sur moi... »

Il se pencha vers la table basse sur laquelle, à côté des deux verres vides, étaient posés un stylo-plume et un bout de papier plié en deux.

« Je vais te faire un chèque. Prends-le comme tu voudras. Comme un cadeau de Noël ou comme de l'argent de poche, pour ton voyage. La vérité, c'est que tu me rends heureux et que je ne sais pas comment te remercier... Je le mets à quel ordre, mon chou ?

— Mais...

— Ah, non, Miguel, pas de chichis ! La vie est déjà assez compliquée comme ça ! »

Il ne faisait pas de chichis, il était en train de réaliser que le chèque serait à l'ordre de Miguel et qu'il ne pourrait jamais l'encaisser !

Irving remua le couteau dans la plaie : « Je me doute bien que tu ne pourras pas le toucher en Argentine. Mais tu pourras en allant à ma banque avec ton passeport. Ils te donneront la contrepartie en espèces. L'agence se trouve à Hempstead, à vingt kilomètres d'ici. On pourra y aller ensemble, si tu veux. Demain, pourquoi pas ? »

Aucun passeport, aucune pièce d'identité, n'existait au nom de Miguel : il ne servirait à rien d'aller à la banque, accompagné ou pas.

« Quel est ton nom de famille, mon petit ange ? »

Frank fixait le stylo-plume avec désespoir. Aucun son ne pouvait sortir de sa bouche.

« Et puis, crotte ! trancha le vieil homme. Tu mettras l'ordre toi-même ! »

Il se mit à compléter le reste du chèque. La date, le lieu... Lorsqu'il en vint à la somme, Frank détourna le regard. Il priait intérieurement pour qu'elle ne soit pas trop élevée, de sorte qu'il n'ait pas trop de mal à y renoncer. 100 dollars, 200 dollars. 500, tout au plus. Il imaginait bien Irving monter jusqu'à 500. C'était beaucoup d'argent mais y renoncer ne le rendrait pas fou – il en concevrait juste une peine immense.

« Merci pour ta jeunesse, et pour ta compagnie. »

Comme Frank ne bougeait pas, Irving agita nerveusement le bout de papier qu'il lui tendait.

Le jeune homme finit par l'accepter et, le plus naturellement du monde, comme il aurait remercié un vieil oncle à une fête de famille, se leva pour déposer un baiser sur le front de son bienfaiteur. Puis il reprit sa place et, faussement relax, consulta le montant...

5 000 dollars ! 5 000 dollars ?! Plus de trois mois de salaire, comme ça, sans rien faire ! Plus de trois mois de salaire qu'il ne pourrait jamais toucher !

Il eut envie de hurler, de se lever et de tout casser autour de lui. Au lieu de quoi, il inspira profondément et déclara : « C'est beaucoup trop. »

Sa voix était blanche et ses lèvres frémissaient de rage contenue. Comme un peu plus tôt dans le bar, Irving se méprit complètement en interprétant ces manifestations comme la gêne, le trouble, de quelqu'un de bien élevé. Décidément, ce petit Miguel savait vivre.

Le vieil homme se leva, posa la main sur le bras de son invité. « C'est un acompte, dit-il, en le serrant beaucoup trop fort. Un acompte sur le bonheur » (ce qui ne voulait strictement rien dire). Puis il murmura « Je reviens » et disparut du côté de la chambre.

17

Vendredi 5 décembre, 23 h 38

Il voulait juste s'étendre à côté de lui. Après quoi sa main partirait en reconnaissance, ses doigts se promèneraient sur le nez, les lèvres, le cou de Miguel. La suite, les histoires de braguette, de bistouquette, on verrait. Rien n'était moins sûr, ça faisait si longtemps. Jouir ne l'intéressait pas. Pas de cette façon-là. Ce qu'il voulait, c'était sentir sa peau sous ses doigts. Sentir son odeur, aussi, l'odeur de sa bouche, de son souffle. Ce qu'il voulait, c'était sortir de lui-même, être avec ce corps, au plus près de ce corps, de cette jeunesse, de cette histoire...

Évidemment, le petit demanderait plus. Il n'avait pas l'air comme ça mais, à son âge, il lui faudrait plus que des caresses et des regards soutenus, c'était évident. D'où les petites pilules bleues, là, dans le creux de sa main. Il les avait récupérées en passant à l'appartement. C'est son ami Jack Pallard qui les lui avait données, un an ou deux auparavant. Au Townhouse, justement. Par un de ces soirs d'août sans air, où la chaleur est aussi accablante à minuit qu'à midi. Irving avait fait la connaissance d'un diplomate de l'ONU, un Tchèque plutôt jeune (la cinquantaine) qu'il comptait ramener chez lui. Comme il n'était pas sûr de pouvoir bander, son ami Jack, qui se trouvait dans les parages et ne sortait jamais sans ses comprimés, en avait glissé une plaquette dans la poche de sa veste. Il ne s'était finalement rien passé : le Tchèque, dans le taxi qui les emmenait au Mayfair, avait demandé à Irving d'enlever une chaussure et s'était masturbé, recroquevillé dans la voiture, le visage écrasé contre sa chaussette. Zuckerman s'était retrouvé seul chez lui, il avait rangé les pilules bleues dans son armoire à pharmacie et n'y avait plus touché jusqu'à aujourd'hui... Fallait-il en prendre une ou deux ? Était-ce contre-indiqué en cas d'hypertension ? Oh, allez, ces trucs-là ne pouvaient pas être dangereux, leur couleur bleu pastel disait qu'ils étaient des amis (il en avala un qu'il fit passer avec de l'eau du robinet)...

Il y avait quelque chose avec Miguel, il le sentait bien, le gamin ne lui disait pas tout. Il avait peut-être une femme en Argentine, ne s'appelait probablement pas Miguel, des conneries comme ça. Rien de bien méchant. Il avait un bon fond, ce n'était ni un voleur ni un gigolo, simplement un garçon à qui ses désirs posaient un problème. C'était fréquent, même aux États-Unis. On réalise qu'on aime les hommes, c'est déjà difficile. On comprend qu'on les préfère vieux, décrépits, et là, c'est pratiquement impossible. C'est pour ça qu'Irving lui avait sorti le grand jeu. La Jaguar, Sands Point, le chèque. Sans compter Morton's, le restaurant où il comptait l'emmener déjeuner samedi. Le message était clair : non seulement il n'y a rien de mal à être ce que tu es, à aimer qui tu aimes, mais tu peux être plus heureux si tu l'es complètement, si tu aimes entièrement. Irving ne lésinerait pas, ah, ça, non. Miguel était l'une des plus belles choses qui lui étaient arrivées, ça valait bien un feu d'artifice...

Il est vrai que l'amour n'avait jamais été son fort. L'art lui avait procuré des émois plus intenses. Enfance marquée par la polio qui avait failli l'emporter, adolescence solitaire. Ses débuts de vie d'adulte se passèrent dans des villes désertées par les hommes, envoyés en Corée. Son éducation sexuelle eut lieu dans les toilettes publiques de la gare de Portland, Maine, entre deux descentes de flics, avec des messieurs nés au XIXe siècle. Ses envies le poussaient dans un sens, la société dans un autre. Quand il arriva à New York, en 1959, ces déchirements le plongèrent dans une profonde dépression. Il mit tout ça de côté et se jeta dans le travail, où il connut rapidement le succès. Il conclut un marché avec son pénis : il donnait tout à son métier, troquait ses orgasmes contre les éblouissements de l'art et, occasionnellement, le plus rarement possible, quand il n'en pouvait vraiment plus, il s'aventurait dans les allées de Central Park, dans les toilettes de la bibliothèque municipale ou dans les bars de la Troisième avenue.

L'amour finit par montrer son visage au début des années 1970, sous les traits d'Eugene, rencontré à la piscine du YMCA. Marié et pieux, ce petit homme au regard pétillant partageait avec Irving la passion des musées silencieux. Au plus fort de cette histoire romantique et cérébrale, il parlait de quitter femme et fille pour s'installer à Soho avec son amant. Seulement, il n'en eut pas l'occasion. Eugene se tua en plongeant en voiture, avec sa famille, dans les eaux glacées du Mohawk. Irving ne voulut plus entendre parler des hommes. La simple idée d'un corps lui donnait la nausée (il voyait immédiatement celui d'Eugene flotter dans des eaux limoneuses). Totalement abstinent, il réalisa ses plus belles affaires dans la première moitié des années 1980, alors que le sida décimait ce que New York comptait de plus jeune et de plus prometteur. C'est un Français, un steward, Serge, qui le fit aimer à nouveau. Une histoire de fous rires, de voyages, à Venise, à Paris, de messages laissés dans les casiers d'hôtels quatre étoiles, mais aussi d'attentes au pied d'immeubles par des nuits glacées, d'engueulades en public, de griffures et de coups. Deux folles dans la force de l'âge. Serge, qui était alcoolique, quitta Air France sur un coup de tête et disparut de la circulation... Il y eut encore un truc avec un détenu dans une prison d'État, un jeune Noir dont la défense était prise en charge par une fondation qu'Irving parrainait. Un amour intense mais fantasmé, complètement platonique. Et puis, plus rien. Ou presque. Quelques pelotages au Townhouse le vendredi soir, un coup de foudre pour un jeune acteur de Broadway qui disait préférer les femmes... La misère.

Qu'est-ce qui l'attendait, de l'autre côté de la porte ? Miguel patientait peut-être, blotti au creux du lit. L'image lui procura comme un frisson de froid. Sensation bizarre, pas désagréable, juste inédite. Probablement le comprimé bleu, qui commençait à faire de l'effet. Il ouvrit sa braguette, baissa son pantalon : non, il ne bandait toujours pas. Il attrapa la plaquette et goba une seconde pilule. Il ressentit des picotements, comme si on lui plantait des petites aiguilles derrière les bras et à la base de la nuque. Il eut envie de sortir pour aller retrouver Miguel. Mourir ne le dérangeait pas s'il le voyait une dernière fois. Mourir près de lui, contre lui. Mourir, le nez contre sa bouche...

Mais, non, il n'allait pas mourir. Pour mourir, il fallait une raison, et il n'en avait pas. Tout était surveillé, diagnostiqué, médicamenté. Oui, enfin, cette raideur dans la nuque... Ces comprimés avaient-ils une date d'expiration, oui ou crotte ? Il attrapa la plaquette et la laissa tomber. Il décida de s'asseoir, de s'asseoir par terre, pour la récupérer... Il y avait bien une date, au dos, en tout petit, mais il tremblait tellement que... ah, si, en s'approchant, il arrivait à la... 07/07. Juillet 2007. Sept ans ? Jack lui aurait donné ces pilules il y a plus de sept ans ? Il aurait dit que c'était l'année dernière... Le temps, il ne maîtrisait plus du tout. L'autre jour, il avait eu envie de voir Vivien Leigh sur scène et... il avait déjà raconté cette anecdote, il n'y a pas très longtemps, non ? À qui ? Constance, probablement...

Des visages, en cavalcade. Sa mère, sa nourrice Angela, un garde suisse devant Saint-Pierre, son père Ivan, son filleul David, tous s'agglutinaient devant ses yeux comme devant un tableau. Ils continuaient à arriver. Sa sœur Anne, dans sa chaise, poussée par l'aide-soignante polonaise qui, après vingt ans passés aux États-Unis, ne parlait toujours pas anglais. Constance, dans sa plus belle robe, celle qui ressemblait à un ciel étoilé. Serge, son plus grand amour...

Il appuya son dos contre la baignoire et appela : « Miguel ? » Sa voix ne portait pas, il s'entendit à peine.

Vivants, nous oublions l'essentiel. Qu'il faut, tous les jours, penser à la mort et aimer ceux que l'on aime.

18

Samedi 6 décembre, 2 h 01

Il ouvrit les yeux très vite.

Sa position dans le canapé était la même que lorsqu'il s'était endormi, mais il n'y avait plus de musique, plus de chienne à côté de lui et il faisait bien plus chaud que deux heures plus tôt.

Sans bouger, il appela : « Irving ? »

Rien.

Il tenta, plus fort : « Monsieur ? »

Pour seule réponse, il entendit le sifflement du vent s'engouffrant sous le toit au-dessus de sa tête. Un volet se mit à battre, au loin. Cet endroit de rêve, ce cocon luxueux, devenait carrément angoissant.

Et si tout ça n'avait été qu'un coup monté ? Et si, depuis le début, sa tante et lui étaient manipulés par plus intelligent qu'eux ? On avait fait en sorte que Gaby trouve la lettre dans le bureau d'Irving, on avait drogué son neveu au Townhouse et on l'avait fait venir à Sands Point dans le but de lui retirer un rein pendant son sommeil. Il avait vu un reportage horrible à la télé, sur un trafic de reins dans une université canadienne... Terrifié, il passa sa main sur ses hanches... Il ne ressentait aucune douleur à cet endroit – *a priori*, tout était en place...

Il se redressa.

« Carmen ? »

La chienne, précédée du cliquetis de ses griffes sur le sol, apparut dans le salon.

« Bah, alors, il est où, ton maître ? »

Il dormait peut-être, tout simplement, dans sa chambre.

Frank se leva et s'y rendit, Carmen à ses basques. À peine y étaient-ils entrés que la chienne fondit sur la porte de la salle de bains, colla son museau contre l'interstice d'où s'échappait un rai de lumière et se mit à gratter, de plus en plus vite. Irving, évidemment, n'était pas dans le lit. Le message ne pouvait pas être plus clair.

Frank sentit les poils se dresser le long de sa nuque. Il frappa deux coups et actionna aussitôt la poignée : la porte n'était pas fermée à clef. Il savait parfaitement en ouvrant ce qu'il trouverait à l'intérieur.

19

Samedi 6 décembre, 2 h 45

Il fallait faire le point, décider, agir, mais il en était incapable. Après avoir vu le corps d'Irving dans la salle de bains, il était revenu dans la grande pièce et n'avait plus quitté le canapé, à un bout duquel il se tenait, prostré. Depuis quelques heures, on agitait sous son nez la promesse d'une vie meilleure (une Jaguar, une villa à la mer, un chèque de 5 000 dollars) et tous ces cadeaux s'étaient volatilisés d'un coup, sans qu'il y soit pour rien. Il trouvait ça terriblement injuste.

La mort d'Irving, c'était choquant, évidemment. Le découvrir n'avait pas été particulièrement agréable. Même si, lorsque Frank l'avait trouvé, l'âme du vieil homme avait clairement déserté son enveloppe corporelle. Le regarder faisait autant d'effet que de regarder un mannequin de cire. Et puis, le cadavre n'avait pas l'air malheureux. Il n'était pas hilare, bien sûr, mais sa bouche entrouverte traduisait une sorte de soulagement discret, celui de quelqu'un qui, arrivant en soirée, est agréablement surpris par ce qu'il découvre. En le voyant, on se prenait presque à l'envier. Non pas d'être mort, bien sûr, mais d'être mort comme ça.

Un rapide examen du corps et de la scène aurait livré des informations, même à un non-spécialiste comme Frank. La plaquette de comprimés, notamment, bien en évidence sur le carrelage, à quelques centimètres de la main d'Irving. Mais le neveu de Gaby ne prit le temps ni d'observer ni de réfléchir. Il n'y avait de sang nulle part, le vieux souriait presque : il n'avait pas été assassiné, ne s'était pas suicidé, sa mort était naturelle.

Frank avait l'intuition que la situation était catastrophique mais se sentait protégé, dans le silence enveloppant du cœur de la nuit, si loin de la ville. Dans quelques heures, il ferait jour, il préviendrait alors sa tante qui l'aiderait à résoudre ses problèmes. En attendant, seul lui importait de découvrir comment il pourrait tirer parti de la situation. Il était livré à lui-même dans un lieu dont chaque centimètre carré parlait d'opulence, il n'était pas question qu'il s'en aille sans en avoir profité d'une manière ou d'une autre. D'autant qu'il se sentait légitime dans sa quête : le maître des lieux ne lui avait-il pas fait comprendre qu'il était chez lui ? Qu'est-ce qu'il lui avait dit ? « Tout cela serait à toi si tu voulais bien le prendre. » On pouvait difficilement être plus clair.

Le chèque ? Il fallait l'oublier. Miguel n'existait pas, n'avait pas de passeport, il ne pourrait jamais le toucher. Bien sûr, il pouvait le libeller à son nom, son vrai nom, Frank Ballestero. Il pourrait alors l'encaisser, sans même être obligé de se déplacer à l'agence. Seulement, cette solution établissait la preuve qu'il connaissait Irving et que ce dernier lui avait fait un chèque juste avant de mourir. Ça semblerait à peine louche. Autant aller trouver les flics directement et leur déballer toute l'histoire (le coup de la fausse moustache les ferait certainement beaucoup rire).

Et inscrire « Gabriela Navarro » comme bénéficiaire ? Le chèque passerait pour les étrennes d'un patron reconnaissant à sa fidèle employée. Une prime de fin d'année sympathique. Excellente option, sûre et sans risque. Sauf que Gaby n'accepterait jamais. Frank connaissait sa tante. Lorsqu'elle apprendrait la mort de son employeur, elle paniquerait, voudrait tout annuler, tout nettoyer, faire comme si rien ne s'était passé et ne plus jamais en entendre parler. Ouvrir un coffre, voler du fric, c'était une chose. La mort, c'était complètement différent : les fantômes, la Santa Virgen, le purgatoire, la *mala suerte* et tout le tintouin. Même pas la peine d'essayer.

Ce chèque, il pouvait le détruire sur-le-champ. Il se faisait du mal pour rien.

Dans ce cas, le portefeuille.

Il prit les gants d'hôpital dans le sac de sport, les enfila et alla fouiner du côté de l'entrée, à la recherche du manteau qu'Irving portait en arrivant. Il le trouva suspendu à une patère dans le vestibule. Le portefeuille, glissé dans une des poches extérieures, contenait 82 dollars. Il en prit 70 et en laissa 12, à contrecœur, histoire de ne pas éveiller les soupçons. 70 dollars. Ce n'était pas 320 000 dollars, ni même 5 000, mais c'était déjà ça de pris.

Il passa un moment à réfléchir, debout, le portefeuille ouvert dans les mains. Ne pouvait-il rien faire de toutes ces cartes bancaires ? Irving avait 76 ans, une mémoire défaillante et il se méfiait peu. Il était bien du genre à avoir noté ses codes quelque part. Celui qui lui permettait de retirer de l'argent au distributeur, par exemple. À coup sûr, il était inscrit sur un bout de papier glissé dans le portefeuille. Ou rangé dans un des tiroirs du bureau, dans la grande pièce… Frank mettrait la main dessus, et alors ? Il irait retirer de l'argent au distributeur ? Un gros retrait effectué depuis le compte de Zuckerman la nuit de sa mort… Là encore, c'était idéal pour éveiller les soupçons, déclencher une enquête. Sans compter que l'acte serait signé puisqu'il serait filmé au distributeur. Tout ça pour une somme d'argent qui serait forcément modeste, les retraits au distributeur étant limités, même pour les riches. *Surtout* pour les riches. Les riches d'un certain âge. D'un certain âge et sentimentaux.

20

Samedi 6 décembre, 3 h 13

La chienne, pliée en deux sur le canapé, se lécha les parties génitales pendant plusieurs minutes. Elle arrêta, soupira lourdement, regarda Frank un moment puis fixa l'espace devant elle. Là, elle cligna des yeux, les rouvrit, les ferma plus longuement. Le processus d'endormissement était enclenché.

La mort de son maître ne semblait pas l'affecter. Quoique. À bien la regarder, on décelait dans son regard une pointe de frayeur. Mais cette expression ne lui était-elle pas naturelle ? N'était-ce pas ce qui rendait cette race de chiens si attachante ? Ces yeux exorbités, naturellement habités par l'effroi, qui disaient mieux que les mots l'horreur que le monde pouvait inspirer.

Frank la quitta du regard et observa à distance le bureau d'Irving, une belle table en bois sculpté placée en biais près de la baie vitrée. Une antiquité, à coup sûr, qui l'intriguait depuis le début de la soirée. Il décida d'aller la voir de plus près.

Les mains toujours gantées, il caressa d'abord le plateau incrusté d'un sous-main en cuir noir, avant d'ouvrir un à un les tiroirs avec autant de précaution, chaque fois, que si un diablotin monté sur ressort devait en sortir.

Il y trouva de tout : du papier à lettres à en-tête « Irving A. Zuckerman », le bulletin d'une association de surveillance du voisinage relatant un incident survenu trois mois plus tôt (un opossum s'était glissé dans la voiture d'une résidente qui ne l'avait réalisé qu'après avoir pris la route), des cartes de visite (de médecins, la plupart), une demande de règlement d'un club de golf « sous peine de résiliation de votre abonnement », un bout de papier sur lequel était écrit « Vous êtes unique » à la main, un vieux ticket de cinéma (*American Beauty*, Loews cinéma, le 02/10/1999), une loupe avec un joli manche en bois, une étiquette à bagage Jet Blue...

Plus intéressants, des relevés de compte au nom d'Irving chez Merrill Lynch figurant des camemberts, des expressions telles que « gains trimestriels », « gains cumulés » et des sommes faramineuses (« USD 1 543 897,76 », notamment). Et puis une lettre remerciant un certain Leonard de lui avoir envoyé son livre consacré à la ville de Newport. Un premier jet que, pour quelque raison, l'employeur de Gaby n'avait pas envoyé. L'intérêt de ce mot, c'est qu'il était écrit à la machine, une Underwood magnifique, une pièce de collection posée sur une desserte discrète à gauche du bureau. La chaise sur laquelle Frank était assis, montée sur pivot, permettait de passer d'une table à l'autre sans avoir à se lever.

Il reposa la lettre sur le bureau et se prit la tête dans les mains. Sa curiosité ne le menait nulle part, la fatigue commençait à l'empêcher de penser et il avait très envie d'uriner.

L'idée de retrouver le cadavre dans la salle de bains ne lui disait trop rien. Celle, par contre, de se soulager de l'autre côté de la baie vitrée lui parut lumineuse.

Il ouvrit la porte-fenêtre en la faisant coulisser sur la droite. Carmen, qui ne le quittait plus d'une semelle, se rua au-dehors et commença à pisser dans la neige tout en continuant à marcher. Frank fit deux pas dans le jardin et se libéra en admirant l'étendue glacée qui filait devant lui sur une cinquantaine de mètres. Le ciel y jetait une lumière bleutée, féerique, qui donnait à toute chose la texture du sucre glace. Sans trop savoir pourquoi, il se mit à penser au jardinier qui entretenait ce lieu. Il se demanda s'il serait triste en apprenant la mort de son employeur. Ce serait forcément une mauvaise nouvelle pour lui, qui devait être illégal (la plupart des jardiniers qu'il connaissait étaient illégaux). Et, de là, dans son cerveau exténué, prit forme une question particulièrement biscornue : comment ce jardinier sans papiers s'y prendrait-il pour toucher un chèque de 5 000 dollars ?

Il s'interrompit avant d'avoir fini, referma sa braguette. Il faisait trop froid et, surtout, il venait d'avoir une idée.

Une fois à l'intérieur, il sortit le chèque de la poche de son jean. Le compte était à la Bank of New England et il se souvenait qu'Irving lui avait parlé de l'agence d'Hempstead. Dans son sac de sport, il récupéra son portable (le sien, pas le

Nguyen), l'alluma et pria pour avoir du réseau. Deux barres sur les cinq finirent pas s'illuminer. C'était probablement suffisant. En quelques clics, il réussit à dégoter l'information qu'il cherchait : l'agence d'Hempstead de la Bank of New England ouvrait le samedi matin à 8 heures.

Il programma l'alarme de son téléphone pour 7 h 45 puis éteignit une à une les lumières de la grande pièce. Avant de s'allonger sur le canapé, il jeta un dernier coup d'œil sur son téléphone : Stephanie n'avait pas cherché à le joindre, il ne devrait pas oublier de l'appeler à son réveil. Ses yeux se fermèrent sur cette pensée, des images de rêve lui succédèrent aussitôt...

Un bruit terrifiant le réveilla subitement. Celui d'une mâchoire géante claquant des dents de plus en plus vite. Il hurla « Non !! » et se redressa dans le canapé, le bras tendu devant lui pour se protéger de l'attaque.

Silence.

Il n'y avait pas de monstre.

Le bruit reprit, moins fort. Il venait de l'extérieur.

Frank tourna lentement la tête en direction du jardin.

C'était Carmen qu'il avait oubliée dehors. Elle grattait contre la vitre pour qu'il lui ouvre.

21

Samedi 6 décembre, 8 h 12

« Bank of New England, Patrick à votre service, comment puis-je vous aider aujourd'hui ? »

Il avait l'air parfaitement reposé, Patrick. Il avait certainement dormi plus de trois heures et pris autre chose qu'un verre d'eau au petit déjeuner. Par contre, avoir à répondre au téléphone de la BNE le samedi matin n'avait pas l'air de le rendre particulièrement heureux.

« Voilà, je suis employé comme jardinier par un monsieur qui a un compte chez vous. Et, hier, il m'a fait un chèque pour les étrennes en disant que je pouvais le toucher à votre agence. »

L'accent colombien de Frank était totalement exagéré. On aurait dit celui d'un présentateur radio latino se livrant à un canular téléphonique.

« Eh bien, bonjour, monsieur…
— Torrena.
— Monsieur Torrena, je serais ravi de répondre à votre question. Le plus simple est que vous inscriviez votre numéro de compte au

dos de ce chèque et que vous le signiez. Vous pourrez ainsi le déposer à votre ban...

— Oui, non, j'ai oublié de vous dire : je n'ai pas de compte en banque. Euh, je n'ai pas de papiers, en fait, dans ce pays, si vous voyez ce que je veux dire. C'est pour ça que mon employeur m'a suggéré de me déplacer à votre agence.

— Je comprends très bien, monsieur Torrena. Dans ce cas, je vous invite à venir à l'agence avec une pièce qui nous permette de vous identifier.

— Comme quoi ?

— Un permis de conduire, une carte de sécurité sociale.

— Mais je n'ai aucun de ces papiers, je ne suis pas américain.

— Vous avez peut-être un document des services de l'immigration attestant d'une demande en instance.

— Non.

— Dans ce cas, monsieur Torrena, ce que je peux vous suggérer, c'est de demander à votre employeur de se déplacer à l'agence avec vous.

— C'est impossible, il ne se déplace plus. »

Patrick ne trouva rien à répondre.

Frank l'aida un peu : « Et s'il me faisait une déclaration disant que je travaille pour lui, ça pourrait marcher ? »

Il pourrait taper la déclaration à la machine sur du papier à en-tête d'Irving et imiter sa signature...

« Je vais me renseigner, monsieur Torrena, merci de bien vouloir rester en ligne. »

Frank se dit qu'ils ne devaient pas être très différents l'un de l'autre, Patrick et lui. Ils devaient avoir le même âge et aimer les mêmes choses :

le sport, les jeux vidéo, *Game of Thrones*. Dans un monde un peu mieux fait, ils se seraient parlé franchement. Frank lui aurait expliqué précisément la situation dans laquelle il se trouvait, et nul doute que Patrick l'aurait aidé à trouver une solution...

« Monsieur Torrena, je vous remercie d'avoir patienté. Après m'être renseigné, je vous confirme que vous pouvez toucher votre chèque à notre agence sur présentation d'une attestation d'emploi et de la copie de la pièce d'identité de votre employeur. »

Génial ! Il n'aurait qu'à joindre le permis de conduire d'Irving à la fausse déclaration et il toucherait son chèque.

« Super, merci beaucoup.

— Ces documents devant bien sûr être visés par un notaire public.

— Hein ? Mais, pourquoi ?

— Eh bien, pour attester leur authenticité.

— C'est obligé ?

— Euh, oui.

— Mais je n'en connais pas, moi, de notaire public.

— Je suis désolé, monsieur Tor... »

Frank se foutait de sa désolation et raccrocha.

C'était insupportable, ce chèque de 5 000 dollars qu'il avait dans les mains mais ne pouvait pas toucher ! Ce n'était pas comme s'il pouvait se passer de 5 000 dollars. Il avait combien sur son compte courant ? 42 dollars ? Non, ça, c'était il y a dix jours, avant de payer le loyer...

Le jour se levait, une nouvelle journée commençait, il ne pourrait plus rester dans cette maison trop longtemps. Quelqu'un pourrait venir, se montrer, à tout moment. Un employé de maison, un jardinier, un voisin. Il fallait se décider.

Il n'y avait qu'une solution : libeller le chèque à son nom, Frank Ballestero, et aller le toucher en personne à l'agence d'Hempstead (de cette façon, il obtiendrait son argent avant que la mort d'Irving soit connue).

Il ne pourrait plus nier après ça qu'il ne connaissait pas Irving, et alors ? Le vieil homme l'appréciait et lui avait fait un chèque pour Noël. Pour sa petite famille. Pour l'enfant à venir. « Il m'avait pris en sympathie, monsieur l'inspecteur, depuis qu'il savait que j'allais avoir un enfant. » « Ma tante lui avait dit que j'allais être père et il avait tenu à faire un geste. » « Nous n'étions pas proches, à proprement parler, j'ai dû le voir deux ou trois fois dans ma vie. »

De toute façon, Irving était mort naturellement, il n'y aurait pas d'enquête, il fallait arrêter de flipper. Cette histoire de chèque lui avait fait peur parce qu'il se sentait coupable. Mais, vu de l'extérieur, quand on ignorait tout du projet de cambriolage, on n'y voyait qu'une coïncidence, un hasard du calendrier.

À la limite de l'euphorie, il retrouva dans le bureau un carnet d'adresses qu'il avait eu entre les mains un peu plus tôt. Un vieux répertoire qu'Irving avait noirci de sa belle écriture, minuscule et précise. Frank s'en inspirerait pour écrire son nom sur le chèque.

Mais, avant cela, il lui fallait régler deux ou trois choses, pas forcément agréables. Informer Stephanie qu'il ferait les trois-huit à l'hôtel, pour remplacer des collègues malades. Ça, ce n'était pas le plus chiant, il pouvait même le faire par texto. C'était déjà arrivé, et Stephanie s'était réjouie parce que ça gonflait la paie de Frank.

Plus pénible serait l'appel qu'il devait passer avant cela. Le coup de fil qui apprendrait à Gaby que l'homme qui l'employait depuis quinze ans était mort pendant la nuit.

22

Samedi 6 décembre, 8 h 33

« *Dios mío !* Il est mort de quoi ?
— Je sais pas. Une crise cardiaque, je dirais.
— Et tu as appelé les secours ?
— Bien sûr que non.
— Ils l'auraient peut-être sauvé.
— Oui, et puis on aurait fait connaissance. Ils auraient pris mon nom, m'auraient demandé ce que je faisais là. Ils auraient peut-être transmis le dossier à la police. De toute façon, quand je l'ai trouvé, il était mort-mort, il n'y avait rien à sauver.
— Frank, j'ai besoin que tu me dises la vérité, c'est très important : ce n'est pas toi qui l'as tué ?
— Non, *tía*.
— Tu ne l'aurais pas étranglé parce qu'il voulait te faire des choses ?
— Non, je ne l'ai pas touché. Et il n'a rien voulu me faire, on n'a pas eu le temps.
— Un curé a été assassiné comme ça, à Tuluá, parce qu'il voulait lécher les fesses d'un autre homme.

— Il n'a pas voulu me lécher, Gaby. Il est mort de sa belle mort, dans la salle de bains, pendant que je dormais.

— Tu dormais ?

— Oui, je dormais, dans le canapé.

— Pourquoi tu dormais ?

— Je ne sais pas, ça s'est fait comme ça. On discutait sur le canapé, tout allait bien, ensuite il est parti aux toilettes et il y est resté longtemps. Tellement longtemps que je me suis endormi.

— Seigneur, il était si gentil.

— *Tía*, on est d'accord qu'il faut faire comme s'il était venu seul à Sands Point ?

— Euh, oui. Il y est allé seul et il est mort. Vous ne vous êtes jamais rencontrés et tu n'es jamais venu à Sands Point. Tu effaces toute trace de ton passage dans la maison et tu t'en vas. Tu t'en vas rapidement. »

Elle avait l'impression que le sol se désagrégeait sous ses pieds et qu'elle entamerait bientôt une longue chute. Monsieur Irving était mort, en partie à cause d'elle. Elle passerait quelques années en prison et finirait sa vie dans la rue, à taper sur une caisse en bois, comme le Noir de la station Main Street.

Il fallait qu'elle aille à l'église. Là, maintenant. Pas lavée, pas coiffée, sans avoir petit-déjeuné. À Saint-Paul-Chung-Ha-Sang. Notre-Dame des Coréens, comme elle l'appelait. Ce n'était pas son église, elle allait à Notre-Dame-du-Saint-Sacrement, mais c'était trop loin, Notre-Dame-du-Saint-Sacrement. Elle n'avait pas le temps. Elle avait besoin de s'entretenir avec Dieu, de faire le point avec lui, de lui donner sa version de l'histoire, et ça ne pouvait pas attendre.

Elle se prépara en pleurant et en se parlant à elle-même, alternativement. Elle parlait de la gentillesse de monsieur Irving et se mettait à pleurer. Puis elle disait que ce plan avait la *mala suerte* depuis le début, que Dieu lui avait envoyé des signes qu'elle avait négligés, comme la trace de somnifères sur la doudoune, et la voilà qui sanglotait à nouveau.

Et, bien sûr, elle faisait n'importe quoi. Elle enleva ses mules et, sans aucune raison, son pantalon. Là-dessus, sans avoir remis son pantalon, elle enfila ses bottes fourrées puis sa doudoune. Ce qui fait qu'elle se retrouva en collants de laine sous sa doudoune. Elle serait sortie de chez elle dans cette tenue si son portable Nguyen n'avait pas sonné.

Le numéro qui s'affichait lui était inconnu. Ce n'était pas monsieur Nguyen qui l'appelait, c'était...

« Nando ?

— Je ne te dérange pas, ma belle ?

— Non, je sortais pour aller à l'église mais je suis contente que tu m'appelles.

— Pardon de le faire si tôt, je n'ai pas pu m'empêcher. Je me suis renseigné, je sais à qui tu pourras refiler ce que tu sais.

— Seigneur.

— Hein ?

— Non, rien.

— Gabriela, je sais combien coûte ton bijou. Si on parle bien de la même chose, c'est-à-dire d'un rang de perles noires qui a appartenu à Jackie Kennedy et qui a été vendu en 2001 par Christie's, tiens-toi bien, tu seras millionnaire !

— Pardon ?

— Tu comprends maintenant pourquoi je t'appelle à 9 heures du mat' ! Le truc s'est vendu 685 000 dollars à l'époque. Je te file mon billet qu'aujourd'hui il dépasse le million. Ce qui veut dire que ce n'est pas le machin le plus facile à refourguer, mais qu'en même temps les gens intéressés le seront vraiment, tu me suis ?

— Euh, oui.

— On m'a parlé d'un type que ça pourrait intéresser. Il vit en Europe, en Belgique, d'après ce que j'ai compris. Ne t'inquiète pas, tu n'auras pas à aller là-bas. Ce type-là, tu ne le rencontreras jamais, y aura des intermédiaires, des gens qu'il va falloir arroser au passage. C'est ce que je t'ai dit, Gabriela, pas question de merder sur ce coup-là, tu joues dans la cour des grands, ma belle.

— Nando, il est mort.

— Qui ça ?

— Le monsieur pour qui je travaillais. Le propriétaire du bijou. Il est mort, cette nuit.

— Ah, merde.

— Oui, c'est épouvantable.

— Ça a dégénéré ?

— Non, il est mort naturellement. Il était âgé. Une crise cardiaque, probablement.

— Donc, la famille a récupéré le bijou.

— Hein ? Non, personne n'est encore prévenu.

— Je vois. Mais la police va vous tomber dessus.

— Non, la police n'a pas été prévenue.

— OK. Mais, comme il est mort, y a personne pour vous ouvrir la porte, vous ne pouvez plus aller le voler.

— Non, ça n'a rien à voir. Il est mort dans sa villa de Long Island. Le bijou se trouve dans son appartement de New York, et j'ai la clef.

— Ah. »

Un chant d'oiseau, dehors, semblait saluer le jour naissant. Gaby ferma les yeux. Ne t'arrête pas de chanter, pensa-t-elle, tu me fais tellement de bien, petit oiseau d'hiver...

« Gabriela, reprit Nando, il faut que tu m'expliques pourquoi c'est un problème. Outre le fait que tout décès est regrettable, bien entendu.

— Eh bien, c'est un gros choc. Je travaillais pour lui depuis 1999 et il était vraiment gentil.

— Qu'est-ce que tu faisais pour lui ? De la compta ? »

Gaby ouvrit grand les yeux : Nando ne savait pas qu'elle était devenue femme de ménage !

« Euh, oui, bredouilla-t-elle. Entre autres.

— Je vois. Dis-moi, y a quelque chose dans le coffre, en plus des perles ?

— 160 000 dollars en liquide et six lingots.

— Six lingots ?

— C'est ça.

— Plus les perles ?

— Plus les perles.

— C'est pas rien.

— Non.

— Donc, pour résumer, le bijou se trouve dans un appartement vide dont tu as la clef. Le proprio vient de mourir d'une crise cardiaque, ailleurs. Et personne n'est prévenu de ce décès.

— C'est ça.

— Dis-moi, Gabriela, tu as prévu quoi, après l'église ? »

23

Samedi 6 décembre, 9 h 11

Il l'avait gentiment invitée à déjeuner. Elle s'en était réjouie avant de comprendre que le repas n'aurait pas lieu au restaurant mais au réfectoire de sa maison de retraite, à Poughkeepsie. Le meilleur plat de la semaine y était servi le samedi midi, et il aurait fallu payer Nando très cher pour qu'il loupe ça. Au menu, ce jour-là, des boulettes de veau avec des spaghettis, sauce champignons. « Tu en as déjà mangé ? » lui avait-il demandé, comme s'il lui parlait de caviar blanc. Elle s'était dit qu'il était devenu sénile avant de se souvenir qu'en vieillissant les gens font souvent une fixette sur la nourriture.

D'ailleurs, les boulettes de veau, le réfectoire de la maison de retraite, ça n'avait pas d'importance. Elle allait le revoir, c'est tout ce qui comptait. Cette merveilleuse nouvelle réussit même, par moments, à faire passer la mort d'Irving au second plan.

Nando (que ses amis surnommaient le Lion) était une figure marquante de sa vie. Une star, une étoile qui brillait déjà quand elle était arrivée aux États-Unis, à la fin des années 1970. Autour de lui s'était formé un petit groupe de Colombiens qui arrondissait ses fins de mois en mouillant dans des combines. Une sorte de gang tranquille, sans les armes, sans les morts. Ils savaient comment récupérer les pièces de 25 cents dans les distributeurs de bonbons, par exemple, ou comment pousser un caissier à rendre 1 ou 2 dollars de plus qu'il ne devait. Ils allaient voler les canards la nuit dans Central Park et leurs femmes les cuisinaient. Une fois, ils avaient mis la main sur un lot de 1 200 boîtes de filets d'anchois en provenance de Turquie. Plus tard, ils s'étaient débrouillés pour toucher la pension de retraite d'un mort pendant les trois mois qui avaient suivi son décès...

Le mari de Gaby, Salvadore (que tout le monde appelait Pepe), faisait partie de l'équipe. C'est à ce titre qu'elle connaissait Nando, le croisait, le saluait, échangeait avec lui des regards, des sourires convenus mais un chouia soutenus qui, chaque fois, lui faisaient espérer un peu plus. Pour lui, elle aurait sans doute laissé Salvadore. Même après la naissance de sa fille. Et toute catholique qu'elle était. Mais rien n'arriva. Fernando Conte (de son vrai nom) était un séducteur-né que ses préférences portaient vers la Nordique longiligne (physique en vogue à l'époque) plutôt que vers la Colombienne d'un mètre cinquante-huit. Sa vie amoureuse, il l'avait passée à se chamailler avec une blonde qui le dépassait d'une tête et lui avait donné deux filles (dont Liliana, grâce à qui Gaby l'avait retrouvé).

Il n'était pas vraiment beau. *Érotique* le qualifierait mieux. Petit, menu, le corps noueux, il avait un système pileux très développé, une poitrine exceptionnellement velue (qui, pour quelque raison, fut longtemps jugée irrésistible) et une chevelure évoquant une crinière argentée (d'où le Lion). Nerveux, volontaire, l'air toujours préoccupé (les rares sourires qui prenaient forme sur son visage étaient un soulagement pour tout le monde), il attendait beaucoup de la vie, avec laquelle il semblait avoir conclu un pacte (je ne lâcherai rien, ne me déçois pas trop). Et ces qualités, transposées aux choses de l'amour, laissaient imaginer un amant hors du commun, exigeant, ne cédant jamais à la facilité. Sa seule présence faisait ressortir la médiocrité chez les autres hommes qui, à ses côtés, semblaient tous des grosses feignasses molles. Salvadore, avec qui Gaby avait vécu trente-huit ans, n'y avait pas coupé : nul doute que, sans le vouloir, Nando avait contribué à accélérer la dégradation de leur vie de couple dans sa deuxième partie.

Le Lion, contre toute attente, avait raté sa vie. Il était tombé, en 1990, pour une histoire de pension alimentaire, puis en 2003, pour fraude fiscale. À sa sortie de prison, en 2011, il avait 71 ans. La petite équipe de Colombiens n'existait plus, son ex-femme le détestait, le monde avait changé. Il avait de l'arthrite, un lumbago, des varices et pas un rond. Sa tignasse, intacte, ne lui était d'aucun secours. Liliana, pensant pouvoir se réconcilier avec son père, lui dénicha une place dans une maison de retraite de Baltimore, un mouroir d'où il se fit virer au bout de six semaines pour avoir rançonné une pensionnaire dont il volait le courrier.

Il vécut un moment sous une autoroute, à la lisière de Baltimore, où il se vit mourir. Puis, miracle, son dossier fut sélectionné par une fondation œuvrant contre la précarité des seniors. Il y eut deux entretiens au cours desquels il raconta n'importe quoi (qu'il était végétarien, qu'il comptait reprendre des études de droit) et il fut choisi, essentiellement pour des raisons de photogénie : il était mince et présentait plutôt bien, contrairement aux autres candidats (trois éléphants de mer, deux zombies et un satyre).

Il y gagna la résidence à vie au Sunnyside de Poughkeepsie, une maison de retraite « avec un cœur » (son slogan) située au bord de l'Hudson, « dans un cadre verdoyant, aussi reposant qu'inspirant » (son dépliant). On y trouvait beaucoup de bleu pastel, de dentelle brodée et de photos de chatons, mais ça lui était égal. Chaque matin, il remerciait le ciel de ne plus être en prison ou dans sa planque à courants d'air sous l'Interstate 95.

24

Samedi 6 décembre, 9 h 14, Flushing

Il avait suggéré à Gaby de partir sans attendre « pour être sûrs d'être servis en premier ». Se rendre à Poughkeepsie en transports en commun prenait pratiquement trois heures. Il le savait, contrairement à elle qui, affaiblie par ses quatre heures de sommeil et bouleversée par la mort d'Irving puis à l'idée de revoir Nando, n'aurait même pas pensé à poser la question. Il lui indiqua comment venir. Elle prit note, sous sa dictée, tout en se demandant ce qu'elle allait porter et si elle avait le temps de passer chez le coiffeur. Il viendrait la chercher à sa sortie du train, ce serait plus simple. Leurs retrouvailles auraient donc lieu sur un quai de gare, comme dans les films.

Le coiffeur ? Impossible. Elle eut juste le temps de se laver, d'enfiler un pantalon propre et son haut préféré, un pull en mohair grenat où se promenaient des papillons en perles et en paillettes. Puis, sa brosse à cheveux à la main, elle se planta devant la glace de la salle de bains et, là, le monde s'écroula.

Depuis quand n'avait-elle pas pris la peine de se regarder dans un miroir ? La femme qu'elle y vit, une version boursouflée et dépressive de sa grand-mère, lui fit mettre la main devant la bouche. Évidemment, la saison ne jouait pas en sa faveur – elle était grise... L'hiver était-il aussi responsable de cet œil rougi, bouffi ? De ce cheveu sec, sans vraiment de forme ni de couleur ? De cet air de femme battue ? Et surtout, elle était énorme – elle mangeait donc autant que ça ?

Le coup qu'elle reçut au moral l'affaissa encore plus.

Elle s'assit au bord du lit.

La dernière fois qu'elle avait vu Nando, Bush père était président et, d'après ses calculs, elle pesait entre dix-sept et vingt kilos de moins qu'aujourd'hui. Elle ne faisait pas encore de ménages et courait régulièrement dans les bois autour de chez elle, à Staten Island. Pour l'occasion, elle nouait ses cheveux, qu'elle avait longs, abondants, d'un alezan brillant...

Elle ne pouvait pas le revoir. Elle l'appellerait pour annuler leur rendez-vous. Le reporter, dans six mois. Le temps de se refaire une santé.

Elle s'allongea sur le lit, la brosse toujours à la main. Très vite, la position horizontale changea sa perspective. Bien sûr, elle avait vieilli, mais elle n'était pas la seule. Antonia, par exemple. Elle aussi avait pris du poids et coupé ses cheveux. Elle ne pourrait plus être cinquième dauphine à l'élection de Señorita Bogotá aujourd'hui. Et Nando, il aurait rajeuni, peut-être ? En plus, il était plus âgé qu'elle. Ils avaient douze ans d'écart, quelque chose comme ça. Pour lui, elle serait toujours jeune.

Elle irait, bien sûr. Elle mettrait de la poudre sur ses cernes, un peu de rouge sur ses lèvres (il devait bien lui rester un fond de tube quelque part) et, là-dessus, elle enfilerait son bonnet de laine qui lui donnait l'air d'une petite fille. Elle irait, et tout se passerait bien.

Samedi 6 décembre, 9 h 49, Poughkeepsie

Elle arriverait à la gare de Poughkeepsie à 13 h 11. Ce qui obligeait Nando à quitter le Sunnyside vers 12 h 30. Or, 12 h 30, c'était l'heure d'ouverture des portes du réfectoire. Et avec les boulettes de veau au menu, les résidents y feraient la queue dès midi, c'est certain. En récupérant Gaby à 13 h 11, ils seraient de retour au Sunnyside vers 13 h 45. À 13 h 45, il resterait des boulettes, bien sûr, mais ça n'aurait pas le même charme. Qui appréciait d'entrer dans un réfectoire à trente minutes de la fermeture, dans la moiteur et les odeurs de fin de service, et de se voir servir les dernières boulettes d'un plat, des pâtes roussies et de la sauce tiède ? Personne !

Bien sûr, il ne pouvait pas en vouloir à cette femme qui allait faire trois heures de train pour le retrouver, cette femme qu'il n'avait pas vue depuis vingt-cinq ans, un des rares témoins de sa flamboyance passée. Il n'allait pas tout gâcher pour une histoire de boulettes de veau.

Il se réjouissait de la voir (encore plus qu'il n'aurait pensé) et pas seulement à cause de l'histoire du collier. Il se rappelait une femme digne et droite, qui savait parler, penser, une femme dont on se demandait ce qu'elle pouvait bien faire avec ce tocard de Salvadore. Il se souvenait moins bien de son physique. Il avait vu tant de femmes dans sa vie (et tellement regardé les plus jolies) que l'image de celles qu'il avait peu connues se floutait forcément. Gabriela, croyait-il se rappeler, n'était pas mal. Avec des cheveux roux et des taches de rousseur. Pas très grande mais plutôt mince, ce qui est rare pour une Colombienne. Nul doute qu'elle avait changé, bien sûr, on change tous, mais elle était probablement restée séduisante. Elle avait dû devenir une de ces femmes que les hasards de la génétique rendent plus attirantes que leur fille...

Il s'arrangerait, pour les boulettes. Il ne savait pas encore comment, mais il s'arrangerait. C'était une de ses spécialités, un de ses talents. S'arranger.

25

Samedi 6 décembre, 10 h 02

Frank savait bien qu'il ne devait pas utiliser la Jaguar, que c'était tout en haut de la liste des choses à ne pas faire. Mais il ne voyait pas comment il pourrait se rendre autrement à l'agence d'Hempstead de la Bank of New England, que son téléphone situait à 23,6 kilomètres de Sands Point. Et il n'était pas question qu'il renonce à ce chèque. L'idée que tous ses efforts depuis la veille ne lui rapportent que 70 dollars lui était insupportable.

Et puis, la Jaguar, il ne l'emprunterait pas longtemps. Toucher ce chèque serait une formalité. Le titulaire du compte était mort huit heures plus tôt, mais à part ça, le dossier était clean, réglo. Le chèque était à l'ordre de Frank, qui possédait un permis de conduire valide et n'avait pas de casier judiciaire. L'opération prendrait moins de dix minutes. Après quoi, il retournerait à Sands Point, remettrait la voiture à sa place, repartirait à pied et serait chez lui avant midi, plus riche de 5 000 dollars.

En entrant dans la banque, il comprit qu'il y passerait plus de dix minutes. Sur six guichets, deux seulement étaient ouverts. Une vingtaine de clients y faisait la queue, depuis pas mal de temps à en juger par la mine excédée de ceux qui n'avaient pas le nez dans leur téléphone. Samedi matin : tous ceux qui n'avaient pu se déplacer pendant la semaine étaient là, forcément.

Il avait à peine pris sa place dans la file qu'une employée se montra dans le hall. Un paquet de formulaires à la main, elle se dirigeait vers les présentoirs disposés le long de la vitre. On sentait, à sa manière d'éviter les regards, que son travail n'était pas d'aider le public et que sa plus grande crainte était d'avoir à le faire. C'est pourtant exactement ce qui se passa. Elle n'avait pas fait trois pas dans la grande salle que Frank vint la trouver.

« Excusez-moi... bonjour. »

Elle se retourna. Pas de réponse, pas de sourire. Ses yeux bouffis de fatigue étaient trop maquillés (probablement pour tenter de remédier au problème de bouffissure). Un badge pendu à son cou disait qu'elle s'appelait Ann Perkins.

« Je voudrais toucher ce chèque en espèces. Vous pourriez me dire comment je dois faire ? »

Elle regarda le chèque comme s'il s'agissait de la photo d'un enfant mort.

« Vous avez un compte chez nous ?

— Non. Je voudrais juste toucher ce chèque en espèces. Il faut avoir un compte chez vous pour ça ? »

Elle prit le bout de papier, le déchiffra en fronçant les sourcils. « Vous n'êtes pas monsieur Zuckerman ? »

Elle était con, ou quoi ?

« Non, pourquoi ? »

Elle se gratta le front du bout de son faux ongle puis posa sa main sur l'avant-bras de Frank.

« Excusez-moi, je pensais que vous vous étiez fait un chèque à vous-même, je ne sais pas pourquoi ! »

Frank éclata de rire en balançant la tête en arrière, comme si ce qu'elle venait de dire était vraiment très drôle.

Elle s'absenta dix secondes, revint et lui donna un formulaire. « Remplissez juste ça. Quand vous avez fini, allez voir un de mes collègues au guichet. » Là-dessus, elle sourit de toutes ses dents : elle avait du rouge à lèvres sur les canines.

C'était aussi simple que ça. Frank la remercia avec insistance avant de se mettre à l'écart pour remplir son formulaire. Après quoi, il réintégra la file d'attente en chantonnant pratiquement. Au même moment, une Asiatique entre deux âges s'installa derrière le comptoir et un troisième guichet fut ouvert. D'un coup, Frank gagna deux places dans la file. Il se dit qu'il attendrait moins longtemps que prévu et patienta en observant les employés.

Une Asiatique, donc. Maigre, toute contractée. Le geste lent, comme freiné par la douleur. À sa gauche, une jeune Black, plutôt mignonne mais sans fantaisie, genre première de la classe. Probablement rigoureuse. Et, au bout, un homme d'une quarantaine d'années, flasque et antipathique, qui devait passer tout son temps libre sur Internet, à laisser des commentaires haineux sous les articles consacrés au mariage gay. À tout prendre, c'était encore avec lui que Frank préférerait traiter. Il était probablement moins regardant que ses deux collègues.

Pas de chance, c'est la jeune Black qui l'appela. Il lui tendit chèque, formulaire et permis de conduire sur lesquels elle posa ses beaux yeux en amande avant de taper un truc dans son ordinateur. Puis elle relut le chèque, consulta à nouveau son écran et finit par se lever. Sans aucune expression sur le visage, elle annonça qu'elle devait « vérifier quelque chose » et disparut.

Frank sentit son estomac s'emplir d'acide. Qu'est-ce qu'elle avait à vérifier, et pourquoi ne le faisait-elle pas au guichet ? Qu'avait-elle vu sur son ordinateur ? Que Zuckerman était mort ?

Un homme fit son apparition derrière le comptoir. L'Amérique personnifiée : menton carré, coupe de cheveux de Superman, pin's Stars and Stripes à la boutonnière. Quand il se mit à parler à Frank, le coin de sa bouche se releva insensiblement pour signifier son plaisir à le dominer.

« Monsieur... Ballestero ? »

Le neveu de Gaby voulut sourire mais il sentait que sa lèvre supérieure se mettrait à trembler s'il étirait la bouche.

« Je suis Dave Fisher, directeur adjoint de cette agence. Je comprends que vous souhaiteriez toucher ce chèque en espèces.

— Oui, ce sont les étrennes de mon... »

D'un geste de la main, l'autre lui signifia qu'il se fichait complètement de ses explications.

« Comme il s'agit d'une somme relativement importante, nous souhaiterions entrer en contact avec monsieur (il chercha le nom sur le chèque) Zuckerman.

— Hein ?
— Simple vérification.
— Mais...
— Ça pose un problème ?
— Vous allez faire comment ? Vous allez l'appeler ?
— Nous allons le contacter d'une manière ou d'une autre, répondit l'autre, comme s'ils étaient dans un épisode d'*Homeland*. Si vous voulez bien attendre, ça ne sera pas long. » Et il lui indiqua les canapés de la grande salle.

Que pouvait-il faire ? Demander à récupérer son chèque et s'en aller ? Rien de tel pour éveiller les soupçons. La situation avait encore l'apparence de normalité, elle devait la conserver. Il n'avait d'autre choix que d'aller s'asseoir et attendre.

Bien sûr, ils appelleraient Irving. Qu'ils le fassent sur son portable ou chez lui, il ne pourrait pas répondre puisqu'il était mort. La banque laisserait un message lui demandant de rappeler et il ne se passerait rien jusqu'à ce qu'ils apprennent son décès et procèdent à la fermeture de son compte. Non seulement Frank était assuré de ne jamais toucher les 5 000 dollars, mais la banque savait maintenant que les deux hommes étaient liés. C'était le pire cas de figure.

Il fallait récupérer le chèque, s'en aller le plus proprement possible, faire comme si rien de tout ça n'était arrivé. Il allait leur dire qu'il ne pouvait pas rester, qu'une urgence lui était tombée dessus...

« Monsieur Ballestero ? »

La jolie Black l'appelait dans son micro.

Frank se leva d'un bond et marcha jusqu'au comptoir en répétant dans sa barbe le discours qu'il avait prévu de faire.

« Écoutez, ma femme est enceinte de huit mois et elle vient de m'appeler...

— Ça ne sera pas long. »

L'employée mit un coup de tampon sur le formulaire, y inscrivit une longue série de chiffres et en signa l'extrémité.

« Qu'est-ce qui ne sera pas long ? » demanda Frank, hésitant.

Elle détacha le formulaire de sa souche et le lui tendit, avec son permis de conduire.

« Vous pouvez vous rendre à la caisse, dit-elle en indiquant le bout du comptoir. On va vous donner votre argent. »

Il la fixa, hébété. « Mais...

— Bonne journée, monsieur Ballestero. »

De retour dans la Jaguar, il prit l'enveloppe dans la poche de son blouson, l'ouvrit et passa son index tremblant sur la tranche des billets. Ce n'est pas bien épais, 5 000 dollars en coupures de 100 et de 500, ça passe inaperçu dans une poche, et pourtant ça change la vie.

Il pensa à Irving. « Franchement, merci », s'entendit-il lui dire. Bah, oui, un type qui vous fait un chèque de 5 000 dollars alors qu'il vous connaît à peine...

Au fait, qui avait répondu à sa place au téléphone ? Qui avait donné son accord à la banque ? Tout à la joie d'avoir autant de fric entre les mains, Frank avait mis de côté ce point essentiel. Le banquier avait annoncé qu'il contacterait Irving pour qu'il autorise le paiement, Irving était mort et pourtant le banquier lui avait filé l'argent. Problème.

Irving n'était pas mort. C'était la seule explication. Après tout, il ne lui avait pas pris le pouls, pas fermé les yeux. Et, n'ayant pas envie de revoir le corps, il n'était pas retourné dans la salle de bains... Le vieux s'était évanoui ou endormi. Il s'était relevé après le départ de Frank et, à l'heure qu'il était, il lisait tranquillement son courrier, assis à son bureau. L'explication était complètement délirante, et pourtant c'était la seule.

26

Samedi 6 décembre, 13 h 11

Elle descendit du train et fit quelques pas sur le quai sans le lâcher du regard. Sourire et larmes. La crinière, intacte, avait totalement blanchi. Le visage marqué, creusé, s'était figé dans une expression oscillant entre la contrariété et l'inquiétude. Le dos s'était voûté, le corps encore amaigri. La vie ne lui avait pas fait de cadeaux, c'était visible, et pourtant il dégageait une impression de santé, de combativité. On aurait dit une vieille légende du rock.

Il la considéra une seconde puis il pivota sur lui-même et la chercha de l'autre côté du quai. Il ne l'avait pas reconnue. Leurs regards se croisèrent à nouveau brièvement avant qu'il jette un œil sur son téléphone. Elle prononça son nom en agitant la main, il releva la tête et l'examina. Il ne comprenait pas pourquoi cette inconnue l'interpellait. Puis ses yeux s'arrondirent, il mit la main devant la bouche et laissa échapper un « Mais... » (interprétable, au choix, comme

« Mais, qu'est-ce qui t'est arrivé ? », « Mais, tu t'es vue ? » ou « Mais, c'est horrible ! »).

Il faut dire qu'elle n'avait pas l'air de grand-chose avec sa doudoune gris moche, son bonnet en laine d'où s'échappaient quelques mèches de cheveux raides comme de la paille et son sac en plastique Ross Dress for Less (elle avait renoncé à prendre son sac à main, dont la couture s'effilochait).

Quand elle fut assez près, Nando identifia dans ce visage ce qui en faisait la classe, la beauté. Ça se passait dans la région des yeux (lueur de détermination dans le regard) et dans le dessin des lèvres, à la fois fines et sensuelles. Il suffisait de faire abstraction de tout ce qu'il y avait autour et ils se retrouvaient trente ans en arrière.

L'étreinte fut forte, presque violente, de celles qu'échangent les gens à un enterrement. Gaby pleurait, bien entendu – elle ne faisait que ça depuis dix jours. Nando tentait en la serrant de se réapproprier le passé, de le ressusciter comme s'il pouvait en tirer une seconde chance. Il enlaçait Gabriela mais aussi leur jeunesse, les années 1970 et 1980, le New York de cette époque-là, son mariage naissant et sa bande de copains.

Il finit par la lâcher, fit un pas en arrière et l'observa.

« Tu dois mourir de faim, non ? »

Deuxième partie
Gabriela, sérieusement

27

Samedi 6 décembre, 13 h 49

Ça lui plaisait carrément, le Sunnyside, elle comprenait que Nando y invite à déjeuner. Le bâtiment se dressait sur une bande de terre calée entre une forêt qu'on aurait dit du Saskatchewan et l'Hudson – l'immense, l'apaisant, le somptueux Hudson qui semblait imposer sa douceur à tout ce qui l'entourait. Ses premières impressions ? Les feuilles d'érable tourbillonnant sur son passage, les cygnes glissant lentement sur le fleuve, les sourires pétris de tendresse des résidents...

L'intérieur aussi regorgeait de détails charmants. Il y avait des napperons brodés sur les fauteuils, des épis de blé séchés dans des godillots en céramique, des posters montrant des enfants tenant des bouquets de marguerites. Le tout baignant dans la lumière dorée d'abat-jour à franges (Gaby ne trouvait rien de plus émouvant qu'une lampe allumée par un après-midi d'hiver). Les murs, les meubles et la moquette étaient dans des tons pastel, vert, mauve ou rose (sa couleur préférée). C'était propre, ça sentait bon la tarte chaude, la lavande et les produits d'entretien (en passant devant certaines chambres, on pouvait être frappé par une odeur d'urine ou d'éther assez forte, mais l'impression restait fugace).

Elle s'imaginait parfaitement y vivre. En fait, dans un monde où chacun serait à sa place, elle vivrait au Sunnyside, et Nando à Flushing.

« Ça coûte combien, une chambre, ici ?

— Je sais pas, c'est la fondation Lynn Hammeridge qui prend en charge.

— Et qu'est-ce qu'il faut faire pour être pris en charge par cette fondation ?

— Avoir morflé.

— Alors je remplis les conditions.

— Tu es trop jeune, Gabriela.

— J'ai 62 ans !

— C'est ce que je dis, tu es trop jeune. »

La chambre de Nando était verte, tout en longueur et, surprise, il la partageait. À droite, en entrant, se trouvait un premier lit au bord duquel était assise une personne dont Gaby n'aurait pu dire s'il s'agissait d'un homme ou d'une femme. Longs cheveux gris clair noués en catogan, peignoir féminin, ongles faits : impossible de savoir en un coup d'œil si on avait affaire à une femme aux traits masculins ou à un homme qui prenait plaisir à porter des vêtements de l'autre sexe. Nando ne lui fournit aucun indice puisqu'en entrant il lança « Ça gaze, Rasmussen ? » auquel monsieur ou madame Rasmussen répondit par un sourire qui, par ricochet, se posa sur Gaby.

Au fond de la pièce, près de la fenêtre, sous un écran de télévision fixé en hauteur, un coin repas avait été arrangé. Les deux chaises de visiteurs de la chambre encadraient une petite table pliante sur laquelle étaient disposés deux assiettes en verre, des couverts en plastique, une paire de chatons en faïence (un blanc pour le sel, un noir pour le poivre) et une rose rouge dans un grand verre. La fleur avait beau être en tissu et le verre un peu sale, cette attention bouleversa Gaby qui s'approcha de la table avec hésitation. Elle était loin, la dernière fois où quelqu'un avait mis une fleur sur une table en pensant à elle...

Nando lui prit sa doudoune, la posa sur son lit et s'absenta. À son retour, une vingtaine de secondes plus tard, il avait dans les mains un plat en Pyrex recouvert de papier aluminium : les boulettes de veau.

Un silence d'église accompagna les premières bouchées, puis Gaby se lança : « C'est vraiment bon, le veau. Et pourtant, on n'y pense jamais.

— T'as raison, on pense beaucoup plus au poulet, alors que c'est pas forcément meilleur.

— Le monde entier est obsédé par le poulet. »

Nando approuva et, tout en continuant à manger, fixa du regard son invitée. « Alors, je t'écoute.

— Ah, oui, fit-elle, en rassemblant ses idées. Mais... ce n'est pas gênant ? »

Elle voulait parler de Rasmussen.

« Rasmuss ? lança Nando, sans baisser le ton. Aucun problème. »

Alors elle lui raconta toute l'histoire dans ses moindres détails. La lettre de David, le Townhouse, Sands Point. Ce qu'il savait déjà, ce qu'il ignorait. La fausse moustache, les somnifères dans le lait, la crise cardiaque dans la salle de bains...

La seule chose qu'elle omit de préciser, c'est la nature de son travail pour Irving. Après tout, qu'elle fasse son ménage ou sa comptabilité ne changeait rien au déroulement ni à la compréhension de l'histoire.

Elle négligea évidemment son assiette. À l'inverse de Nando qui finit la sienne et écouta la dernière partie de son récit enfoncé dans sa chaise, les mains jointes sur le ventre.

« Tu ne mangeras pas ?

— Pour tout dire, je n'ai pas très faim.

— Pas grave, je me les ferai ce soir... Y a des pêches au jus, si tu veux, en dessert.

— Non, merci, ça ira. »

Il l'observa quelques secondes comme si elle était une inconnue dans une salle d'attente, puis : « Tu penses que Zuckerman est vraiment mort naturellement ? Ton neveu ne te balade pas ?

— Il n'a aucune raison de me mentir.

— Il aurait pu péter un plomb.

— Je ne crois pas.

— Le vieux était cardiaque ?

— Il faisait de l'hypertension. Entre autres. Il avait des problèmes de santé.

— Comment tu le sais ?

— Il y avait des médicaments partout chez lui. Dans la chambre, sur sa table de chevet. Et il avait constamment rendez-vous chez ses docteurs. Il faisait même venir des infirmiers chez lui.

— Des infirmiers ?

— Oui, ça arrivait. Je crois qu'ils lui faisaient des piqûres. Il avait un prof de gym, aussi, qui lui faisait faire des exercices avec des balles.

— Intéressant. »

Gaby réalisa que Rasmussen, venu s'asseoir sur le lit de Nando, les observait, comme au théâtre, les pieds battants et les yeux grands ouverts.

Le Lion, lui, avait fermé les siens. Gaby pensa qu'il entamait une sieste digestive, mais il se concentrait.

« On va faire un jeu, annonça-t-il. Je suis Zuckerman. Raconte-moi précisément ce qui se passe quand je rentre chez moi, à New York.

— Eh bien, il y a deux caméras. Une à l'extérieur, l'autre dans le hall. Et puis, il y a le doorman.

— Un seul ?

— Oui. C'est un petit immeuble. Il y en a trois en tout, plus des remplaçants, mais un seul sur place à la fois.

— Donc, je rentre chez moi. Comment ça se passe avec le doorman ?

— Tu lui dis bonjour. Ou bonsoir, si c'est le soir.

— C'est tout ? Il ne me donne pas de clef ?

— Non. Tu as ta clef avec toi.

— Il m'appelle l'ascenseur ?

— C'est possible. Ça dépend du doorman. Et s'il est occupé à faire quelque chose de plus important.

— Et est-ce que ça change quelque chose si je débarque avec un infirmier ?

— Comment ça ?

— Est-ce que l'infirmier devra décliner son identité ?

— Pas s'il entre avec toi. Tu peux entrer avec un éléphant, si tu veux. Enfin, non, pas un éléphant, l'exemple est mal choisi. Mais avec qui tu veux. Par contre, si tu es dans ton appartement et que l'infirmier arrive seul, le doorman t'appellera pour que tu l'autorises à le laisser monter. »

Nando tourna la tête sur sa droite et réfléchit. Rasmussen en profita pour glisser, à l'attention de Gaby : « Vous avez une jolie peau, madame.

— Merci. »

Elle était surprise mais sincèrement reconnaissante. C'était le premier compliment qu'on lui faisait depuis longtemps.

Nando, imperturbable, lorgna son invitée : « Tu m'as dit ce matin que tu avais la clef de l'appartement.

— Absolument.

— Il avait vachement confiance, dis donc... »

C'est-à-dire qu'elle faisait le ménage chez lui tous les lundis depuis quinze ans et qu'il n'y avait jamais eu de problèmes[1]. Mais, ça, elle ne voulait pas lui dire.

« Est-ce que tu sais s'il avait une écharpe, un chapeau, hier soir, en sortant de chez lui ?

---

[1]. À part la fois où elle avait mis à la poubelle un gribouillis de Willem de Kooning qui valait dans les 80 000 dollars. Le dessin, jeté dans le conteneur réservé aux papiers et aux emballages, avait été récupéré intact et, plus incroyable encore, Zuckerman n'en avait pas voulu à sa femme de ménage. Non seulement il ne l'avait pas renvoyée mais il avait longtemps raconté l'anecdote, qui l'amusait beaucoup.

— Je n'en sais rien, mais je peux demander à Frank. C'est important ?

— Très. »

Elle se leva et, dans la doudoune que lui tendit Rasmuss, récupéra le téléphone Nguyen. Puis elle appela son neveu en marchant vers la porte.

Frank décrocha très vite : « Eh, *tía*, j'allais t'appeler. J'ai tout rangé, ça y est, je suis prêt à partir. »

Gaby marqua un temps.

« Tu es toujours à Sands Point ?

— Oui, je voulais être sûr de ne pas laisser de trace dans la maison. »

Et ça lui avait pris toute la matinée ? Ça lui parut délirant mais elle n'appelait pas pour ça.

« Frank, est-ce que tu peux me dire si monsieur Irving portait une écharpe hier soir quand vous êtes partis à Sands Point ?

— Non, il n'en avait pas.

— Il n'avait pas d'écharpe, dit-elle à l'attention de Nando. Et un chapeau ? demanda-t-elle à son neveu.

— Un chapeau, oui. Un chapeau en fourrure, avec comme des oreilles de cocker sur les côtés.

— Une chapka. »

Nando, à distance, leva le pouce en l'air.

« Pourquoi tu me demandes tout ça ? questionna Frank.

— Ne quitte pas, répondit sa tante, voyant que le Lion lui parlait.

— Il est encore là-bas ? » demanda-t-il.

Gaby fit oui de la tête.

« Alors dis-lui de ne pas bouger.

— Hein ? Mais si, au contraire, il faut qu'il parte !

— Non ! Dis-lui qu'il reste et que tu le rappelles très vite. »

Gaby approcha le portable de son oreille : « Frank, il faudrait que tu restes à Sands Point.

— Hein, mais pourquoi ?

— Je ne sais pas encore, je te rappelle très vite pour te le dire.

— *Tía*, y a qui avec toi ? Tout va bien ?

— Oui, tout va bien. Surtout, fais ce que je te dis. »

Elle raccrocha, se rapprocha de Nando.

« Il ne comprend pas pourquoi je lui ai demandé de rester. Et j'avoue que moi non plus. C'est quand même risqué. »

Il la regardait mais ne l'écoutait pas.

« Tu n'aurais pas une photo, par hasard ?

— De Frank ?

— Non, de Zuckerman.

— Oui, dans mon téléphone. »

Elle se rapprocha du lit.

« Il me faut mon manteau », dit-elle à Rasmussen, qui lui répondit : « Vous avez votre téléphone à la main…

— Non, j'en ai un autre. »

Il lui tendit aussitôt la doudoune, dans laquelle elle attrapa son portable. Elle y chercha la photo prise le jour de ses 60 ans et la montra à Nando. Il observa attentivement Irving puis se gratta l'arrière du crâne.

« Écoute, j'ai un truc à faire, ça prendra deux minutes, attends-moi ici. »

Et sans lui laisser le temps de répondre, il sortit de la chambre.

Gaby prit place dans la chaise qu'il avait occupée. La situation était critique et, pourtant, elle se sentait plutôt bien. Elle avait une bonne raison de se réjouir. Ou plutôt deux : Nando avait mis une rose dans un vase en pensant à elle et, juste avant de sortir, il avait brièvement pris ses deux mains dans les siennes. Étonnant comme ces deux attentions mettaient le reste à distance, faisaient oublier qu'un vieillard était mort, qu'un jeune homme était retenu avec son cadavre dans une villa au bord de la mer...

Du mouvement à l'extérieur attira son attention. Elle tourna légèrement la tête et vit Nando qui courait dans le parc, sur la pelouse verglacée. Il passa devant la fenêtre, très vite, comme si on cherchait à l'attraper. Et pourtant, personne ne le poursuivait.

Elle trouva ça bizarre et observa Rasmussen à la dérobée pour voir s'il partageait son étonnement. Non, apparemment, il n'avait rien vu. Par contre, il avait surpris le regard de Gaby et ce fut pour lui comme un signal.

« Ça va, madame ? lui demanda-t-il, comme s'il s'était longtemps retenu de poser la question.

— Oui, je vous remercie.

— Ah, c'est bien. »

Il avait un problème, ce Rasmussen.

« Et monsieur Conte, ça va aussi ?

— Je pense, oui.

— Ah, c'est bien. »

Un gros problème.

« Et moi, continua-t-il, ça va bien aussi.

— Eh bien, écoutez, c'est...

— C'est bien.

— Oui, c'est bien. »

La porte qui s'ouvrit en grand les fit sursauter tous les deux. Nando réapparut, fit trois pas dans la chambre et tendit la main à Gaby. « Viens ! »

Elle se leva doucement. « Je prends mon manteau ?

— Non. »

En sortant, ils manquèrent de renverser un résident qui passait devant la chambre avec son déambulateur. Ils traversèrent le couloir main dans la main et empruntèrent un petit escalier.

« Je t'ai vu courir dehors, dit Gaby, alors qu'ils montaient les marches.

— Oui, je fais le tour du bâtiment en courant quand je cherche une idée. C'est un truc qui m'est resté de l'armée.

— Et tu l'as trouvée ?

— L'idée ? Je crois. »

Au premier étage, la couleur dominante était le mauve. Nando frappa à la porte d'une des premières chambres sur sa droite et, sans attendre de réponse, entra en appelant « Pickwick ! » Il traversa la pièce comme une flèche, jusqu'au lit disposé près de la fenêtre. S'y trouvait un vieil homme que cette apparition força à interrompre sa lecture d'un gros livre posé sur ses jambes. Nando se plaça sur le côté du lit et lui donna une tape (qui se voulait affectueuse) sur la cuisse.

« La voilà, mon idée ! dit-il à Gaby. Qu'est-ce que t'en penses ? »

Gaby, gênée, salua l'inconnu d'un hochement de tête, puis elle chercha le regard du Lion : « Qu'est-ce que... Pourquoi tu voulais me montrer ce... ce monsieur ?

— Tu ne vois vraiment pas ? »

Pickwick avait le cheveu en brosse, le sourcil broussailleux et pas trop mauvaise mine. C'était un petit vieux comme on en voit partout. Un petit vieux qui n'avait pas l'air particulièrement ravi qu'on déboule dans sa chambre pour l'observer comme au zoo du Bronx. Gaby ne lui trouvait rien de particulier.

Tout cela prenait trop de temps pour Nando, qui n'y tint plus : « Je te présente monsieur Zuckerman ! »

28

Samedi 6 décembre, 14 heures

Frank avait poussé la porte de la salle de bains, regardé à l'intérieur en plissant les yeux et refermé très vite. Irving n'avait pas bougé et le doute n'était pas permis, il n'était ni évanoui ni endormi. Ça se reconnaît, la mort, instantanément.

Mais alors, qui avait donné son accord au versement de l'argent ? Qui la banque avait-elle contacté ?

Confronté à l'un des plus grands mystères de son existence, il s'était demandé qui pourrait l'aider et avait pensé à la femme aux yeux bouffis de la Bank of New England. Il se souvenait de son nom : Ann Perkins. Ann Perkins l'avait bien aimé, elle ne l'enverrait pas balader.

Il rappela l'agence et fut rapidement mis en relation avec elle. « Bonjour, je suis Frank Ballestero. Je suis venu ce matin pour toucher un chèque, vous m'avez donné un formulaire dans la grande salle, je ne sais pas si vous vous souvenez de moi.

— Je me souviens parfaitement. Vous avez obtenu votre argent ?

— Oui, merci, tout s'est bien passé. Enfin, pas exactement. C'est un peu pour ça que je vous appelle. Je ne sais pas si je peux vous en parler.

— Allez-y, je verrai si je peux faire quelque chose.

— Eh bien, cet argent, c'était un peu le cadeau de Noël de mon employeur. Je fais des travaux chez lui, je m'occupe de son jardin, de sa piscine...

— D'accord.

— Donc, en sortant de la banque, je l'appelle pour le remercier, c'est la moindre des choses.

— Bien sûr.

— Et, là, il me dit que des gens de la banque l'ont contacté et qu'ils ont eu un échange très désagréable. Ils l'auraient appelé parce que c'était une somme importante.

— Oui, c'est ce qu'ils font quand le chèque dépasse un certain montant.

— OK, mais j'aimerais bien savoir ce qu'ils ont pu lui dire qui l'a contrarié autant.

— Je comprends. C'est étrange car on ne dit jamais rien de blessant, vous imaginez bien...

— Mais ils lui ont demandé quoi exactement ?

— Eh bien, s'il avait bien fait ce chèque, s'il était d'accord pour que vous le touchiez.

— C'est tout ?

— Bah, oui... Bien sûr, ils ont d'abord vérifié son identité. C'est ce qu'on appelle les questions de sécurité. Vous savez, quand on demande le nom de jeune fille de la mère ou celui du premier animal de compagnie, ce genre de choses. C'est peut-être une de ces questions qu'il aurait mal prise ? Il est particulièrement susceptible, ce monsieur ?

— Non...

— Vous voulez que j'en réfère au chargé de clientèle ?

— Non, ça ira.

— Vous savez, en matière d'argent, les gens ont parfois des réactions irrationnelles.

— Vous avez raison.

— Vous voulez que j'essaie d'en savoir plus et que je vous rappelle ?

— Non, ça ira, je crois qu'il vaut mieux oublier ce petit incident. Je vous remercie. »

Il jeta son portable sur le canapé et se prit la tête dans les mains. C'était une histoire de fous ! Quelqu'un avait donné son accord au versement de l'argent *et* répondu aux questions de sécurité à la place d'Irving ! Alors que son corps se trouvait dans la salle de bains, avec son... Tiens, d'ailleurs, où était son téléphone ?

Il enfila les gants d'hôpital et retourna dans la salle de bains. Cette fois, il mit de la lumière dans la pièce et ouvrit grand les yeux. Le portable n'était visible nulle part. Frank s'accroupit et fit les poches d'Irving dont, rappelons-le, le pantalon était baissé. Il aperçut l'appareil génital du vieil homme (qui lui fit penser à une gousse d'ail) mais ne trouva pas de téléphone.

Il fila dans le vestibule et fouilla, cette fois, dans les poches de son manteau. Il en sortit le portefeuille, un porte-clefs en cuir Vuitton, le papier d'emballage d'une crotte en chocolat Baci, deux pièces de 25 cents et un ticket de teinturier...

Et si Irving n'avait pas de portable ? Après tout, Frank ne l'avait pas vu une seule fois un téléphone à la main. Il devait utiliser le fixe de sa résidence principale (le Mayfair) et c'est ce numéro qu'il avait communiqué à la banque. Ce qui voulait dire que quelqu'un, à New York, avait décroché à sa place, répondu aux questions de sécurité et autorisé le paiement du chèque... Cette histoire devenait carrément flippante.

Décidé à partir, il fit un dernier tour dans la villa pour essuyer les poignées de porte, de fenêtre et de robinet qu'il avait déjà astiquées. La Jaguar était garée à sa place, dans l'allée menant au garage. Il faisait grand soleil et les traces de pas dans la neige disparaissaient pratiquement à vue d'œil. Personne ne pourrait dire qu'il avait passé la nuit à Sands Point. Irving était venu seul et avait eu une crise cardiaque dans la salle de bains.

Frank se planta devant la porte d'entrée et jeta un dernier coup d'œil derrière lui. Carmen se tenait au milieu de la grande pièce. La tête penchée sur le côté, elle semblait le questionner du regard : « Et moi ? »

La chienne. Merde. Il n'y avait pas pensé. Que devait-il en faire ? La laisser ? Ce n'était pas lui rendre service. Du temps s'écoulerait avant que le corps soit découvert, autant de temps qu'elle passerait enfermée, sans bouffer, avec pour seule compagnie le cadavre de son maître sur lequel elle finirait probablement par se jeter.

La prendre avec lui n'était pas non plus une solution. La seule possibilité était de l'abandonner sur place, tout en laissant la porte-fenêtre entrouverte. De cette façon, elle pourrait s'en aller quand elle aurait trop faim, trop soif, ou trop besoin de sortir. Nul doute que, dans ce quartier de rupins, elle serait rapidement recueillie et adoptée.

Il retourna dans la grande pièce et sortit dans le jardin sans refermer complètement derrière lui. La chienne l'observa deux secondes depuis l'intérieur, et s'empressa de le rejoindre. « Sois pas conne ! » lui lança-t-il en regagnant le salon. Carmen le regarda, sans bouger. Elle avait compris qu'il s'agissait d'un truc. Apparemment, elle avait oublié d'être conne.

Mais Frank était malin. Il se caressa le ventre en disant « Manger, miam miam... » en prenant la voix d'Homer Simpson. La chienne reconnut le premier mot, agita la queue et le rejoignit à l'intérieur. Frank ressortit aussitôt et, cette fois, referma complètement la baie vitrée.

« Bien fait pour ta gueule », grogna-t-il en remontant la fermeture Éclair de son blouson. C'était de sa faute, après tout, elle n'avait qu'à comprendre ce qui se passait...

Là-dessus, le téléphone Nguyen se mit à sonner. Sa tante l'appelait. Elle prendrait mal le fait qu'il était toujours à Sands Point mais il ne s'imaginait pas lui mentir. Et puis, si elle appelait, c'est qu'elle avait quelque chose d'important à lui dire. Il devait lui répondre.

« Eh, *tía*, j'allais t'appeler. J'ai tout rangé, ça y est, je suis prêt à partir. »

Silence.

« Tu es toujours à Sands Point ?

— Oui, je voulais être sûr de ne pas laisser de trace dans la maison. »

Ce qui lui aurait pris toute une matinée. C'était long, beaucoup trop long mais, étrangement, Gaby ne releva pas.

« Frank, est-ce que tu peux me dire si monsieur Irving portait une écharpe hier soir quand vous êtes partis à Sands Point ?

— Non, il n'en avait pas.

— Il n'avait pas d'écharpe, dit-elle, comme si elle parlait à quelqu'un d'autre. Et un chapeau ?

— Un chapeau, oui. Un chapeau en fourrure, avec comme des oreilles de cocker sur les côtés.

— Une chapka. »

Elle n'était pas seule.

« Pourquoi tu me demandes tout ça ?

— Ne quitte pas. »

Frank l'entendit échanger avec un homme, le téléphone vraisemblablement plaqué contre la poitrine. Avec qui pouvait-elle bien être ? Ne devaient-ils pas être les deux seuls au courant ?

« Frank, il faudrait que tu restes à Sands Point. »

C'était quoi, ce délire ?

« Hein, mais pourquoi ?

— Je ne sais pas encore, je te rappelle très vite pour te le dire.

— *Tía*, y a qui avec toi ? Tout va bien ?

— Oui, tout va bien. Surtout, fais ce que je te dis. »

Et elle raccrocha.

Elle avait le ton de quelqu'un qui collaborait avec la police, le FBI. Frank sentit des picotements d'angoisse lui parcourir la nuque. Sa tante le manipulait depuis le début. Le coup n'avait rien à voir avec ce qu'elle lui avait raconté, il s'agissait d'une opération bien plus vaste.

Et elle savait, pour le chèque. C'est même l'équipe avec laquelle elle travaillait qui avait intercepté l'appel de la banque et répondu à la place d'Irving.

Il retourna à l'intérieur de la villa, alla sagement s'asseoir dans le canapé. La chienne lui faisait la fête mais il n'y prêtait pas attention. Il regardait anxieusement autour de lui, certain d'être filmé.

29

Samedi 6 décembre, 14 h 22

« Je n'avais pas prévu de replonger. Franchement, ici, je suis bien. Évidemment, les bingos lotos et les thés dansants, c'est pas vraiment mon truc, mais c'est tout de même plus agréable que de se prendre des coups de canif dans le bide ou de faire les poubelles de KFC pour trouver à becqueter. Bref, là-dessus, tu m'appelles. Tu sors de nulle part et tu me parles de ton affaire. Je me dis : "Elle est bien gentille, Gabriela, mais elle se débrouille, c'est sa vie." Je recherche quand même ce que tu m'as demandé et je trouve le prix du collier. Je te cache pas que ça a légèrement modifié ma vision des choses. Après quoi, tu m'apprends que le vieux a clamsé, que l'appart est vide et tout le bordel. Là, ça a commencé à se mettre en place dans ma tête. Et, évidemment, quand tu m'as montré sa photo tout à l'heure, j'ai tout de suite pensé à Pickwick. Ils se ressemblent, non ?
— Euh... hésita Gaby.

— Imagine ce que ça peut donner, Pickwick, avec le manteau, le chapeau et les lunettes de Zuckerman. Même sa mère ne pourrait pas faire la différence !
— Hein ?
— Je vais tout t'expliquer. Tu ne veux pas manger un petit truc avant ? Il y a des chaussons aux pommes au distributeur. Réchauffé au micro-ondes, c'est très bon.
— Merci, ça ira.
— Sinon, j'ai des cacahuètes dans ma chambre. Je peux faire l'aller-retour, ça prend moins d'une minute.
— Vraiment, tout va bien.
— OK. Alors, voilà ce que j'ai imaginé... »
Frank quittait Sands Point comme prévu, à deux détails près : il prenait la Jaguar et emmenait Irving avec lui. Il roulait vers Manhattan mais s'arrêtait un peu avant, dans un endroit discret, où il retrouvait les autres – Gaby, Nando, Pickwick et un quatrième larron déguisé en infirmier. Là, Pickwick enfilait les habits de Zuckerman...
« Tu veux dire qu'on va déshabiller monsieur Irving ?
— Pas du tout, on va juste lui enlever ses lunettes et sa chapka. Son manteau, aussi. Et son pantalon, bien sûr, s'ils font la même taille. »
Une fois Pickwick déguisé en Irving, tout ce petit monde se rendait dans l'Upper East Side, à deux voitures (la Jaguar et un autre véhicule que Nando emprunterait à une résidente du Sunnyside). Pickwick et le faux infirmier entraient dans le Mayfair et montaient à l'appartement le plus naturellement du monde,

comme s'ils étaient Zuckerman et son infirmier. Une fois à l'intérieur, ils ouvraient le coffre et mettaient son contenu dans un sac – un beau sac de voyage, quelque chose qui se remarque...

« Il doit bien avoir ça, Zuckerman, dans ses affaires.

— Il en a même plusieurs. Des sacs Vuitton. Il adore Vuitton. Enfin, *adorait*...

— Vuitton, parfait ! »

L'infirmier bidon sortait de l'appartement en premier, comme s'il avait fini de donner ses soins. Il quittait le Mayfair, seul, les mains vides. Pickwick l'imitait, un peu plus tard. Sauf que lui transportait le sac Vuitton contenant le magot. On donnait sa part au faux infirmier, qui pouvait rentrer chez lui. Pickwick récupérait ses habits et rentrait à Poughkeepsie en taxi. Irving était rhabillé lui aussi et on l'installait dans la Jaguar. Fin de la première période, début de la seconde.

Les deux voitures prenaient la route, direction Long Island. Frank, devant, avec la Jaguar. Un peu avant Sands Point, sur une route peu passante, il la mettait gentiment dans le fossé. Il sortait de la voiture et, avec l'aide de Nando, installait Zuckerman au volant. Le sac Vuitton vide était jeté, un peu plus loin, sur le bord de la route...

« Tu as compris pourquoi ?

— Je ne suis pas sûre.

— Parce qu'on va faire croire que Zuckerman a mis tout ce qui se trouvait dans le coffre dans un sac, qu'il a eu une crise cardiaque en allant à Sands Point et qu'il s'est tout fait voler par des gens qui passaient par là. »

Voilà ce que la police devrait gober : Irving se trouvait tranquillement chez lui avec son infirmier, lequel s'en allait normalement après avoir donné ses soins. Zuckerman sortait de l'appartement un peu après, en emportant dans un beau sac de voyage le contenu de son coffre-fort. Pour une raison quelconque, il avait décidé de le transporter à Sands Point (c'était son droit). Seulement voilà : en chemin, il avait une crise cardiaque.

Une voiture qui passait par là s'arrêtait peu après. Ses occupants avaient probablement dans l'idée d'appeler les secours mais, avant d'avoir le temps de le faire, ils remarquaient le sac Vuitton sur le siège passager. Ils l'ouvraient, par curiosité, se servaient et repartaient sans avoir prévenu qui que ce soit, en abandonnant le sac sur place. Et ce n'est que la deuxième voiture à passer sur le lieu de l'accident qui contactait le 911.

Au final, c'était quoi, cette histoire ? Un triste concours de circonstances. Un vieux avait eu une crise cardiaque au mauvais moment. Les secours constateraient la mort naturelle. L'enquête (s'il y en avait une) porterait sur le vol du sac, pas la mort d'Irving. Dans un premier temps, la police suspecterait ceux qui auraient prévenu les secours mais les innocenterait rapidement. La piste de la voiture précédente s'imposerait.

Il n'y a pas de caméra sur ce genre de petites routes, et comme les voleurs portaient des gants (d'hiver), ils n'ont pas laissé d'empreintes sur la voiture. Ils sont introuvables, intraçables. Ils sont tout le monde, n'importe qui. Des gens qui ne faisaient que passer par là, qui n'ont jamais rien volé de leur vie, qui sont devenus des voleurs par hasard.

« Qu'est-ce que t'en penses ? »

Elle pensait à ce qu'elle était trois heures plus tôt : une femme au fond du trou, qui pleurait chez elle parce qu'elle se trouvait moche et qui avait renoncé à devenir millionnaire. Elle pensait que l'homme qui était assis en face d'elle lui avait redonné confiance en elle et qu'en sa présence plus rien ne lui faisait peur. Elle pensait aussi que, décidément, elle adorait le Sunnyside, avec ses mouettes qu'on entendait depuis la cantine...

« Gabriela ?

— Oui.

— Qu'est-ce que t'en penses ?

— C'est épatant.

— Est-ce que tu vois des trucs qui ne collent pas ?

— Euh... » Elle fit abstraction des cris de mouettes et se concentra une seconde : « Oui.

— Je t'écoute.

— Eh bien, quand les secours découvriront Irving dans la voiture, est-ce qu'ils ne verront pas qu'il est mort depuis un moment ?

— Très bonne remarque. On brouillera les pistes en laissant l'une des portes de la Jaguar ouverte. Comme si les voleurs du sac ne l'avaient pas refermée. Il fait combien, le soir, en ce moment, du côté de Long Island ? En dessous de zéro, non ? Le macchabée qu'ils trouveront sera glacé. Tous les indicateurs qui permettent d'évaluer l'heure d'un décès seront brouillés. Le froid, c'est notre grande chance. C'est un coup qu'on ne pourrait pas faire en juillet... En plus, il est clamsé d'une crise cardiaque. Pas parce qu'il s'est pris un poids lourd. Ils le verront tout de suite. Une fois que cette mort douce sera constatée, il deviendra moins important de savoir exactement à quel moment elle est arrivée… Autre chose ? »

Le regard de Gaby fut happé par l'apparition de Rasmussen, derrière Nando. Il échangeait avec un autre résident, à l'entrée du réfectoire.

« Oui, je voulais te demander : Rasmussen, au départ, c'était un monsieur ou une dame ?

— Je ne sais pas.

— Tu ne sais pas ?

— C'est un peu compliqué, son histoire. Je crois que c'est un mec qui a quitté sa femme pour un autre mec et qui est devenu une femme parce qu'il voulait rester hétéro. Mais c'est peut-être le contraire. »

Gaby plissa les yeux.

« Le contraire ?

— Une femme qui ne voulait pas devenir lesbienne… Non, elle voulait le devenir… Écoute, je sais plus, revenons à nos moutons.

— Ça va être difficile, dit Gaby, en ébauchant un sourire à l'attention de Rasmuss qui arrivait à leur table.

— Bonjour, madame.

— Rebonjour.

— On ne dîne pas avant 18 heures, monsieur Conte ne vous l'a pas dit ?

— Nous ne sommes pas là pour dîner mais juste pour papoter.

— Ah, c'est bien.

— Oui.

— C'est bien, ici, pour papoter. »

Nando pivota sur sa chaise. « Rasmuss, est-ce que vous pourriez me rendre un service ? Allez voir si madame Shepisi veut bien me prêter son *Poughkeepsie Weekly*. En général, le samedi après-midi, elle a fini de le lire.

— Madame Shepisi, c'est la championne de Scrabble ?

— Exactement. Sa chambre est du côté du spa. »

Et, sans rien dire, Rasmussen disparut, sourire aux lèvres.

« On est tranquilles pour un petit moment, dit Nando. La mère Shepisi a claqué l'été dernier. » Il planta son regard dans celui de Gaby : « T'as faim ?

— Non.

— Tu me le dirais, hein ?

— Oui, oui.

— T'as d'autres questions concernant notre affaire ?

— Euh, oui... Je voulais te demander : pourquoi on a besoin d'un infirmier ?

— Parce qu'on ne peut pas laisser Pickwick ouvrir le coffre. Traverser un hall en saluant le doorman, il peut le faire, même si c'est déjà beaucoup lui demander. Ouvrir un coffre, c'est même pas la peine d'y penser.

— Et qui te dit qu'il acceptera ?

— De quoi ?

— De faire tout ça. De se déguiser en Irving.

— Oh, je ne me fais pas de souci. C'est plutôt l'infirmier qui me pose problème. Ton neveu n'aurait pas ça, dans ses relations, un type de confiance, plutôt jeune, qui pourrait passer pour un infirmier ?

— Il pourrait le faire, lui, l'infirmier.
— Non, il est allé au Mayfair hier soir. Il a été filmé, le doorman l'a vu. Imagine qu'on le reconnaisse. »

Gaby se gratta le bout du nez.

« Il m'a parlé d'un garçon, à l'hôtel où il travaille, qui le couvre quand il en a besoin. Je ne l'ai jamais rencontré mais il paraît que c'est quelqu'un de confiance. »

30

Samedi 6 décembre, 14 h 49

« Mais qu'est-ce que c'est que cette histoire ? » s'exclama Harold Pickwick, les lèvres tremblant d'exaspération.

C'était un homme nerveux. Tout comme l'était Irving. Mais si, chez l'ancien employeur de Gaby, la fébrilité était le carburant d'une énergie débordante et créative, elle ne produisait rien d'autre chez Pickwick qu'un agacement dilué.

Se ressemblaient-ils physiquement ? Autant que deux septuagénaires à lunettes, petits, secs et encore minces. Pickwick était un chouia plus costaud, il avait les traits plus épais, une tignasse gris argent et des sourcils hirsutes qui lui faisaient un peu une tête de schnauzer. Affublé des lunettes, de la chapka et du manteau de Zuckerman, il pouvait peut-être se faire passer pour lui. À condition de ne pas être regardé de trop près, ni trop longtemps.

« Il faudrait que je m'absente combien de temps ?

— Une petite heure, à tout casser, mentit Nando.

— Mais vous venez de me dire qu'on irait à New York !

— Exactement. On irait en voiture. Je conduirais. Ça ne prendra pas plus d'une demi-heure.

— Vous dites vraiment n'importe quoi ! C'est ça, le problème avec vous : vous ne pouvez pas vous empêcher de mentir ! Vous savez très bien que se rendre à New York d'ici prend au moins une heure et demie. Je ne serai jamais rentré à temps pour l'anniversaire de mademoiselle Canavaugh. Je suis désolé, cher monsieur, mais ma réponse est non. »

L'anniversaire de la mère Canavaugh. Nando l'avait complètement zappé. Ce n'était pas le genre de choses qu'il retenait, les fêtes d'anniversaire au Sunnyside.

« Ça lui fait quel âge, à la Canavaugh ?

— 85 ou 95. Elle ne sait plus si elle est née en 1919 ou 1929. Elle se souvient seulement que c'était le 6 décembre d'une année en 9. Et ça ne peut pas être 1909 ou 1939. »

Nando mit quelques secondes à comprendre.

« Et qu'est-ce que vous allez lui faire pour ses 85 ou 95 ans ? »

La connotation sexuelle de cette question, totalement involontaire, frappa Pickwick qui prit l'air affligé.

« Mary Elizabeth est mon amie. Nous allons ensemble au club de poésie et, depuis quelques jours, je travaille sur un poème que je voudrais lui lire ce soir. Une réflexion sur le passage du temps que j'aurais déjà terminée si vous ne m'aviez pas interrompu par deux fois en déboulant dans ma chambre comme des sauvages !

— Vous l'écrirez dans la voiture, suggéra Nando. Je pourrais vous aider, j'en connais un rayon sur la question. »

Pickwick haussa les épaules.

C'est mieux comme ça, pensa Gaby, en l'observant. Le pauvre homme n'avait pas la moindre idée de ce qu'on lui demanderait de faire s'il venait à New York (les détails ne lui avaient pas été communiqués), il ignorait à quel point rester à Poughkeepsie était dans son intérêt.

Ses yeux se posèrent sur Nando qui en profita pour lui désigner la porte d'un petit coup de menton. Elle ne se fit pas prier. Soulagée d'échapper à ce face-à-face tendu et curieuse de voir ce qui se passait ailleurs que dans cette chambre, elle s'éclipsa aussitôt.

Elle fit quelques pas dans le couloir avant de s'asseoir sur une chaise en plastique, sous un poster figurant une charmante cabane en pierre, cheminée fumante, au milieu d'une clairière. Là, à la manière d'une mémé installée au bord de la route dans un village andalou, elle eut tout loisir d'observer ce qui se passait sur sa gauche comme sur sa droite.

Elle vit la porte d'une chambre s'ouvrir, une tête se montrer et disparaître aussitôt. Elle entendit une alarme de réveil sonner longuement et, quelques secondes plus tard, une voix d'homme éclater de rire. Elle observa une résidente passer dans le couloir en se tenant à la rambarde qui courait le long du mur et répétant à voix basse : « George Herbert Walker Bush, George Herbert Walker Bush... »

La porte de la chambre de Pickwick s'ouvrit brusquement. Nando en sortit et vint trouver Gaby.

« C'est bon, il est d'accord.

— Comment tu as fait ? »

Pas de réponse. Il était déjà dans le coup suivant, comme aux échecs. Il la prit par le bras et la ramena dans sa chambre, au rez-de-chaussée.

Sous ses airs de paisible maison de retraite, le Sunnyside était en réalité une organisation complexe où rapports de force, chantages et règlements de compte s'exerçaient sans relâche... Et qui, depuis son arrivée, un an plus tôt, tirait les ficelles de ces intrigues ? Un certain Fernando Conte.

Ce cher Nando se rendait régulièrement à l'infirmerie où, dans les tubes de médicaments conditionnés par le personnel médical, il subtilisait du Vicodin, analgésique aux vertus planantes bien connues, qu'il remplaçait par du Diafaxyl, un puissant antidiarrhéique. Leurs comprimés ovales et blancs se ressemblaient à s'y méprendre, on ne pouvait les distinguer qu'en déchiffrant l'inscription minuscule qui y figurait, ce qu'aucune des deux aides-soignantes chargées de la distribution des cachets n'avait jamais l'idée de faire. L'une d'elles, dont le mari était en prison, avait des problèmes de santé, d'argent et de transport. Elle arrivait en retard au Sunnyside et travaillait le plus souvent dans la précipitation. L'autre, une obèse dont le but dans la vie semblait être de passer le moins de temps possible debout, préparait les piluliers tout en envoyant des textos avec beaucoup d'émoticônes, en regardant *Fashion Police* ou en se gavant d'ailes de poulet qu'elle commandait par douzaine, accompagnées de frites « extra-croustillantes » et de sauce « extra-piquante ».

Cette substitution de pilules posait forcément des problèmes, notamment aux résidents qui avaient *vraiment* besoin de Vicodin et qui, à la place, ingurgitaient un antidiarrhéique. Non seulement leurs douleurs ne diminuaient pas, mais beaucoup, soignés pour des diarrhées qu'ils n'avaient pas, se retrouvaient constipés. Le comble étant que plusieurs d'entre eux souffraient naturellement de constipation chronique, pour laquelle ils suivaient un traitement. Dans leur cas, l'action combinée des laxatifs et du Diafaxyl pouvait avoir des effets extrêmement indésirables, les premières molécules liquéfiant des excréments que les secondes retenaient. Les résidents en question se chargeaient de selles de plus en plus liquides qu'ils ne pouvaient évacuer, ils souffraient d'atroces crampes abdominales et finissaient par se vider d'un coup (« exploser » serait plus exact) en hurlant et, généralement, sans avoir eu le temps d'arriver aux toilettes.

Nando, qui avait bon fond, aurait préféré remplacer le Vicodin par une substance moins offensive, mais aucune ne lui ressemblait autant que le Diafaxyl. Et puis, il prenait ses précautions : il laissait toujours une bonne moitié de Vicodin dans chaque tube, ce qui fait que les résidents consommateurs de l'analgésique n'avaient qu'une chance sur deux de connaître l'enfer de l'antidiarrhéique.

Ce petit trafic lui permettait de se mettre dans la poche ceux qui pouvaient lui rendre service.

Dont Debbie Elliott, une ancienne prof de gym de 78 ans qui n'avait jamais réussi à arrêter de fumer. Complètement accro au Vicodin, miss Elliott l'avalait avec une poignée d'ibuprofène et un verre de bourbon – et, zou, elle passait deux bonnes heures dans les étoiles... Elle payait Nando en cash et mettait aussi à sa disposition sa voiture, une Camry autrefois gris métallisé qu'elle avait surnommée « 11 Septembre » en référence à son année de fabrication (2001) et, surtout, à son état : le levier de vitesse restait bloqué lorsqu'on le positionnait en marche arrière, le pot d'échappement se détachait constamment et il régnait dans l'habitacle une épouvantable odeur de tabac froid qui s'expliquait par le fait que sa propriétaire, n'ayant pas le droit de fumer au Sunnyside, le faisait dans sa voiture... Bien sûr, c'était ce véhicule que Nando avait prévu d'utiliser pour se rendre à New York.

Le Lion était aussi en affaire avec Eugene Kovsky, un adorable pépé de 88 ans qui lui achetait du Vicodin pour son fils. Ce dernier, agent immobilier quinquagénaire, avait proposé de régler en cannabis mais Nando avait fait passer le message qu'il préférait de la nourriture « de qualité, si possible ». Le fils Kovsky, que ce deal arrangeait, le payait donc, par l'intermédiaire de son père, en panettones importés, en bocaux de haricots verts extra-fins et en boîtes de sardines portugaises.

Nando avait d'abord entassé son stock de nourriture sous son lit, puis sous celui de Rasmussen, avant de se décider à louer un box dans un garde-meubles de Poughkeepsie. Il s'était acquitté des 7,95 dollars de loyer pendant quelques mois, avant qu'à un cours d'initiation à l'informatique son chemin croise celui de Dorothy March, 90 ans. Là, en faisant mine d'aider la vieille femme à créer sa toute première boîte mail, Nando s'était procuré ses coordonnées bancaires et avait instauré un virement mensuel permanent de 8 dollars en sa faveur. À l'insu, évidemment, de cette pauvre mademoiselle March qui ignorait totalement qu'elle pouvait avoir accès à son compte bancaire par Internet (et qui, d'ailleurs, oublia l'existence d'Internet immédiatement après cette formation). Comme elle n'avait aucune descendance (elle avait passé sa vie avec une cousine, qui avait probablement été son amante et était morte en 1994), personne ne viendrait demander des explications à Nando. D'autant qu'il s'était débrouillé pour que, dans les relevés de compte, le virement apparaisse sous l'intitulé « Frais de blanchisserie, Sunnyside ».

Il volait aussi des anxiolytiques (Alprazolam, Xanax) qu'il ne prenait même pas la peine de remplacer. Le Sunnyside en commandait en telle quantité que la disparition de quelques plaquettes ne pouvait que passer inaperçue. Le personnel de la maison de retraite piochait lui-même dans le stock pour sa propre consommation. Lorsque la fin de la réserve était en vue, on se disait que c'était du délire, puis on se rappelait que c'était la crise, que les gens étaient malheureux, et on s'empressait de passer une commande.

Madeleine Giannoulatos, 75 ans, lui en achetait une bonne partie qu'elle écoulait auprès des sœurs du couvent Sainte-Brigitte, où elle effectuait régulièrement des retraites silencieuses. Veronica Artega, 28 ans, qui travaillait au réfectoire du Sunnyside et se levait tous les matins à 4 h 30, lui en prenait aussi. Mais son plus gros consommateur était Rasmussen, à qui Nando donnait les cachets sans rien attendre en retour. Par pure amitié ? Pas vraiment. Ces petites pilules lui permettaient surtout d'avoir la paix. Rasmuss dormant seize heures par jour et trouvant que le monde entier se portait bien, c'était tout de même mieux que le Rasmuss en pleine crise identitaire qu'il avait connu à son arrivée, dont les cris de terreur nocturnes réveillaient tout le rez-de-chaussée du Sunnyside et qui avait attenté à ses jours avec une épingle à cheveux.

Tout cela est absolument passionnant mais ne répond pas à la question : qu'avait bien pu dire Nando à Pickwick pour le faire changer d'avis ?

On y arrive.

31

Samedi 6 décembre, 15 h 12

Frank agitait une boule de papier d'un côté de sa cuisse. La chienne bondissait pour l'attraper et, avant qu'elle en ait le temps, il la faisait réapparaître de l'autre côté de sa jambe. Il avait des jeux plus palpitants dans son téléphone mais n'avait pas envie de l'allumer. Stephanie avait probablement répondu à son message et disons qu'il n'était pas impatient de découvrir ce qu'elle pensait de son absence prolongée.

Carmen se lassa avant lui. Elle sauta du canapé et prit la direction de la cuisine. Au même moment, le portable de Frank se mit à sonner. Le cadran indiquait le mot magique : « Nguyen ». Sa tante le rappelait enfin !

Il se jeta sur l'appareil : « Gaby, tu m'as dit que tu rappelais très vite et ça fait au moins une heure ! »

Pause.

« En fait, ce n'est pas Gabriela, répondit une voix d'homme, grave et assurée. Je suis Nando, un de ses amis. Elle t'a peut-être parlé de moi.

— Qui êtes-vous ?
— Un ami de ta tante, je te dis.
— Pourquoi vous avez son téléphone ? »

Bruissement au bout du fil : Gaby récupéra son portable. « Frank, je suis là ! Écoute bien ce que Nando va te dire, c'est très important. On ne laisse pas tomber ! On le fait ! Le Mayfair, le coffre, on va le faire !

— Mais, *tía*…

— Le bijou coûte probablement 1 million de dollars. On va le revendre à un Belge et se partager l'argent. »

Derrière elle, la voix d'homme corrigea : « Non, il vit en Belgique mais je crois qu'il est libanais. »

Frank intervint : « Gaby, Zuckerman est mort !

— Justement, c'est une chance ! Nando va t'en parler, je te le passe. »

À nouveau, des bruits sourds de portable passant d'une main à l'autre, puis : « Bon, fils, voilà ce que tu vas faire. D'abord, tu vas appeler le garçon qui travaille avec toi et qui te rend service quelquefois.

— Biscotte ?

— Il s'appelle Biscotte ?

— Si vous parlez bien de Biscotte, oui.

— Bon, alors tu appelles Biscotte et tu lui demandes s'il a envie de se faire 10 000 dollars.

— Il dira oui, même pas la peine de lui demander.

— Demande-lui quand même.

— Qu'est-ce qu'il doit faire pour 10 000 dollars ? Je veux le faire à sa place.

— Impossible. Le doorman qui t'a vu hier soir pourrait te reconnaître. De toute façon, ne t'inquiète pas, tu toucheras plus que 10 000 dollars. Bon, tu dis à Biscotte que la seule chose qu'il aura à faire, c'est de se faire passer pour un infirmier pendant une petite heure. On fournira la tenue. S'il est d'accord, dis-lui de se pointer à 16 h 30 à la station de métro 225ᵉ rue. C'est dans le Bronx. Tu lui donnes le numéro du téléphone blanc, il appelle quand il arrive, on viendra le chercher. *Capice ?*

— Oui.

— Maintenant, toi. Voilà ce que tu vas faire : tu vas mettre le corps de Zuckerman dans la Jaguar...

— Ah, non !

— Hein ?

— Je ne touche pas au corps ! »

Gaby s'empara du téléphone. « Frank, écoute-moi...

— Y a rien à écouter, *tía* ! Je ne mets pas le corps de Zuckerman dans la voiture ! Je n'y touche pas ! Vous n'avez qu'à venir et le faire vous-mêmes !

— On ne peut pas venir à Sands Point, on perdrait trop de temps.

— Et comment je le mets, le corps, dans la voiture ? Tu as déjà vu un coffre de Roadster ? C'est fait pour une valise, une valise toute plate, pas un cadavre.

— Tu le caches sous une couverture, à l'arrière.

— Putain, Gaby, il n'y a pas de banquette arrière dans cette voiture ! »

Silence. Il se dit qu'il y avait été un peu fort. Elle ne pouvait pas savoir.

« Allô ? reprit-il timidement.

— Je crois qu'on ne s'est pas bien compris. »
Nando avait récupéré le téléphone.
« Hein ?
— Je disais : je crois qu'on ne s'est pas bien compris, toi et moi. Alors, voilà, tu vas arrêter de gueuler comme un cochon de lait et tu vas faire ce qu'on te dit. Tu vas gentiment mettre Zuckerman dans la Jaguar. Sans l'abîmer, attention, il va falloir faire preuve d'une certaine dextérité. À l'heure qu'il est, le corps doit être dur, ça ne sera donc pas le truc le plus facile du monde. Tu fais ça et tu nous retrouves à 16 h 30 au métro 225e. Tu fais comme ton copain, tu appelles en arrivant.
— Je ne vois p...
— J'ai pas fini de parler. Si à 16 h 31 tu n'es pas au métro 225e, j'appelle ta petite femme et je lui explique en détail où tu as passé la nuit, avec qui et dans quel but. Elle n'est pas d'une nature extrêmement conciliante d'après ce que j'ai compris. À ton avis, elle réagira comment en apprenant que tu étais prêt à coucher avec un vieux pour de l'argent ? Elle balance tes affaires par la fenêtre avant ou après avoir appelé l'avocat ?
— Écoutez...
— Est-ce que je t'ai autorisé à parler ? Non, parce que j'ai pas fini. Ce que je viens de te raconter, c'est qu'une mise en bouche. Parce qu'une fois que ta femme t'a quitté, quand tu ne sais plus quoi inventer pour la récupérer, pour qu'au moins elle décroche quand tu l'appelles, j'entre en scène. Et là, je deviens ton pire cauchemar. Je t'attends, je t'épie, je te guette, et je te tombe dessus au moment où tu t'y attends le

moins. Je le ferai, tu sais pourquoi ? Parce que je n'ai rien à perdre et que je suis déjà mort plusieurs fois... Tu vois quelque chose à ajouter ? »

Qui que vous soyez, vous êtes un grand malade, pensa Frank, qui bredouilla : « Non, non.

— Très bien. Alors appelle ton pote. Et rappelle-nous juste après pour nous dire s'il est d'accord. »

Là-dessus, il raccrocha.

Frank resta quelques secondes tétanisé par la surprise. Elle lui avait fait l'effet d'une lame glacée s'enfonçant doucement dans sa nuque... Sa tante ne collaborait pas avec la police ou le FBI mais avec un psychopathe... Ce fou furieux mettrait-il ses menaces à exécution ? Il ne donnait pas très envie de vérifier.

Il consulta l'heure sur son téléphone. 15 h 21. Il évaluait à une heure son temps de trajet jusqu'au lieu de rendez-vous. Et il lui fallait encore appeler Biscotte.

Il bondit du canapé, enfila les gants d'hôpital et fila dans la salle de bains retrouver son bon ami Irving.

Rasmussen dormait, dans son lit, le visage tourné vers la fenêtre, insensible à la lumière autant qu'aux éclats de voix.

Gaby, debout, les bras ballants, observait Nando rassembler ses affaires.

« C'est quand même exagéré, dit-elle.
— Quoi ?
— *Je deviendrai ton pire cauchemar.*
— Il faut ce qu'il faut, Gabriela. Tu le veux ou pas, ce foutu collier ?

— Bien sûr, mais ces menaces, quelle horreur !

— Il s'en remettra, crois-moi. À cet âge-là, c'est comme les chats, ça retient rien. Dans vingt minutes, il aura tout oublié. »

Elle en doutait. Elle connaissait la nature sensible et profondément pacifiste de Frank, elle savait qu'il avait dû avoir un choc.

Nando perçut son inquiétude et s'approcha d'elle.

« Je n'ai jamais tué personne, si c'est ça que tu veux savoir. Pour te dire la vérité, je sais à peine me battre. Mais je peux impressionner, faire peur, j'ai jamais trop compris pourquoi. Alors, bon, je m'en sers, quand c'est nécessaire. »

Il posa la main sur son épaule et l'embrassa sur le front… C'était quand, la dernière fois qu'un homme avait eu un geste affectueux à son endroit ? Même avant son accident, en 2003, Salvadore ne la touchait plus. Leur dernière étreinte devait dater de la fin des années 1990.

Elle ferma les yeux et, surprise elle-même par son audace, renversa légèrement la tête en arrière. Elle aurait tout donné, même un collier à 685 000 dollars, pour que les lèvres du Lion se posent sur les siennes…

Elle attendit, sentit la main de Nando quitter son épaule, et rouvrit les yeux au moment où il annonça : « Allez, on doit encore passer voir la mère Elliott. »

Elle enfila son bonnet et attrapa son sac en plastique. Au moment de sortir, Nando lui dit tout bas, comme s'il lui confiait un secret : « J'ai des petites feuilles de vigne farcies, si tu veux, pour la route. C'est parfait, comme encas. »

Le numéro qu'il avait fait à Frank, Nando l'avait servi à Pickwick un peu plus tôt. À peu de chose près. Le style était le même (voix posée, glaçante, absence totale de mesure), seul le contenu variait légèrement.

À son arrivée au Sunnyside, un an plus tôt, plusieurs résidents étaient venus le trouver dans le but de se faire bien voir. Parmi eux, Raymond Thompson Jr, 81 ans, qui lui avait révélé une flopée de secrets.

C'est lui qui lui avait confié que Dorothy March avait vécu avec sa cousine. Il lui avait aussi appris que Carol Dunn, 79 ans, avait eu une aventure avec l'acteur James Garner, que Bobby Gutierrez, 85 ans, n'arrivait pas à décalotter, que Charles Duffy, 91 ans, avait longtemps eu une double vie de famille (l'une en Pennsylvanie, l'autre à Chicago) et que Roy Kupitz, 80 ans, avait tué son chat sans le vouloir, en s'asseyant un peu brusquement dans son canapé.

Quant à Harold Pickwick, ce cher Harold, il avait menti sur la date de son retour de Corée, où il avait combattu. Il prétendait être rentré le 1er juillet 1953 alors qu'il avait été démobilisé le 7 janvier 1953. Un employé du ministère des Anciens Combattants avait inversé les chiffres par erreur sur un formulaire. Harold, qui l'avait vu faire, ne l'avait pas repris, et pour cause : ces six mois passés en plus sur le champ des opérations faisaient une différence de 11,49 dollars en sa faveur dans le calcul de la pension qui lui était versée annuellement. Il s'en était ouvert à son ami Raymond dans l'espoir d'alléger le poids d'un secret qu'il jugeait bien lourd. Ce qui se comprend, l'affaire était sérieuse. On ne parlait pas d'une banale histoire de fesses, d'un prépuce récalcitrant ou d'un accident de canapé, attention, il était question d'honneur, du drapeau, du pays. Une dénonciation et c'était la cour martiale, direct !

Nando, évidemment, avait sauté à pieds joints dans la brèche : « Filez-moi votre plaid, ou je cafte, pour la Corée », « Faites la queue pour moi à partir de 11 heures, ou je cafte, pour la Corée », « Allez vous excuser auprès de mademoiselle Higgins, ou je cafte, pour la Corée »...

Et, ce jour-là, après avoir invité Gaby à sortir de la chambre de Pickwick, il n'avait pas procédé autrement : « Vous savez très bien ce qui va se passer si vous refusez de venir.

— Mais, expliquez-moi une chose : pourquoi est-ce que ça tombe toujours sur moi ? Vous pourriez très bien demander à monsieur Lockhart. Il vous apprécie, lui, et serait ravi de vous rendre ce genre de service. »

Monsieur Lockhart était un bon con rougeaud, un ancien militaire qui, effectivement, vouait une admiration inexpliquée à Nando.

« Monsieur Lockhart est trop grand. Et trop gros.

— Je ne vois pas le rapport.

— Vous comprendrez... Harold, ça ne vous ferait pas plaisir de voir New York ?

— Je ne sais même pas ce qu'on y ferait, à New York. »

Nando décida de sortir l'artillerie lourde.

« Le bien.

— Je vous demande pardon ?

— À New York, on va faire le bien. Réparer une injustice... (Il construisait son mensonge au fur et à mesure.) Récupérer de l'argent. De l'argent destiné aux orphelins de la police de Poughkeepsie. Pendant des années, cet argent a été détourné par un homme peu scrupuleux, l'ancien comptable de l'association.

— Ah bon ? »

Le Lion comprit tout de suite qu'il faisait mouche. Il continua, sur le ton de la confidence : « La personne qui est avec moi, la femme que vous avez vue tout à l'heure, c'est l'ancienne assistante de ce comptable. Il lui a fallu des années pour mettre au jour ce scandale et elle est venue aujourd'hui pour me demander de l'aider.

— Mais pourquoi ne prévient-elle pas la police ?

— Le chef de la police est de mèche avec le comptable véreux qui l'a arrosé pendant des années. »

Pickwick réfléchit.

« Quelle heure est-il ? »

Nando regarda sa montre. Elle indiquait 14 h 55.

« 13 h 55, dit-il, sans hésiter.

— Et ça prendra combien de temps, votre histoire ?

— Sur place ? Pas plus d'un quart d'heure.

— Je pourrais donc vous accompagner et être revenu à temps pour l'anniversaire de Mary Elizabeth, à 19 heures.

— Absolument.

— Très bien, je le fais. Je vous accompagne. Mais c'est bien parce qu'il s'agit d'aider les orphelins de la police. »

Il avait gobé l'odieux mensonge de Nando. Le Lion lui-même n'en revenait pas. Il faut dire que, sans le savoir, il avait touché une corde sensible chez Harold, que sa mère avait abandonné sur les marches d'une église de Saint Paul, Minnesota, alors qu'il n'avait que quelques semaines.

32

Samedi 6 décembre, 15 h 26

De l'extérieur, le départ du Sunnyside ressembla un peu à un kidnapping. Pickwick parut se débattre en sortant du bâtiment, mais c'est parce que Nando le pressait et qu'il détestait ça. Et, à peine entré dans la voiture, il en était sorti précipitamment comme s'il s'échappait – cette fois, c'est la puanteur régnant à l'intérieur qui était en cause. Nando dut lui courir après en brandissant une enveloppe contenant soi-disant une lettre adressée au bureau des pensions et allocations au ministère des Anciens Combattants.

Gaby, qui en connaissait un bout sur le sujet de la propreté, ne comprenait pas qu'une voiture aussi sale puisse appartenir à une femme. Une belle femme, en plus, mince et tout (elle l'avait aperçue quand ils étaient passés dans sa chambre, prendre les clefs). Entrer dans ce véhicule était comme enfouir le visage dans un cendrier et, à peine assis, on avait le réflexe de vouloir ouvrir la fenêtre. Or, c'était assez compliqué, côté passager. Il fallait s'y mettre à deux, l'un titillant la commande d'ouverture sur le tableau de bord pendant que l'autre, tenant la vitre des deux mains, la faisait jouer jusqu'à ce qu'elle se débloque.

Ne jamais refermer complètement la vitre (afin de pouvoir l'empoigner au cas où on voudrait l'ouvrir complètement) faisait d'ailleurs partie des recommandations dont miss Elliott avait dressé la liste sur une feuille volante à l'attention de Nando, qui lui empruntait la Camry occasionnellement.

Le reste du document disait :

— *L'extrémité du pot d'échappement se détache régulièrement. On s'en aperçoit au bruit. Pas de panique, <u>le pot ne se détachera pas complètement</u>, il traîne juste sur la route. Dans ce cas, s'arrêter et recoller le bout de sparadrap qui retient le pot. S'il ne colle plus ou a disparu, en mettre un autre (il y a un rouleau quelque part dans la voiture).*

— *Ne jamais passer la marche arrière car, en général, le levier de vitesse se bloque et on ne peut plus revenir en arrière (sans jeu de mots !). Si vous devez absolument reculer, trouver une autre solution.*

— *La voiture tire à droite : ne pas s'inquiéter.*

— *La radio, l'air conditionné et le clignotant gauche sont cassés. Ne pas essayer de les faire fonctionner.*

— *Les papiers du véhicule sont au nom de Horacio Hernandez. Je n'ai jamais réussi à savoir qui était ce monsieur. En cas d'arrestation, prétendre que vous êtes monsieur Hernandez ou qu'il est un membre de votre famille, ça peut marcher…*

Je ne peux pas régulariser la situation car, avec mon problème de cataracte, je n'ai pas le droit de conduire, normalement.

— Ne jamais, absolument jamais, faire monter d'enfant dans cette voiture.

Et, pourtant, le voyage se passa sans encombre.

L'ambiance n'était pas particulièrement joyeuse dans la voiture mais il n'y eut ni cri ni menace. Et le pot d'échappement resta en place.

À l'arrière, Pickwick, un cahier à spirale sur les cuisses, un stylo à la main, relisait son discours en changeant un mot par-ci, par-là. Il nourrissait l'espoir fou de revenir au Sunnyside à temps pour l'anniversaire de mademoiselle Canavaugh. Il faut dire que, pour lui, il n'était qu'un peu plus de 14 heures. Et ce n'est pas l'horloge digitale de la Camry qui pouvait lui mettre la puce à l'oreille puisqu'elle indiquait « 08:12 » en permanence.

À l'avant, côté passager, Gaby regardait le paysage défiler, le nez enfoui dans le col de sa doudoune. Elle aurait dû penser à cette expédition, aux risques qu'elle comportait ou encore à la mort d'Irving, mais elle n'avait qu'une idée en tête : Nando. Voyait-il quelqu'un ? Quels rapports avait-il avec sa fille exactement ? Il avait dit à Frank qu'il était « déjà mort plusieurs fois », qu'entendait-il par là ?

Ils traversaient des paysages de nature sauvage qui, dans la lumière rasante de cet après-midi d'hiver, lui parurent encore plus beaux qu'à l'aller. Le silence qui régnait depuis le départ fut rompu au bout d'une petite demi-heure, alors qu'ils longeaient une forêt de bouleaux dénudés.

« Pourquoi tu leur as donné rendez-vous dans le Bronx ? » demanda Gaby.

Nando répondit calmement, sans quitter la route des yeux : « Parce que de là on ira au cimetière de Woodlawn, qui est juste à côté. J'étais à un enterrement là-bas, y a pas longtemps, et j'ai remarqué que c'était tranquille. C'est l'endroit idéal pour faire ce qu'on a à faire. »

Un quart d'heure plus tard, ce fut à son tour d'interroger sa passagère : « La boutique, tu es sûre qu'elle sera ouverte ? »

Biscotte avait fait savoir à Frank qu'il était partant. Il fallait donc trouver rapidement une tenue d'infirmier (dans une taille un peu délirante, Frank ayant évalué les mensurations de son ami à « 1,95 m et 115 kilos, à vue de nez »). Gaby avait parlé d'une boutique de vêtements professionnels, pas très loin de chez Irving, sur la Deuxième avenue, qui s'appelait... Vêtements Professionnels. Un truc immense qui proposait tous les uniformes imaginables, où ils avaient prévu de passer avant d'aller au Mayfair...

« Je ne vois pas pourquoi ce serait fermé », répondit-elle.

Nando eut un semblant d'amorce de sourire.

« Comment tu peux connaître un endroit pareil ? »

À quoi Gaby répondit, sans réfléchir : « Une de mes patronnes donnait un dîner et voulait que je porte un unif... » Elle s'arrêta net. Nando ne savait pas qu'elle était femme de ménage ! Quelle bécasse !

« Un uniforme ? demanda-t-il. De serveuse ? »

Elle se sentit rougir.

« Oui », bredouilla-t-elle, en tournant la tête du côté de la vitre (elle qui n'avait aucune repartie n'avait pas failli à sa réputation).

Le Lion comprit qu'elle était gênée, se dit qu'il avait ravivé un mauvais souvenir et laissa tomber.

Suivit un silence de plomb qui aurait duré jusqu'au Bronx si, peu après sa gaffe, Gaby n'avait aperçu une petite église au bord de la route et demandé à Nando de s'arrêter.

Il n'était pas très chaud. Il avait en horreur tout ce qui, de près ou de loin, touchait à la religion et, surtout, ils étaient pressés. « J'en ai vraiment besoin ! » insista-t-elle. Nando marmonna une réponse incompréhensible, il n'avait manifestement pas l'intention de s'arrêter...

Alors, sa passagère n'écouta que son cœur : elle détacha sa ceinture, ouvrit la portière et mit un pied à l'extérieur de la voiture, qui roulait encore. Le Lion eut juste le temps de se garer sur le bas-côté. Gaby sortit de la Camry aussi vite que si elle venait de traverser la moitié du pays sans pouvoir uriner et courut vers la bâtisse en bois blanc tout droit sortie de *La Petite Maison dans la prairie*.

Depuis la voiture, Pickwick la suivit du regard, par-dessus ses lunettes. Quand elle fut à l'intérieur, il se pencha vers le siège conducteur.

« Vous avez compris ? demanda-t-il à Nando.
— Compris quoi ?
— Vous n'êtes pas très psychologue.
— Qu'est-ce que j'aurais dû comprendre, Pickwick ?
— À mon avis, cette personne est une employée de maison et ne tient pas à ce que vous le sachiez.

— Gabriela ? Mais, non, elle fait de la comptabilité !

— Réfléchissez une seconde, on ne demande pas à son comptable de mettre un uniforme de serveur à un dîner ! Et vous avez vu sa gêne quand vous lui avez...

— Pickwick, vous savez quoi ?

— Je sens que vous allez être grossier. »

Sur ce retentit l'horrible sonnerie du portable Nguyen que Gaby avait laissé sur son siège.

Nando observa l'appareil en fronçant les sourcils. Ce ne pouvait être que Frank, il le savait et décida de décrocher. Par mesure de sécurité, il le laissa parler en premier (vieux réflexe de voyou).

« *Tía* ? demanda Frank, au bout de deux secondes.

— Non, c'est pas *tía*.

— Ah. Mais, elle va bien ?

— Je pense, oui. Elle s'est absentée quelques minutes, pour aller prier.

— D'accord. Je voulais lui demander quelque chose mais je pense que je peux vous le demander. C'est pareil, non ?

— C'est pareil.

— Voilà. J'ai mis le corps dans la voiture, j'ai tout bien nettoyé dans la maison. Ma question, c'est : qu'est-ce que je fais du chien ?

— Quel chien ?

— Un petit chien, comme dans *Men in Black*.

— D'accord, mais il sort d'où ?

— C'est le chien de Zuckerman. Enfin, c'était.

— Il avait un clebs, qu'il a emmené à Sands Point ?

— C'est ça.

— J'ignorais.

— Je ne sais pas quoi en faire. Comme je ne suis pas au courant du nouveau scénario.
— Je comprends... Y a qu'un clebs ?
— Oui, oui. »
Nando ferma les yeux et se projeta dans la version officielle de la mort d'Irving. Le vieil homme partait pour Sands Point avec son chien, qui se trouvait à ses côtés, dans la Jaguar, quand il avait sa crise cardiaque. L'animal, complètement déboussolé, s'échappait avant l'arrivée des secours, par la portière que les voleurs du sac avaient laissée ouverte...
« Prends-le.
— Vous êtes sûr ?
— Oui, je te dis. On ira le perdre sur le lieu de l'accident.
— Quel accident ?
— On t'expliquera. Y a autre chose ?
— Euh, non. »
Et, sans rien répondre, Nando raccrocha. Ce n'était pas un réflexe de voyou, il avait toujours eu du mal avec les formules de conclusion (il n'avait jamais souhaité bonne nuit à personne, par exemple).
En jetant le téléphone sur le siège passager, il surprit l'œil inquisiteur de Pickwick dans le rétroviseur.
« Qu'est-ce qu'y a, encore ?
— Perdre qui, exactement ? Après quel accident ? »

33

Samedi 6 décembre, 16 h 10

Elle était entrée dans l'église à bout de souffle. Elle ignorait où elle mettait les pieds et fut rassurée en voyant le Christ derrière l'autel. Un Christ immense, en céramique, qui l'accueillait à bras ouverts. Elle devait être chez les luthériens, c'était le même Dieu, la même histoire.

Le lieu était d'une sobriété saisissante. Murs immaculés, bancs de bois sombre, rectitude des lignes et des formes. Pas d'ornement et, comme seule touche de couleur, une nappe de velours pourpre recouvrant l'autel... Se trouvait-il dans le monde un endroit plus réparateur qu'une église ?

Il n'y avait qu'elle, et le silence. Elle se faufila dans la rangée la plus proche de l'entrée, se laissa tomber sur un banc et se mit à pleurer aussitôt. Avant d'avoir joint les mains en prière, avant même d'avoir fermé les yeux. Les émotions étaient trop fortes, et trop nombreuses, ces derniers jours...

Monsieur Irving. Elle priait pour le salut de son âme. Elle demandait à Dieu de ne pas oublier à quel point cet homme était bon. Évidemment, il voulait faire la même chose aux hommes que le curé de Tuluá, mais ça, il ne fallait pas en tenir compte. Monsieur Irving, c'était surtout le plus gentil, le plus généreux des patrons. Avec, toujours, une attention touchante, un compliment bien tourné, une petite touche d'humour. Gaby n'avait jamais souhaité sa mort, Dieu le savait bien mais elle voulait le redire. La mort, elle n'y pensait que pour elle-même. Ce n'était pas bien, ça non plus, mais ce n'était pas le sujet...

Un bruit la fit s'interrompre. Des pas, quelque part. Non, ça venait d'en haut. Du plafond. Elle leva la tête. Un oiseau était entré dans l'église. Un pigeon, qui volait bizarrement. Sur place, comme s'il se débattait. Comme s'il avait été blessé, atteint par une balle dont il cherchait à se débarrasser. Ses ailes battant frénétiquement le projetaient contre le mur, puis il heurtait le plafond...

Tout à coup, il renonça. Se laissa tomber, à pic. Dans sa chute, son corps heurta l'extrémité de la main droite du Christ rédempteur qu'il fit lentement basculer sur le côté. Gaby se dressa d'un bond et, dans un réflexe absurde, tendit la main pour empêcher l'inévitable. La statue ne chut pas de très haut, elle se brisa pourtant, dans un fracas épouvantable, en une multitude de morceaux.

Gaby mit la main devant sa bouche. Ce qui venait de se passer était tellement gratuit... De quoi était mort ce pigeon ? Et d'ailleurs, où était-il passé ? Là, par terre, dans un coin de l'autel, il agonisait sur le plancher. Seigneur...

Elle regarda autour d'elle : personne d'autre n'avait assisté à la scène. Elle ne pouvait pas rester, on ne pouvait pas la trouver seule avec ce Christ en mille morceaux. Bouleversée, les yeux rivés sur ce qui restait de la statue, elle s'extirpa de la rangée et hésita : devait-elle se signer face à un espace vide, à un Christ explosé ? Elle le fit rapidement, en baissant les yeux, puis elle sortit de là aussi vite qu'elle put.

La femme que Pickwick et Nando virent sortir de l'église ne ressemblait à rien. Ses gestes étaient désordonnés, ses yeux gonflés, son maquillage avait coulé... Ce n'était pas censé faire l'effet inverse, ce genre de petites visites ?

34

Samedi 6 décembre, 16 h 59

« Messieurs, si tout va bien, dans moins de deux heures, je remettrai à chacun de vous la somme de 10 000 dollars... »

Biscotte avait appelé, pratiquement à l'heure, et Nando était passé le prendre. En le voyant qui attendait sous le métro aérien, le Lion avait déchanté. D'abord, il était beaucoup trop grand. En passant dans le hall du Mayfair, infirmier ou pas, il attirerait forcément l'attention du doorman. Or, le but était de se fondre le plus possible dans le décor.

Et puis il avait l'air de tout sauf d'un infirmier. Cette impression de laisser-aller, cet œil de poisson mort : on l'imaginait mal, pour tout dire, avoir la moindre responsabilité. On le visualisait plutôt vautré sur un canapé à se gaver de Cheetos ou assis sur un perron, un ghetto blaster à ses pieds.

Comme prévu, le Lion l'avait conduit à une dizaine de kilomètres de là, au parking du cimetière de Woodlawn (désert et plongé dans un épais brouillard nocturne). Là, sous la lumière intermittente du plafonnier de la Camry, il avait organisé une sorte de briefing pour son équipe de choc.

« Des fonds qui étaient destinés aux orphelins de la police de Poughkeepsie ont été détournés par un individu peu scrupuleux et, ce soir, nous allons les récupérer. 10 000 dollars, c'est ce qui vous sera versé en remerciement.

— Je le savais, dit Biscotte.

— Quoi ?

— Pour les 10 000 dollars. Frankie me l'avait dit. »

Nando se demanda si cette information présentait une utilité quelconque. *A priori*, non.

« D'accord, mais je fais le point pour tout le monde.

— Et que devrons-nous faire exactement ? demanda Pickwick.

— C'est ce que je m'apprête à vous dire.

— Je suis prêt à faire beaucoup de choses pour 10 000 dollars », dit Biscotte en agitant sa main devant sa bouche de manière obscène.

Pickwick leva les yeux au ciel.

« Ce ne sera ni dangereux ni compliqué, reprit Nando. Vous, Pickwick, vous vous ferez passer pour un monsieur très riche.

— Monsieur Zuckerman ?

— Comment vous le savez ?

— Ce n'est pas difficile, vous n'avez que ce nom-là à la bouche ! C'est lui qui a détourné l'argent des orphelins ?

— Exactement, c'est lui.

— Je lui dirais bien deux mots, à ce sinistre personnage.

— Et vous, Biscotte, reprit Nando, vous serez son infirmier. Dès que cette réunion sera terminée, on ira vous acheter une tenue. »

Personne ne commenta, étrangement.

« Tout ce que vous aurez à faire, l'un et l'autre, c'est vous rendre dans l'appartement de Zuckerman, dégui...

— J'ai une question, coupa Biscotte.

— Allez-y.

— Machin, là...

— Zuckerman ?

— Ouais. Est-ce qu'il va falloir qu'on le tue ?

— Je ne tue personne ! bondit Pickwick. Même pour les orphelins de la police ! Je préfère vous le dire tout de suite !

— Pas du tout ! dit Nando. Vous ne devrez tuer personne. Vous devrez juste ouvrir un coffre. Un coffre à clavier numérique. Vous saurez le faire, Biscotte ?

— Quoi ?

— Ouvrir un coffre à clavier numérique.

— Moi, je sais ! répondit Pickwick. Et je sais de quoi je parle, j'ai ouvert le coffre de Marvill & Marvill à Westchester tous les matins pendant trente-huit ans ! C'est très simple : vous partez de zéro, vous faites le premier chiffre à gauche, le second à droite, le troisième à gauche, ainsi de suite, et...

— Non ! coupa Nando. Ça, c'est un coffre à serrure... »

Il s'arrêta, inspira à fond et avisa Biscotte : « C'est vous qui ouvrirez le coffre, OK ? Pas Harold.

— C'est qui, Harold ?

— La personne assise à côté de vous.

— C'est moi, dit Pickwick.

— Il ne faut pas le laisser ouvrir le coffre.

— Super nom, mec, dit Biscotte à Pickwick. Félicitations.

— Merci... À mon tour de poser une question, monsieur Conte. Est-ce qu'il serait possible, d'une manière ou d'une autre, de gagner plus que 10 000 dollars ?

— Non, Harold. Ce n'est pas un jeu télévisé, c'est l'argent des orphelins de la police, ne l'oubliez pas.

— Je posais juste la question.

— Tu n'as pas besoin de fric ! protesta Biscotte.

— Je vous demande pardon ?

— Les vieux n'ont pas besoin de fric !

— J'ai une famille, figurez-vous ! Dix petits-enfants !

— Moi, j'ai besoin de fric ! J'ai plus de taf ! J'ai démissionné aujourd'hui !

— Ah bon ? demanda Nando. Mais pourquoi ?

— Quand Frank m'a téléphoné pour me dire que j'allais gagner 10 000 dollars, j'ai appelé mon boss pour lui dire d'aller se faire enculer.

— Je ne sais pas si c'était la meil...

— Il ne faut jamais quitter son travail, intervint Pickwick. Quand j'étais jeune, j'aidais à la mercerie qui était tenue par mon oncle Ronald, que tout le monde appelait révérend Patterson parce qu'il était aussi homme d'Église. Nous habitions Luverne, dans le Minnesota. Oncle Ronald avait accepté de me prendre dans la boutique malgré mon jeune âge, sur l'insistance de mon père adoptif (Dieu ait son âme) qui...

— C'est encore long ? coupa Nando.

— C'est vrai, mec, fit Biscotte, c'est le début d'histoire le plus chiant que j'ai jamais entendu.

— Vous continuerez un autre jour, quand on aura plus de temps.

— J'ai encore une question ! lança Biscotte.

— Très bien.

— À qui appartient cette voiture ?

— Miss Elliott, répondit Pickwick.

— Mec, je n'ai jamais vu une caisse aussi pourrie !

— Je suis bien d'accord avec vous.

— Putain, mec, cette miss Elliott devrait être poursuivie pour possession de caisse pourrie ! »

Là-dessus, Biscotte tapa dans ses mains et, hilare, se mit à danser avec les bras. Pendant pratiquement une minute, la voiture fut secouée au rythme de ses mouvements. Il était clairement défoncé.

Nando observa Gaby qui, sur le siège passager, avait l'air aussi affligé que lui. Il avait constitué la pire équipe qui soit. Aucun de ces deux hommes n'avait pris la mesure de ce qui l'attendait. L'un était trop vieux, l'autre trop embrumé. Et le pire, c'est qu'il était impossible de revenir en arrière. Frank allait débarquer d'un moment à l'autre avec un cadavre : il faudrait bien en faire quelque chose.

Le Lion attendit la fin du numéro de Biscotte et reprit, calmement : « Bien. Il y a plusieurs choses à avoir à l'esprit. D'abord, quand vous entrerez et quand vous sortirez de l'immeuble. Passez le plus discrètement possible devant le doorman, mais ne filez pas non plus comme des vol... »

Pickwick donna un coup dans l'épaule de Biscotte.

« Vous pourriez vous pousser un peu ? Vous prenez toute la place ! Vous avez plein d'espace, de l'autre côté ! »

Nando reprit, comme si de rien n'était : « Faire un signe de tête au doorman, très bien. Lui parler, pas question. Et vous savez pourquoi ? »

Pickwick plissa les yeux. « Excusez-moi, je n'ai pas écouté la question. Vous pouvez répéter ?

— Il veut qu'on dise pourquoi qu'on doit pas parler au doorman, résuma Biscotte.

— C'est une question facile, glissa Nando.

— Facile, oui, quand on connaît la réponse, dit Pickwick. Est-ce que ce ne serait pas pour éviter d'être enregistrés ?

— Mais, non ! Réfléchissez ! On vous demande d'être des personnes que vous n'êtes pas, pourquoi est-ce que c'est mieux de ne pas parler ? C'est facile ! »

Biscotte eut une idée : « Je pense que c'est parce que l'infirmier est muet.

— Hein ? Quel infirmier ?

— L'infirmier que je joue. Eh bien, je pense que, dans la vraie vie, il est muet.

— Mais vous ne jouez pas un infirmier réel !

— Vous avez dit que le vieux joue Zuckerman et que je joue son infirmier, alors je me suis dit que si vous ne voulez pas qu'on parle, c'est parce que, dans la réalité, l'infirmier est muet.

— Mais on ne vous demande pas de... »

Nando s'arrêta. Quelque chose montait en lui qui l'empêchait de continuer. Il tourna la tête sur le côté, fixa le vide un instant, puis sortit de la Camry en claquant la portière. Il courut vers l'avant de la voiture, se plaça face à elle et, des deux poings, asséna quatre coups sur le capot : « *Fuck ! Fuck ! Fuck ! FUUUCK !* »

Trois paires d'yeux stupéfaites le virent se laisser tomber sur la carrosserie, croiser les bras et y enfouir la tête. Quelques secondes s'écoulèrent dans un silence absurde avant que Gaby se décide à sortir et le rejoigne.

« Tu ne devrais pas te laisser abattre, murmura-t-elle, en posant la main sur son dos.

— T'as vu les tocards qu'on a récupérés ! Et cons comme leurs pieds, en plus de ça. Ça va foirer, c'est évident. »

Gaby jeta un œil à l'intérieur de la Camry dans laquelle, au même instant, Pickwick et Biscotte recommençaient à se chamailler (pour une histoire d'espace, probablement).

« C'est souvent quand les choses semblent désespérées qu'elles réussissent. »

Nando ne semblait pas convaincu. « En plus, t'avais raison, Pickwick ne ressemble pas à Zuckerman. »

Gaby n'eut pas le temps de lui répondre. Son visage fut brièvement éclairé par les phares d'une voiture qui entrait sur le parking et elle releva la tête. Frank arrivait.

Elle courut à sa rencontre et lui fit signe de se garer près de l'entrée, à distance de 11 Septembre (il n'était pas indispensable que Pickwick et Biscotte voient le cadavre).

Frank avait à peine posé un pied dehors que sa tante se jeta dans ses bras : « Je suis tellement heureuse de te voir !

— Moi aussi, *tía*... Biscotte est là ?

— Oui, Nando est en train de leur expliquer ce qui va se passer.

— *Leur* ? Y a quelqu'un d'autre ?

— Oui... »

Elle posa la main sur la joue de son neveu, qu'elle trouva très beau malgré les signes de fatigue. Puis son regard glissa vers la Jaguar. « *Dios mío* », murmura-t-elle en se signant.

Zuckerman était assis côté passager, la chapka enfoncée sur la tête. Il portait une paire de lunettes ridicule, verte, en forme d'étoiles. L'expression de son visage était paisible, lointaine. Il avait bien l'air mort, mais comme on voit rarement des cadavres portant des lunettes de carnaval à l'avant des voitures, on se disait qu'il ne pouvait que dormir.

« C'est bizarre, ces lunettes, dit Gaby.

— Je sais, mais avec ses lunettes de vue on voyait qu'il était mort. J'ai cherché des lunettes de soleil dans la villa. C'est les seules que j'ai trouvées.

— Tu as gardé ses lunettes de vue ?

— Oui, elles sont dans son manteau. »

Il y eut un court silence et Frank ajouta : « C'était moins difficile que je pensais. »

Gaby chercha sa main.

« Tu as été très courageux. »

Elle crut apercevoir quelque chose sur le siège conducteur de la Jaguar et s'avança timidement.

« La chienne est avec toi ?

— Oui, il l'a prise hier soir.

— Je ne savais pas.

— Je n'allais pas la laisser à Sands Point.

— Non, bien sûr... Qu'est-ce qu'on va en faire ?

— Ton copain a dit qu'on irait la perdre sur le lieu de l'accident. Je te dis ça, je ne sais même pas de quel accident il s'agit. » Il souffla dans ses mains pour les réchauffer. « J'ai vraiment besoin de savoir ce qui va se passer, Gaby.

— Bien sûr... Viens. »

Ils n'avaient pas fait trois pas en direction de 11 Septembre que Frank demanda : « *Tía*, est-ce qu'Irving avait un téléphone portable ?

— Bah, oui. Pourquoi tu me demandes ça ?

— Il n'a pas sonné une seule fois.

— Il a dû l'éteindre. Il n'aimait pas s'en servir, il n'y comprenait rien. C'est même moi qui lui ai appris qu'il pouvait programmer son réveil sur son téléphone. »

L'explication n'était pas satisfaisante. Et Frank était dans une position délicate : il devait en apprendre plus sans éveiller les soupçons de sa tante.

« D'accord, sauf qu'en partant de Sands Point je l'ai cherché. Je voulais être sûr qu'on ne laissait rien derrière nous, tu comprends. Je l'ai cherché partout et je ne l'ai pas trouvé.

— Tu as regardé dans ses poches ?

— C'est là que j'ai cherché en premier. »

Gaby réfléchit.

« Il y a forcément une explication, *mijo*. Une explication toute simple. »

Il ne lui disait pas tout, elle le sentait bien, mais elle n'avait plus de neurones disponibles pour ce genre de détails.

Elle prit son neveu par le bras.

« Viens, je vais te présenter. »

35

Samedi 6 décembre, 18 h 46

Le 6 décembre 2014, un peu avant 19 heures, une Camry rouge au capot enfoncé passa devant le 69 Est 79ᵉ rue dans un grincement de poulie rouillée (la voiture s'était inexplicablement mise à crisser en quittant le Bronx). À son bord, Fernando Conte alias Nando, dit le Lion, Harold Pickwick Jr et Brandon Cole, dit Biscotte.

« C'est là, voyez, dit Nando. L'auvent vert. »

Pickwick, assis à l'arrière du côté de l'immeuble, se mit à compter les étages sur la façade en s'aidant de son index. Un, deux, trois, quatre...

« Pas de lumière, annonça-t-il.

— Vous êtes sûr ?

— Absolument. Il n'y a aucune lumière visible au quatrième étage. »

La voiture tourna à droite sur Madison, fit le tour du bloc et revint sur la 79ᵉ, se garer à distance du Mayfair, à un emplacement où Gaby faisait le planton.

Frank, lui, avait été redirigé vers un parking couvert des environs où la Jaguar se ferait moins remarquer que sur celui d'un cimetière du Bronx. Il n'en bougerait qu'une fois le vol accompli, pour aller mettre en scène l'accident de Zuckerman sur la route de Sands Point.

Pickwick avait enfilé le pantalon, le manteau et la chapka d'Irving sans faire trop d'histoires et, même s'il se sentait engoncé dans ces vêtements trop petits pour lui, le résultat était encourageant. Son visage, camouflé par le chapeau, les lunettes et le col relevé, était pratiquement inidentifiable. S'il baissait la tête en passant dans le hall (ce que Nando avait dû lui répéter soixante-quinze fois), il n'y avait aucune raison pour que le doorman réalise qu'il n'était pas Zuckerman.

Biscotte portait plutôt bien sa tenue d'infirmier bleu dragée XXL, même par-dessus son pull, qu'il avait tenu à garder. Tout s'était parfaitement déroulé à Vêtements Professionnels, où aucun justificatif n'avait été demandé. Gaby lui avait même pris une paire de sabots d'infirmier, des sabots en plastique blancs qu'il trouvait « cool ». Ils avaient été à l'origine du seul incident de la soirée quand, un peu plus tard dans la voiture, dans le but de les enfiler, Biscotte avait enlevé ses tennis, des Nike qu'il avait portées tous les jours (et souvent la nuit) au cours des deux années écoulées. L'odeur de décharge publique qui avait immédiatement investi l'habitacle fit pousser à Pickwick le cri de quelqu'un à qui on arracherait une molaire sans anesthésie. « C'est horrible ! reconnut Gaby en plongeant le nez dans sa doudoune. Ouvrez, ouvrez ! » Nando tenta de baisser la vitre de son côté mais elle était bloquée. Il se jeta alors contre la portière qui s'ouvrit en grand, d'un coup, en rayant le trottoir. La chienne se précipita au-dehors, non pas à cause de l'odeur, mais pour uriner, créant un mini-scandale parmi les passants qui se voyaient contraints de la contourner. Surtout, la coulée jaunâtre se rapprocha dangereusement d'un cabas à roulettes dont la propriétaire, une vieille peau habillée comme en 1958, menaça immédiatement d'un procès. Un court débat s'ensuivit parmi les passants, pour savoir si le pipi de Carmen avait ou non touché les roues du cabas. Nando se greffa à l'attroupement et mit rapidement fin à la scène, à sa façon. « Je vais te le faire bouffer, ton cabas de merde ! hurla-t-il. Comme ça tu pourras me dire s'il a le goût de la pisse ! »

Les tennis furent enveloppées dans le sac plastique fourni par Vêtements Professionnels, jetées dans le coffre, et on n'en entendit plus parler.

Gaby monta dans la voiture. « Alors ?
— Pas de lumière, dit Nando. Y a personne au quatrième.
— Et le doorman ?
— C'est un Blanc.
— Blanc américain ou blanc albanais ?
— Plutôt américain.
— Ça veut dire que c'est Mike.
— C'est pas bon ?
— Disons qu'il a une tête de con et la personnalité qui va avec. Le genre fayot avec les riches, odieux avec les autres. Le genre à tout vérifier. »

Elle semblait soucieuse. Et Nando encore plus.

« On ne peut pas reporter, chuchota-t-il. On ne peut pas garder le corps une nuit de plus.

— Je sais. »

Le Lion respira un grand coup et se tourna vers les deux hommes assis à l'arrière.

« Vous pourriez me rappeler la principale recommandation ? »

Pickwick déplia discrètement une feuille qu'il avait détachée de son cahier à spirale.

« Sans regarder vos notes, ajouta Nando.

— Sans les notes, c'est impossible.

— Vous n'allez pas sortir votre bout de papier quand vous traverserez le hall !

— Ne pas parler au doorman, intervint Biscotte, d'une voix assurée. Parce que si on parle, il va savoir qu'on n'est pas Zuckerman et son infirmier. »

Ils semblaient un peu plus au point qu'une heure plus tôt. Mais Nando ne se faisait pas trop d'illusions. Ils n'étaient pas devenus intelligents, ils avaient simplement mangé (Pickwick, deux feuilles de vigne farcies, et Biscotte, deux menus McNuggets), ce qui avait eu pour effet de les calmer un peu.

Gaby posa sa main sur celle de Nando. Inutile de les gaver d'informations. Ils devaient y aller maintenant.

Le Lion pivota sur son siège et ouvrit lui-même la portière à Pickwick. Le vieil homme sortit de la voiture et fila aussitôt en direction du Mayfair, sans attendre Biscotte. Ce dernier, une fois sur le trottoir, dut encore se pencher vers la voiture pour attraper la chienne. Le premier était déjà loin quand le second se mit en marche, à une cadence rappelant celle d'un dromadaire. Avaient-ils compris qu'il fallait qu'ils entrent ensemble au Mayfair ? Que Biscotte ne pourrait pas monter autrement ?

Nando n'en croyait pas ses yeux. « C'est pas possible », dit-il, en s'écroulant sur le volant.

Gaby regarda Biscotte déposer Carmen au pied d'un arbre sur le trottoir et l'observer renifler la base du tronc. Effectivement, c'était très énervant.

« Tu vas faire diversion ! lança-t-elle à Nando en sortant de la voiture. Je ne peux pas y aller, le doorman me connaît. Vas-y, toi ! »

Elle claqua la portière.

Nando mit le contact, saisit le levier de vitesse, et là, s'immobilisa. Il s'était garé derrière un 4 × 4 et devait faire une marche arrière pour sortir. Seulement, avec cette voiture, une marche arrière, c'était impossible.

Sur le trottoir, Gaby lui faisait signe de se dépêcher.

Il n'y avait qu'une solution. Il mit le levier de vitesse sur L, braqua le volant complètement à gauche et pressa l'accélérateur. La Camry bondit en avant en heurtant le 4 × 4. Le pare-chocs arrière du tout-terrain explosa le phare droit de 11 Septembre, dont l'ampoule se retrouva à pendre comme un œil sorti de son orbite. Mais (miraculeusement) aucune alarme ne se déclencha. Et Nando avait réussi à sortir.

La voiture dépassa Biscotte au moment où il prenait Carmen dans ses bras et se retrouva rapidement au niveau de Pickwick. Le vieux, indifférent à ce qui se passait autour de lui, se rapprochait rapidement de l'entrée du Mayfair. Il y entrerait sans attendre son complice, c'était évident. Nando ralentit pour s'accorder à sa vitesse, puis chercha un élément qui, dans le décor, l'aiderait à créer une diversion...

Le lampadaire, devant l'immeuble. Ça pouvait le faire. Aucune voiture n'était garée le long du trottoir et la chaussée était encore verglacée par endroits. Les conditions se trouvaient réunies.

Le Lion ne lâcha plus Pickwick du regard. Quand le vieil homme pénétra sous l'auvent, le doorman l'aperçut depuis l'intérieur et se précipita pour lui ouvrir la porte. Pour Nando, ce fut un signal : il appuya sur l'accélérateur et roula en direction du lampadaire, que la Camry heurta *doucement* au niveau du radiateur. Il ne voulait pas prendre le risque d'être immobilisé après coup. Résultat, le « choc » ne produisit pratiquement aucun bruit. Pas de quoi attirer l'attention de Mike (le doorman) qui était sur le point d'ouvrir la porte au faux Zuckerman.

Nando eut alors l'idée de klaxonner – comme s'il s'était écroulé sur le volant, après un accident classique.

Bien joué. Mike qui, au même instant, tirait la porte en disant « Bonsoir, monsieur Zuck... » ne termina pas sa phrase. Son regard se porta au-dehors, sur la scène du faux accident.

Pickwick entra dans le hall. Le doorman, absorbé par ce qui se passait à l'extérieur, sortit en laissant la porte se refermer derrière lui. Il fronça les sourcils et se rapprocha de la voiture avec la prudence de celui qui redoute un mauvais coup. Dans la Camry, Nando se tenait courbé sur le volant, les mains sur les côtes...

Pickwick, de son côté, réalisa en voyant la porte de l'ascenseur qu'il ne savait plus s'il devait se rendre au troisième ou au quatrième étage. Il s'arrêta, fit un tour sur lui-même, aperçut le doorman à l'extérieur et, décidé à lui demander à quel étage se trouvait l'appartement de monsieur Zuckerman, sortit de l'immeuble.

Nando, le voyant réapparaître, se tordit de plus belle dans la voiture, pour retenir l'attention de Mike : « J'ai rien vu venir ! Vous avez vu quelque chose, vous ? »

L'autre était suspicieux comme pas deux.

« Faut pas rester là » fut sa seule réponse.

C'est alors que Biscotte arriva sur les lieux, de sa démarche tranquille et chaloupée, Carmen dans les bras. Lui comprit instantanément ce qui se passait. Il alla à la rencontre de Pickwick (sur le point de parler au doorman) et, sans rien perdre de sa nonchalance, le prit par le bras dans le but de le ramener au Mayfair.

Mike, voyant un grand Noir s'approcher de Zuckerman, s'élança vers eux pour prévenir tout problème. Ce faisant, il identifia la tenue d'infirmier de Biscotte et reconnut Carmen dans ses bras. Oups, le grand Black était en fait l'infirmier du vieil homme...

Il bondit sur la porte qu'il ouvrit en grand pour laisser entrer les imposteurs. Biscotte murmura *in extremis* « Baisse la tête, mec » à l'oreille de Pickwick, qui pénétra dans le hall le menton sur la poitrine. De lui, Mike ne vit que sa chapka. Il attendit que les deux hommes soient passés pour lâcher la porte et retourner voir Nando.

Le Lion, qui avait vu ses complices entrer finalement dans l'immeuble, n'en croyait pas ses yeux. Dopé par ce succès, il redoubla d'énergie dans son numéro d'accidenté.

« J'ai pas d'assurance, vous pouvez le croire ? Y a qu'à moi que ça arrive, ces trucs-là !

— OK, mais faut pas rester là. »

Il n'avait que cette phrase à la bouche.

« J'y vais, j'y vais… Dites, j'ai un service à vous demander. Cette voiture ne fait pas marche arrière, vous pourriez m'aider à la pousser ?

— Non », répondit l'autre.

C'était un vrai con, Gaby avait raison.

Au même moment, dans le hall du Mayfair, Pickwick s'excitait. « Vous avez vu ? dit-il à Biscotte, monsieur Conte a eu un accident ! J'étais dans cette voiture il y a cinq minutes, je pourrais être blessé à l'heure qu'il est !

— Putain, mec, combien de fois il t'a dit, ton copain, de pas parler quand t'étais dans le hall ! »

Ils atteignirent l'ascenseur. Biscotte appuya sur le bouton.

« Je vous prierais de me parler sur un autre ton ! lui répondit le vieil homme. Je me souviens très bien de la recommandation de monsieur Conte, figurez-vous. Et je n'aurais pas parlé s'il ne s'était pas produit un effroyable accident. »

Il n'avait jamais autant parlé.

« C'était bidon, l'accident, t'avais pas compris ? Et puis, tiens ! » Il lui flanqua Carmen dans les bras. « C'est ton chien, mec ! Je suis pas ton porteur ! »

Avant qu'Harold ait le temps de répondre quoi que ce soit, l'ascenseur tinta et sa porte s'ouvrit.

En sortit une très belle jeune femme, combinaison noire près du corps, écouteurs dans les oreilles. Laura Cunningham, présentatrice (entre autres) d'une chronique intitulée « Votre argent » sur une chaîne d'info du câble. Elle vivait au cinquième étage et avait pour habitude de courir dans Central Park le samedi en début de soirée.

En apercevant Carmen, elle tendit la main pour lui caresser l'encolure. « Salut, toi ! » Elle avait beaucoup d'affection pour cette bête, qui se tortillait de plaisir chaque fois qu'elle la croisait...

Les yeux de la jeune femme passèrent naturellement du carlin à son maître. Et là, le sourire qui ornait son joli visage se changea en un rictus où l'inquiétude le disputait à la surprise. « Wow », laissa-t-elle échapper, en cessant immédiatement de caresser la chienne. Zuckerman n'était plus Zuckerman. Il était presque le même, mais complètement différent à la fois. Flippant, pensa-t-elle, en s'élançant dans le hall. Super flippant.

Elle aperçut le doorman sur le trottoir et se dit qu'elle allait lui en parler. Il aurait peut-être une explication. Et puis on ne pose jamais assez de questions.

Mike la vit et se précipita vers la porte pour lui ouvrir. « Bonsoir, mademoiselle. »

Elle retira l'écouteur de son oreille droite.

« Bonsoir, Mike. Vous avez remarq... »

Son attention fut happée par la vision de la Camry encastrée dans le lampadaire. Elle s'arrêta avant de passer la porte. « Qu'est-ce qui se passe ?

— Oh, c'est rien. Un type qui s'est pris le poteau. Il sera parti quand vous reviendrez.

— C'est fou.

— C'est à cause de la neige d'hier. Ça glisse encore par endroits. Faites attention en courant.
— C'est gentil de me prévenir.
— C'est normal, ça fait un peu partie de mon travail... Vous vouliez me dire quelque chose ? »

Euh, oui, mais elle avait oublié. Ça ne devait pas être si important. Et puis, elle avait tellement envie de se retrouver dans le parc, de sentir l'air glacial sur son visage, de se jeter dans l'effort.

« Non, c'est bon. Merci, Mike. »

Elle remit l'écouteur dans son oreille et s'éloigna à petites foulées sur les premières mesures de *Girl on Fire*, d'Alicia Keys.

36

Samedi 6 décembre, 19 h 03

Quand l'ascenseur s'ouvrit au quatrième étage, la chienne sauta des bras de Pickwick et courut jusqu'à la porte de son appartement, qu'elle avait reconnu.

Les deux hommes n'y firent pas attention.

« 4B, 4B... » dit Biscotte, en se dirigeant vers l'appartement opposé. Il déchiffra l'indication au-dessus de la porte. « Non, ça, c'est 4A. »

Carmen, qui se trémoussait sur l'autre paillasson, se mit à aboyer. « Tais-toi donc ! ordonna Pickwick, resté devant l'ascenseur. Tu vas nous faire prendre !

— Il n'y a que deux portes, murmura Biscotte, en revenant sur ses pas. Donc, c'est forcément l'autre. »

Il se planta devant le 4B et introduisit dans la serrure la clef que Gaby lui avait donnée. Un quart de tour, et la porte s'ouvrit. Ça commençait comme ça, la richesse : ne même pas avoir à faire d'effort pour ouvrir sa porte.

La chienne se rua à l'intérieur. Biscotte trouva l'interrupteur, mit de la lumière et avança dans un silence respectueux. Le couloir spacieux. La moquette crème. Les huiles, au mur, éclairées par des spots invisibles. Le silence. L'odeur. L'odeur de propre, apaisante, rassurante. Ça ne sentait jamais comme ça chez sa grand-mère.

Il s'aventura dans le salon où l'éclairage extérieur répandait une douce lumière bleutée. Même dans la pénombre, c'était très beau. Avec ses meubles chers et ses statues qui semblaient attendre dans le noir, on aurait dit le truc où on exposait les tableaux – comment ça s'appelait déjà ? Un musée. C'est ça, on aurait dit un musée.

Il retourna dans l'entrée.

« OK, mec, dit-il à Harold, faut que tu lises tes notes. »

L'autre leva les yeux au ciel. « Vous pourriez arrêter de dire "mec" à tout bout de champ ? Ça ne vous rend pas service, vous savez.

— Allez, lis tes notes, fais pas chier. »

Le vieil homme déplia la feuille chiffonnée sur laquelle il avait inscrit les consignes dictées par Nando.

« Alors... *En entrant, mettre les gauts...* (Il releva la tête.) Ça ne veut rien dire !

— Je le crois pas, t'arrives même pas à te relire !

— Monsieur Conte n'a pourtant pas parlé de gauts.

— Les gants, stupide ! En entrant, mettre les gants ! »

Harold plongea la main dans la poche du manteau d'Irving et en sortit deux paires de gants d'hôpital dans leur sachet en plastique. En les enfilant, ils entendirent Carmen aboyer quelque part dans l'appartement.

« Qu'est-ce que c'est ?

— On s'en fout.

— Il signale peut-être une présence », dit Pickwick, qui n'avait pas remarqué que Carmen était une femelle.

Et il partit aussitôt à la rencontre de la chienne, qu'il trouva dans la cuisine, devant deux gamelles en aluminium parfaitement vides. Sur l'une était inscrit *food*, sur l'autre *water*. Le message ne pouvait pas être plus clair.

« Tu vois, dit Biscotte en les rejoignant, il a juste faim.

— Vous avez raison. »

Sur ce, Pickwick plongea le nez dans sa liste.

« Alors... *Prendre un beau sac de voyage dans la penderie du couloir.*

— Vas-y, toi.

— Je vous demande pardon ?

— Vas-y, toi. J'attends ici. »

Le vieil homme obtempéra. Biscotte voulait se retrouver seul un moment. Il n'avait jamais vu une aussi belle cuisine ni, surtout, un aussi beau frigo. C'était un truc immense, pas très haut, plutôt trapu. Deux portes en métal brossé, chacune flanquée d'une barre verticale en acier avec, encastré dans celle de gauche, un distributeur de glaçons à capteur digital. Un frigo de star, comme il devait y en avoir chez Kim et Kanye.

Il l'ouvrit aussi délicatement que s'il manipulait un parchemin biblique. Le truc était tellement rempli qu'on n'aurait pas pu y mettre un œuf. Il y avait un poulet froid entamé et plein de fromages sous une coupelle en verre. Il y avait des fruits exotiques et une grosse part de gâteau rouge dans une boîte en carton indiquant qu'il venait d'une boulangerie, pas du supermarché. Il y avait des bouteilles de champagne avec des blasons dorés sur l'étiquette, du jus d'orange garanti pas concentré, et du lait dans une jolie bouteille en verre... Putain, mec, il avait une de ces envies de lait !

Il se demanda s'il avait le droit. Bien sûr, du moment qu'il gardait les gants. Ce n'était pas comme si la police allait effectuer des relevés de salive sur cette bouteille... Il la décapsula, la renifla rapidement et la vida sans faire de pause. À la fin, essoufflé et étourdi, il se dit que ce lait avait un goût bizarre et émit un rot de pratiquement trois secondes. Il ouvrit le placard sous l'évier, trouva la poubelle (toutes les poubelles du monde se trouvent sous l'évier de la cuisine) et y jeta la bouteille vide.

Puis il décida qu'il avait faim, rouvrit le frigo et, cette fois, fit un sort à du saumon dont l'emballage disait qu'il avait été fumé à la braise... C'est bien simple, il n'avait jamais rien mis dans sa bouche qui avait si bon goût. Il en aurait pleuré de plaisir.

À ses pieds, la chienne l'observait, la tête relevée. L'envie la paralysait et la faisait frissonner en même temps. Biscotte se saisit d'une tranche de poisson et fit semblant de la jeter vers l'entrée de la cuisine. Carmen partit en trombe et freina juste à temps pour éviter Pickwick qui arrivait au même moment.

« Je pense que ça fera l'affaire. »

Il avait à la main un sac de voyage au motif damier ébène. Biscotte leva le pouce en signe d'approbation.

« Vous mangez ? constata Harold.

— Non, je fais une réussite.

— Vous mangez énormément.

— Toutes les deux heures. Comme Usain Bolt.

— Votre organisme n'a pas le temps de souffler. »

Biscotte consulta l'heure sur le four.

« Il est 7 heures passées, mec. C'est normal que j'aie faim.

— Mais, non, il n'est pas 7 heures passées ! »

Harold approcha du four. L'horloge indiquait 7 h 12.

« Je ne comprends pas, il n'était pas 6 heures, il y a un quart d'heure.

— Impossible, mec.

— Écoutez, j'ai demandé l'heure à monsieur Conte dans la voiture et il m'a dit qu'il était 6 heures moins dix.

— Il s'est gouré, c'est tout.

— On ne se trompe pas, en général, quand on donne l'heure. »

Biscotte sortit son portable de sa poche et le colla sous le nez de Pickwick. Il indiquait 7 h 14.

« Nom de Dieu ! S'il est 7 h 14, ça veut dire que l'anniversaire de Mary Elizabeth a déjà commencé », dit le vieil homme en quittant la pièce.

« Hey ! » appela Biscotte.

Harold réapparut. « Je vous laisse ça, dit-il en posant les consignes sur la table. Vous en aurez plus besoin que moi. »

Biscotte sauta du plan de travail sur lequel il était assis, et retrouva son complice dans le vestibule.

« Tu ne peux pas partir !

— Désolé, cher monsieur, mais j'ai des engagements. »

Biscotte s'intercala entre Pickwick et la porte d'entrée.

« Et l'argent des orphelins ?

— Vous le récupérerez tout seul. Je vous ai laissé le mode d'emploi, vous y arriverez très bien sans moi.

— Le problème, c'est après. Je ne peux pas ressortir avec le sac, à cause des caméras. Ils vont croire que c'est moi qui a volé le fric ! »

Harold s'agrippa au mètre quatre-vingt-quatorze dressé devant lui, dans l'espoir de le déplacer. Biscotte, sans bouger d'un pouce, saisit les poignets du vieil homme, qui gémit de surprise. Carmen, qui les observait, se mit à aboyer.

« Lâchez-moi, vous me faites mal !

— Tu peux pas partir, mec !

— Oh, vous puez le poisson, c'est une infection ! »

37

Samedi 6 décembre, 19 h 15

À trois cents mètres de là, Gaby et Nando attendaient, dans 11 Septembre. Ils avaient trouvé à se garer sur la Troisième avenue, devant une friperie tenue par la Fondation contre l'arthrite (c'est ce qu'indiquait la devanture).

« Je pense souvent au nombre de gens qui viendront à mon enterrement, lâcha Nando, après un long silence.

— Souvent, comment ?
— Une fois par jour. Au moins.
— Hein ?!
— Pas toi ?
— Ça m'arrive, mais pas tous les jours.
— Et tu es confiante ? Tu penses que ça n'aura pas l'air trop vide ?
— Je pense pas qu'il y aura beaucoup de monde. Mais ça m'est égal, je serai morte.
— Vu comme ça.
— On ne peut pas le voir autrement. Oprah pourrait venir à mon enterrement, ça ne ferait aucune différence pour moi.

— Oui, enfin, si y a personne, tu passes quand même pour un con. »

Un jeune couple s'arrêta devant la boutique pour regarder un petit ours en peluche dans un coin de la vitrine. Ils s'attendrirent, s'enlacèrent, s'embrassèrent. La jeune femme était enceinte. Nando détourna le regard.

« Ce qui est bien avec un truc comme le Sunnyside, c'est que c'est une réserve de gens qui peuvent venir à ton enterrement. Eux, ça les occupe pendant deux heures, ils sont contents, et toi, tu passes moins pour un con. C'est donnant-donnant. Tu peux compter sur vingt personnes du Sunnyside. Vingt personnes, minimum. C'est déjà bien. »

Gaby approuva en hochant la tête.

« Côté famille, continua Nando, y aura Liliana, c'est obligé. Son mec, aussi. Il ne peut pas m'encadrer mais il ne pourra pas faire autrement. Mes neveux, je suis moins sûr. On sait jamais, avec les gosses, surtout si ça tombe un jour de semaine. C'est con, parce que ça ferait trois personnes de plus. »

Il comptait sur ses doigts. Il comptait sur ses doigts le nombre de gens qui viendraient à son enterrement !

« Donc, Sunnyside plus famille, j'en suis à vingt-trois, estimation basse. Et toi, tu viendras ?

— Nando !

— Imagine qu'on ne se soit pas retrouvés. Si j'étais mort y a dix jours, par exemple, est-ce que tu serais venue ?

— Si on m'avait prévenue, oui.

— Si j'étais mort y a dix jours, on ne t'aurait pas prévenue.

— Non, mais tu n'es pas mort il y a dix jours. »

Une ambulance, sirène hurlante, se montra derrière la Camry, tourna rapidement dans une rue sur sa gauche et se fit oublier.

« Je viendrai à ton enterrement, dit Gaby en regardant droit devant elle. Ne t'inquiète pas. »

Elle sentit la main du Lion prendre la sienne et ferma les yeux, naturellement. De bonheur. C'est ça, le réflexe, quand le bonheur survient : fermer les yeux pour ne plus voir le reste... Il remuait le bout de ses doigts dans sa main, comme pour lui procurer du plaisir. Qu'est-ce qu'elle voulait dire, cette main ? Je suis heureux parce que tu m'as dit que tu viendras à mon enterrement ? Je suis heureux de t'avoir retrouvée ? Elle le savait bien, ce que ça voulait dire. C'était à la fois plus triste et plus beau.

« Tu sais ce qu'il m'a sorti, Pickwick, pendant que tu étais à l'église ?

— Non.

— Il m'a dit que tu étais une femme de ménage et que tu voulais pas que je le sache. »

Pourquoi fallait-il que les moments de bonheur :

1/ ne durent jamais assez longtemps ;

2/ soient le plus souvent abrégés par les manifestations de la méchanceté et/ou de la bêtise humaine ?

« C'est l'histoire de la tenue de serveuse qui lui a fait penser ça, renchérit Nando.

— J'avais compris.

— Mais il a tort, non ? Non pas que j'aie quelque chose contre les femmes de ménage... »

Gaby eut envie de pleurer mais ravala ses larmes. Elle dégagea sa main et fit mine de remettre en place son bonnet. Puis elle tourna la tête du côté du trottoir. Son regard se posa au hasard, sur une boîte aux lettres.

« Quand on est arrivés aux États-Unis avec Salvadore, on n'avait pas de papiers, je ne parlais pas l'anglais. Je ne pouvais pas travailler, alors qu'à Bogotá j'étais professeure. Ç'a été une grande souffrance. On habitait Brooklyn à l'époque et je me souviens que, derrière ma porte, je regardais les autres femmes de l'immeuble quand elles descendaient l'escalier pour aller travailler à Manhattan. Je regardais comment elles étaient habillées, je les imaginais arriver dans leur bureau quelques minutes plus tard. Qu'est-ce que je les enviais ! Moi, j'étais coincée chez moi, avec ma fille. J'ai été malheureuse, toutes ces années. Quand j'y pense, j'aurais mieux fait de ne pas me poser de questions et de profiter de ce que j'avais ! Un appartement, une petite fille, du temps... »

Elle se mordit la lèvre.

« Plus tard, Salvadore a eu son accident, sur un chantier. Il a fait une chute de douze mètres. Son employeur, qui était une crapule, nous a dissuadés de porter plainte. Il nous a expliqué que Salvadore était dans son tort parce qu'il ne portait pas de casque. Bref, les factures continuaient à arriver et il a fallu que je travaille. On m'a parlé d'une personne dans l'Upper West Side qui cherchait une femme de ménage. Madame Friedman. Elle payait 7 dollars de l'heure, je me rappelle. C'était énorme, à l'époque. Elle a accepté de me prendre à l'essai et j'ai vite compris que je n'avais pas gagné au change : c'était une horrible bonne femme qui me faisait nettoyer les pieds de table. Je ne sais pas pourquoi je parle au passé puisque je travaille toujours pour elle. Les six premiers mois, j'avais des nausées dans le métro en allant chez elle. J'étais obligée de sortir avant sa station pour prendre l'air. L'idée de laver les affaires de cette femme qui ne faisait rien de ses journées me dégoûtait. Je ne comprenais pas pourquoi elle ne faisait pas des choses aussi simples que rincer le bol de son petit déjeuner ou changer l'eau d'un vase. Son parfum me dégoûtait. L'odeur de sa bouche. Dès que je pouvais, je lui parlais de mon diplôme de comptabilité, de la maison de mes parents à Salamina... »

Elle s'interrompit, comme si elle refusait de devenir trop triste, ferma les yeux et ne les rouvrit qu'au bout de quelques secondes.

« Voilà. C'est comme ça que ça a commencé. Je n'avais rien décidé, rien planifié, c'est venu comme ça. Je pensais que ce serait provisoire, que... En fait, non. Je crois qu'au fond de moi je savais que j'y serais encore quinze ans plus tard. »

Le Lion lui caressa la joue du revers de la main.

« Ça ne va pas durer. »

Elle eut un sourire triste.

« Pourquoi tu dis ça ?
— Parce que... je le sais. »

Il la quitta des yeux, comme pour mieux penser.

« Ce n'est pas une vie pour toi. »

38

Samedi 6 décembre, 19 h 17

Il était parti sans prévenir, l'aller-retour.
Direct, propre, sans bavure... Paf, paf !
Harold, stupéfait, posa la main sur sa joue.
Biscotte le regardait, les yeux grands ouverts. Jamais il n'aurait pensé pouvoir faire une chose pareille. Lui qui avait toujours prêché la non-violence. Lui qui n'avait jamais fait de mal à une mouche (au sens propre, il n'avait jamais pu en écraser une). Alors, donner une gifle. À un vieux, en plus ! C'était comme s'il s'en était pris physiquement à sa grand-mère. Ce n'était pas du tout naturel. Et totalement inexcusable.

« Je veux bien prendre le sac pour vous rendre service », dit Pickwick, d'une voix blanche.

Biscotte accomplit les quelques pas qui le séparaient de la cuisine. Il y récupéra le sac de voyage, le donna au vieil homme et, sans rien dire, le regarda sortir de l'appartement.

Sur le palier, Harold se planta devant l'ascenseur et jeta un dernier regard à son complice.

« On ne dit pas *c'est moi qui a*, dit-il, sans méchanceté. On dit *c'est moi qui ai.* »

Biscotte ferma doucement la porte. Il sentait bien que ce départ n'était pas une bonne nouvelle, même s'il ne pouvait expliquer pourquoi. Il y avait l'histoire du sac, Harold était parti avec, très bien. Mais il y avait autre chose, dont il était incapable de se rappeler...

Il aperçut la chienne dans le couloir, fit brusquement demi-tour et ouvrit la porte d'entrée. « Hey ! » lança-t-il à Pickwick qui s'engouffrait dans l'ascenseur. Il s'élança sur le palier et parvint à glisser une main entre les deux battants qui se refermaient. L'autre se dit qu'il était revenu pour le tuer.

« Le clebs !
— Quoi, le clebs ?
— Tu dois ressortir avec le sac *et* le clebs ! »

Pickwick ne souhaitait qu'une chose : quitter cet endroit et trouver un taxi qui le ramènerait au Sunnyside. Mais il n'avait pas envie de se prendre une autre baffe.

« Bah, qu'est-ce que vous attendez ? Allez le chercher !
— Sors de l'ascenseur, d'abord. »

Le vieux s'exécuta en secouant la tête de dépit.

« Si vous y tenez. »

Biscotte retourna dans l'appartement. La chienne n'avait pas bougé. Ce qui avait changé, c'était son air, qui avait gagné quelques degrés dans l'égarement. Elle avait un peu de mal à suivre, depuis vingt-quatre heures. Son maître, volatilisé. Sa routine, bouleversée. Ces allers-retours, ces têtes nouvelles, ce géant qui avait fait semblant de lui lancer un bout de saumon dans la cuisine et qui, maintenant, la regardait bizarrement...

Elle avait forcément un nom mais Biscotte ne le connaissait pas. Il tendit la main vers elle et dit « Viens ! » en faisant un pas dans sa direction. Elle recula d'autant de centimètres.

« Il ne vous suivra pas », commenta Harold qui, de l'entrée, observait la scène (il n'avait toujours pas remarqué que Carmen n'avait pas de testicules).

« Il a pas fait d'histoires, tout à l'heure, pour venir ici.

— Oui, mais maintenant il est chez lui.

— Vous savez comment il s'appelle ?

— Je n'en ai pas la moindre idée... Essayez Cookie, tous les chiens de ce genre s'appellent Cookie. »

Biscotte se pencha en avant. « Viens, Cookie ! »

Carmen tourna la tête avec dédain et fixa un point dans le salon.

« Je sais », dit Biscotte en se redressant.

Il retourna dans la cuisine, ouvrit le frigo de star et en sortit un poulet froid auquel il manquait une cuisse et un peu de blanc. Il posa l'assiette sur la table, saisit la volaille à pleine main et, de retour dans le couloir, la tendit à Pickwick.

« Prends ça !

— Bah, qu'est-ce que vous voulez que j'en fasse ?

— Prends-le, je te dis !

— Je ne vais pas me promener dans les rues avec un poulet à la main ! Trouvez plutôt une laisse ! »

La chienne, affamée, fondit sur la volaille. Biscotte leva le bras *in extremis*. Carmen se mit alors à sauter en l'air, comme sur un trampoline.

« Tu vois une laisse ici ? reprit Biscotte. Non ! Et puis c'est toi qu'as foutu le bordel en voulant te barrer.

— De toute façon, je ne peux pas prendre le sac, le poulet et le chien, c'est techniquement impossible !

— Putain, mec… »

Biscotte arracha la cuisse de poulet restante et la coinça dans sa bouche. Puis il tenta d'enfoncer la carcasse dans la poche extérieure du manteau de Pickwick. Elle était trop grosse, mais en forçant il réussit à y introduire les deux tiers. Là-dessus, il attrapa la chienne et la jeta dans les bras du vieil homme, qui s'affaissa comme un vélo sous le poids d'un enfant obèse.

« Il est affreusement lourd !

— Non, c'est toi qu'as pas de force. »

Carmen, électrisée par la vision et les émanations de poulet cuit, gigotait dans tous les sens. Pour la calmer, Biscotte prit la cuisse qu'il avait à la bouche et la cala dans la gueule de l'animal qui s'immobilisa instantanément, comme pétrifié à l'idée de la laisser tomber.

La vision de ce vieil homme en chapka, un sac Vuitton à la main, un carlin dans les bras et un cul de poulet froid dépassant de la poche de son manteau, était assez troublante. Perturbante, disons. On aurait dit un clochard riche.

« Allez ! » dit Biscotte en lui montrant la sortie.

Harold sortit de l'appartement d'une démarche hésitante. Il appela l'ascenseur et jeta un coup d'œil navré à Biscotte, qui l'observait du pas de la porte.

« Vous vous rendez compte que… » commença-t-il. Que quoi ? Impossible à dire : il se laissa surprendre par le *ding !* de l'ascenseur, qui lui fit perdre le fil.

Une fois dans la cabine, il posa le sac Vuitton et pressa le bouton du rez-de-chaussée. L'ascenseur entama sa descente et tout se passa pour le mieux pendant exactement quatre secondes. Entre le troisième et le deuxième étage, Carmen lâcha accidentellement sa cuisse de poulet. Elle la regarda tomber sur la moquette aubergine puis, décidée à la récupérer, se mit à gigoter, dans l'espoir que Pickwick la poserait par terre. Ce qui se produisit, à un détail près : Harold (qui ignorait qu'elle avait laissé choir son bout de poulet) la *jeta* par terre, plus qu'il ne la *posa*. Ce qui ne fit aucune différence pour la chienne qui, en moins de deux, se délectait dans un coin de l'ascenseur. Les conditions n'étaient pas optimales, peu importe, elle mangeait ! Elle mangeait, enfin ! Et pas n'importe quoi : la cuisse d'un poulet fermier qui avait coûté 35 dollars chez Zabar's.

Au même moment, Laura Cunningham pénétrait dans le hall du Mayfair au terme d'un jogging qu'une douleur au niveau des côtes avait écourté. Mike, le doorman, n'eut pas le temps d'atteindre la porte pour lui ouvrir.

« Je vous avais bien dit qu'il serait parti à votre retour », dit-il quand elle passa près de lui.

Laura vit qu'il lui parlait et retira à regret ses écouteurs. Elle détestait quand ça se produisait :

les gens ne voyaient-ils pas qu'elle écoutait de la musique ? *Roar*, en plus. De Katy Perry. Un de ses morceaux préférés du moment.

« Excusez-moi ?

— Le type qui s'est pris le lampadaire. Il est parti, comme je vous avais dit. »

Elle avait complètement oublié cette histoire. Elle se rapprocha du pupitre derrière lequel le doorman se tortillait de plaisir à l'idée de la voir de plus près. Surtout à son retour de jogging. Dans sa combinaison serrée, avec ses traces de transpiration bien visibles. Dans quelques heures, il se masturberait en pensant à ce moment (ce serait intense, rapide et très satisfaisant).

« Alors, qu'est-ce que c'était finalement ? »

Derrière elle s'ouvrit la porte de l'ascenseur. Pickwick en sortit et traversa le hall sans se presser.

« Un pauvre type qui s'est pris le lampadaire, dit Mike à Laura.

— Vous avez appelé une dépanneuse ?

— Non, ce n'était pas nécessaire. C'est bizarre, d'ailleurs, parce que ça ne ressemblait pas du tout à un acc... » Il s'interrompit. « Bonsoir, monsieur Zuckerman ! » lança-t-il à Harold qui, au même instant, poussait la porte pour sortir. Pas de réponse, le vieux n'avait probablement rien entendu.

La jeune femme tourna brièvement la tête, vit Harold (Zuckerman, pour elle) sortir du Mayfair avec un sac de voyage, puis elle regarda Mike de nouveau.

« Vous pensez que ce n'était pas un accident ?

— Disons que ça n'y ressemblait pas. Ça ressemblait plutôt à quelqu'un qui s'était garé contre le lampadaire, si vous voyez ce que je veux dire. »

Laura sentait bien qu'elle excitait Mike. Et ce n'était pas pour lui déplaire. De plus en plus, ces derniers temps, elle éprouvait une attirance pour les hommes médiocres, de basse extraction, sans ambition et sans argent. Plus petits qu'elle, plutôt forts et qui ne sentent pas forcément bon. En fait, plus elle avait de succès dans sa vie professionnelle, plus l'idée d'un rapport sexuel avec ce type d'homme lui faisait envie.

« Comme si c'était une mise en scène, en fait ? dit-elle.

— Exactement. »

Le doorman regrettait de n'avoir pas plus d'éléments à lui communiquer sur cet épisode.

« Bizarre », conclut-elle, avant de gagner l'ascenseur.

À peine l'avait-elle appelé que la porte s'ouvrit devant elle.

Elle salua Mike, entra dans la cabine en s'observant dans la glace et pressa le bouton du cinquième étage. Là, elle enfila ses écouteurs, qui diffusaient *We Are Never Ever Getting Back Together* de Taylor Swift, et se mit très vite à fredonner.

À ses pieds, dans un coin de l'ascenseur, Carmen faisait toujours un sort à sa cuisse de poulet. Laura, qui lui tournait le dos, ne remarqua pas sa présence. Elle se fit bien la réflexion que cet ascenseur puait le poulet, mais une odeur forte n'avait rien d'exceptionnel dans ce petit espace. Quelqu'un avait dû se faire livrer du poulet. Quoique, ça sentait plus le poulet froid que le poulet frit – et on livrait rarement du poulet froid. Peu importe. Frit ou froid, l'odeur était toujours moins désagréable que les relents du parfum à la violette de la mère Ferguson, sa voisine de palier.

39

Samedi 6 décembre, 19 h 22

Sur les notes de Pickwick, après *Prendre un beau sac de voyage dans la penderie du couloir*, il n'y avait pas de mots, mais un dessin, exécuté par Gaby : un plan grossier indiquant l'emplacement du coffre dans l'appartement.

Dans le salon, Biscotte emplit ses poumons d'air. L'occasion de se trouver dans un endroit aussi beau ne se représenterait probablement pas, à moins qu'il participe à une visite guidée de la Maison-Blanche ou qu'il soit engagé dans un palace (ce qui, dans un cas comme dans l'autre, avait très peu de chances d'arriver). Il fit glisser sa main gantée sur le velours satiné du fauteuil marquise puis le long du télescope en acajou, devant la fenêtre, qu'il manqua de faire tomber. Il s'aventura même sur le balcon, où il passa un moment à s'émerveiller des scintillements de la ville dans la nuit bleue, malgré le froid et les risques qu'il prenait à y être vu. Là même où David avait pour habitude de fumer ses Marlboro light, il eut envie d'un joint au point de fouiller dans les poches de sa culotte d'infirmier, qu'il savait parfaitement vides.

Puis il entra dans le bureau d'Irving, dont l'odeur le frappa immédiatement : un envoûtant mélange d'encaustique et de cuir, combinaison qui forçait le respect autant qu'elle disposait à la sensualité.

Il mit de la lumière.

Les notes indiquaient que le coffre se trouvait sur sa gauche, dans la partie basse du mur, derrière des encyclopédies à reliures rouges. Il les localisa rapidement et s'apprêtait à les déplacer quand son téléphone, en sonnant, le fit sursauter.

C'était le mec qui avait organisé toute l'affaire. Celui qui conduisait la caisse pourrie. Il ne se souvenait jamais de son nom.

« Comment ça se passe au Mayfair ?
— Bien, je viens d'arriver dans le bureau où y a le coffre.
— Magnifique. Qui va l'ouvrir ?
— Moi.
— Bon, je te laisse te concentrer. À moins que tu ne préfères que je reste en ligne pendant que tu l'ouvres.
— Non, ça ira, mec.
— OK... Le sac de voyage, vous l'avez trouvé ?
— Ouais.
— Bien. Et Harold, ça va ? Pas trop cassecouilles ?
— Il s'est barré.
— HEIN ??
— Il a dit que tu lui avais menti sur l'heure, alors il s'est barré.
— Mais où ? Quand ? Y a longtemps ?

— Y a cinq minutes. Je sais pas où. Il a parlé de l'anniversaire d'une Mary-je-sais-pas-quoi.

— Mais il fallait nous prévenir ! C'est dramatique, ça veut dire que tu ne peux pas sortir !

— Y a pas de problème, mec, il est parti avec le sac et le clebs.

— Mais même ! Zuckerman ne peut pas partir de chez lui en laissant son infirmier dans son appartement. C'est pas logique, tu comprends ? »

Pas vraiment. Il se trouvait chez un mec qui avait volé du fric aux orphelins de la police, il y avait 10 000 dollars à se faire, il ne fallait pas parler au doorman et le vieux devait sortir de l'appartement avec le sac et le clebs. Voilà ce qu'il avait retenu. Au-delà, c'était brumeux.

« Mec, je voulais te demander : tu sais si y a de la beuh quelque part dans cet appart ?

— De la beuh ? C'est quoi, ça ?

— De la beuh. De l'herbe. Un truc à fumer.

— Ah, euh, je ne sais pas. Mais y a d'autres urgences, tu ne crois pas ?

— Ça m'aurait aidé à me concentrer, tu vois.

— Je ne pense pas qu'il y ait de la beuh dans cet appartement. Dis-toi que tu fumeras quand tu sortiras. Occupe-toi du coffre, je vais voir de mon côté si je peux récupérer Pickwick. Et surtout ne sors pas avant que je t'aie rappelé, OK ?

— Pas de problème, mec. »

Nando jeta le téléphone sur la banquette arrière et mit le contact. « Harold s'est barré, dit-il à Gaby. Il a compris que je le baratinais sur l'heure. Il faut le retrouver. »

Par chance, il n'y avait aucun obstacle devant la Camry qui s'engagea normalement sur l'avenue.

« C'est épouvantable, dit Gaby. Si on ne le retrouve pas, on ne va pas pouvoir rhabiller monsieur Irving. (En prononçant ce nom, elle se signa furtivement.)

— Je sais.

— Il est allé où ?

— À mon avis, il va essayer de rentrer au Sunnyside. Il est parti y a cinq minutes, il ne doit pas être bien loin. »

À cause du sens de la circulation, Nando dut remonter jusqu'à la 83e rue, avant de redescendre par Park Avenue. Il lui fallut un peu plus d'une minute pour se retrouver sur la 79e rue, que la Camry longea lentement à la recherche d'un petit vieux avec une chapka, un sac de voyage et un carlin.

En passant devant le Mayfair, il s'arrêta pratiquement. Tout y semblait normal. Le doorman avait le nez plongé dans son smartphone. On le sentait mort d'ennui, même à distance.

« C'est quoi, le métro le plus proche ?

— 77e, dit Gaby. C'est derrière, sur Lexington.

— En même temps, je l'imagine mal prendre le métro.

— Le métro, puis le train.

— À mon avis, il a pris un taco.

— Jusqu'à Poughkeepsie ?

— C'est bien son genre. »

Ils continuèrent plein ouest, vers Central Park. Il y avait peu de circulation. Il n'y en avait jamais beaucoup dans cette rue, et le temps pourri n'incitait pas à sortir – il tombait sur la ville une pluie très fine, très froide, très désagréable.

« Il a la chienne, non ? demanda Gaby.

— C'est ce que Biscotte m'a dit.

— Alors il aura du mal à trouver un taxi. C'est rare, les taxis qui acceptent les chiens. Surtout quand il pleut.

— Surtout pour aller jusqu'à Poughkeepsie. »

La Camry tourna à gauche sur la Cinquième avenue. Le trafic y était beaucoup plus dense. Nando, qui ne voulait pas risquer de louper Pickwick, roulait le plus lentement possible. Il avait l'œil braqué sur le trottoir, côté immeubles. Gaby, elle, zieutait celui qui longeait le parc. Un taxi les dépassa en klaxonnant.

« Il faut se mettre à sa place, dit-elle. Tu es Pickwick, tu veux prendre un taxi, comment tu t'y prends ?

— C'est difficile de se mettre à sa place, je te rappelle qu'il est très con. Il est très con et il a des absen...

— LÀ ! » cria Gaby.

Elle pointait un taxi arrêté côté parc, à dix mètres devant eux. Elle avait vu un chapeau en fourrure s'y engouffrer. En le dépassant, Nando jeta un œil à l'intérieur et reconnut Harold à l'arrière. Il pila devant le taxi, en travers pour lui bloquer le passage, et sortit de la voiture en trombe.

Pickwick, qui tentait de négocier les « environ 500 dollars » que venait de lui annoncer le chauffeur, aperçut le Lion *in extremis*. Il décida aussitôt de sortir, de l'autre côté de la voiture. Il se déplaça sur la banquette en gémissant de peur, ouvrit grand la portière et se jeta littéralement sur la Cinquième avenue.

Au même instant, Nando ouvrait l'autre portière. Il se dit qu'il gagnerait du temps en coupant par l'intérieur du taxi et, sous le regard médusé du chauffeur (qui répondait au doux nom d'Hercule Ernestine), il traversa la banquette à quatre pattes avant de débouler à son tour sur l'une des artères les plus passantes de Manhattan.

Un drame fut évité de justesse avec une camionnette UPS qui se déporta dangereusement sur la gauche lorsque son conducteur vit un vieux fou en chapka errer sur l'avenue, les bras en l'air.

Mais l'accident eut bien lieu, quelques secondes plus tard, avec un Rav 4 qui, en se rabattant sur la droite pour éviter Nando, heurta de plein fouet l'arrière de la Camry. Gaby, qui se trouvait à l'intérieur, crut sa dernière heure arrivée. Elle pensa qu'elle ne reverrait plus Eusebio, que c'était dommage. Et puis, non, Dieu ne l'avait pas rappelée à lui, elle avait juste fait un quart de tour sur elle-même...

Le chauffeur du Rav 4 se montra. Un Hispanique répugnant : gourmette, chewing-gum, polo Ralph Lauren au logo outrancier sur ventre gonflé. Il jeta un œil indifférent à Gaby et, sans s'inquiéter de savoir si elle allait bien, s'éloigna sur le trottoir pour appeler sa compagnie d'assurances.

Non, Gaby n'avait rien – ç'aurait été une autre histoire si elle avait été assise à l'arrière. Et le Rav 4 était indemne lui aussi. La Camry, par contre, avait pris : l'arrière droit (une des rares parties encore présentables jusque-là) était complètement enfoncé, le pneu n'était plus dans son axe, ce serait un miracle si cette voiture roulait encore...

De son côté, Pickwick avait atteint le trottoir et se précipita vers l'entrée du premier immeuble qu'il trouva en criant : « Au secours, aidez-moi ! »

Un molosse se montra rapidement. Blazer bleu marine, fil lui sortant de l'oreille, cent cinquante kilos de muscles à vue de nez : ce n'était pas un doorman.

Son but était clairement d'empêcher Harold de faire un pas de plus en direction de l'immeuble qui s'avérait être l'un des plus chics et des mieux gardés de Manhattan.

« C'est le ciel qui vous envoie ! dit le vieil homme en se jetant pratiquement dans ses bras.

— Monsieur, je vais vous demander de reculer.

— Aidez-moi, je vous en supplie ! »

Nando apparut.

« Lui ! dit Pickwick, en le désignant, c'est un monstre !

— Ne l'écoutez pas, c'est mon oncle, il voit des monstres partout.

— C'est faux, je ne suis pas du tout son oncle ! Il ment comme il respire ! Il m'a menti sur l'heure toute la journée !

— Messieurs, je vais vous demander de reculer. »

Pickwick était excité comme une puce.

« Il voulait que je cambriole un appartement sous prétexte que je ressemble au propriétaire !

— Il voulait vous faire cambrioler un appartement ?

— Exactement ! L'appartement de monsieur Zuckerman, à deux pas d'ici, je peux vous donner tous les détails. Il voulait qu'on ouvre un coffre qui contenait de l'argent des orphelins de la police ! »

Le molosse fronça les sourcils. « Il voulait vous faire voler l'argent des orphelins de la police ?

— Non, il voulait qu'on prenne l'argent pour le rendre aux orphelins.

— Si c'était pour leur rendre...

— Oui, mais non !

— Il ne sait plus ce qu'il raconte, intervint Nando. Ça lui fait ça chaque fois qu'il oublie de prendre ses médicaments. Allez, viens, papy.

— Tout à l'heure, j'étais son oncle, maintenant je suis son papy, vous voyez ? C'est un menteur pathologique ! Un voyou ! Il vole des yaourts au réfectoire du Sunnyside et il les revend à l'extérieur !

— Jamais de la vie, plaça Nando, sans conviction.

— Il a volé son toupet à monsieur Ferenczi et a réclamé une rançon par lettre anonyme !

— Comment pouvez-vous...

— Mary Elizabeth vous a vu et elle m'a tout raconté. C'était pendant le concert de Rodney, l'homme-orchestre. Monsieur Ferenczi dormait sur sa chaise. En passant derrière lui, vous avez fait tomber son toupet par terre puis vous vous êtes penché pour le ramasser comme si de rien n'était. Plusieurs personnes vous ont vu. »

D'un coup, le silence se fit.

Armoire-à-glace observait Pickwick en mâchant nerveusement son chewing-gum. Sa mission était d'assurer la sécurité d'un membre du Congrès qui passait la soirée dans un appartement du septième étage à titre privé. Une fois qu'il avait compris que le vieil homme ne représentait pas une menace ou n'était pas envoyé pour détourner son attention, il l'avait écouté et ne l'avait pas trouvé si incohérent. Puis il avait remarqué le poulet dans la poche de son manteau et s'était dit qu'il avait affaire à un clodo. Un clodo qui devait vivre de l'autre côté de l'avenue, dans le parc.

« Monsieur, lui dit-il, si cette personne vous importune, je vous invite à vous rendre au poste de police le plus proche, qui se trouve sur la 67e...

— Je ne peux pas rester avec vous ? » insista Pickwick, désespéré.

L'autre fit non de la tête, bomba le torse et, d'un geste de la main, fit comprendre aux deux hommes qu'ils devaient s'éloigner. Nando en profita pour empoigner le bras d'Harold, qui se dégagea aussitôt : « Lâchez-moi, vous n'êtes qu'un rat ! »

40

Samedi 6 décembre, 19 h 39

C'était une encyclopédie du XVIIIe siècle consacrée à la langue italienne. Le coffre était caché derrière, si bas dans le mur que Biscotte décida de s'allonger sur le ventre pour l'ouvrir. Du bout de l'index, il entra un à un les chiffres sur le clavier en se référant chaque fois aux notes de Pickwick.

2 – 2 – 0 – 7 – 3 – 8...

Aucun déclic, aucun son... Son bout de papier ne disait pas ce qui se passait une fois la combinaison entrée. Il fallait peut-être presser la touche dièse. Non, il n'était pas au téléphone... Il posa doucement la main sur la porte et appuya une fois, très vite, comme il faisait, chez lui, pour ouvrir l'armoire à pharmacie. Rien.

Il ne voulait pas, une fois de plus, être le stupide Black de service. Il ne voulait pas qu'on puisse dire « L'opération a merdé à la fin à cause de Biscotte qui n'a pas réussi à faire le code ». Alors il posa ses yeux sur le coffre et l'observa comme s'il le découvrait. Et là il vit ce qu'il n'avait pas remarqué plus tôt : une poignée. Une imposante poignée en fer dans la partie gauche de la porte. On ne voit jamais ce qu'on a sous les yeux...

Il la fit doucement pivoter vers la gauche. Un demi-tour et, *clac*, la porte se déverrouilla.

Il introduisit ses doigts dans la fente, ouvrit, et là...

« Putain », murmura-t-il.

C'était comme dans un rêve, comme dans les films... Mais d'où venait tout cet or ? C'était prévu ? Les orphelins de la police avaient aussi de l'or ?

Au premier niveau se trouvaient les billets. Lisses (probablement neufs), rassemblés dans leur bandeau vert bouteille, en coupures de 100 et de 50. En dessous, les lingots, dont on voyait tout de suite qu'il y en avait six. Ce furent eux qui l'hypnotisèrent.

Biscotte plongea une main dans le coffre et sortit un lingot en disant : « Mon bébé... » Il était plus lourd qu'il imaginait. Et, de près, encore plus beau, plus doré, plus étincelant. Il le contempla longuement, pleurant pratiquement d'admiration, puis il ferma les yeux et le posa sur sa joue. Il était à coup sûr le premier des Cole à faire ce geste. Il aurait tellement aimé que sa grand-mère ait ce privilège à son tour...

Il lui en prendrait un. Il prendrait un lingot pour sa grand-mère, c'était décidé. Il dirait aux autres qu'il n'en avait trouvé que cinq. Désolé de voler les orphelins de la police, mais il voulait absolument que Maddie sache, avant de mourir, ce que ça faisait de tenir un kilo d'or dans le creux de ses mains. Il ne toucherait pas à l'argent. Il y avait plus de 10 000 dollars dans le coffre, il le voyait bien, mais il n'y toucherait pas. 10 000, c'était déjà le nirvana, et puis il voulait être l'un de ceux qui permettraient aux orphelins de récupérer leur bien. Mais le lingot, c'était plus fort que lui.

En se redressant, il se sentit lourd, ralenti. Il eut soudain très envie de dormir. C'était évidemment la dernière chose à faire. La priorité, c'était de mettre la main sur un sac.

Dans les placards de l'entrée, là où Pickwick avait déniché le Vuitton, il en trouva d'autres du même genre, mais trop grands, trop voyants. Il leur préféra une petite valise gris sombre. Un truc tout simple qui, pour le coup, n'attirait pas l'attention. Elle était très ancienne, on le réalisait en l'ouvrant. Il s'en échappait une forte odeur de moisi, sa doublure intérieure en soie beige était complètement mitée, mais ses parois étaient solides et sa taille idéale. Il y disposa les cinq lingots et, par-dessus, les billets. Il restait un espace vide, que quelques boules de papier pourraient combler. Ou un pull. Oui, un chandail ferait l'affaire.

Son lingot d'or à la main, il se promena dans l'appartement en quête d'un pull. En arrivant dans la chambre, il marqua un temps. « Oh, putain. » Toutes ces fleurs, tout ce rose, et ce parfum de printemps. C'était à coup sûr la chambre d'une meuf. Il était pourtant sûr de se trouver chez un vieux. Bizarre. Peu importe. Il s'approcha du lit, s'y allongea, prit le temps de trouver la position parfaite : sur le côté, le lingot dans les mains, jointes sous le menton.

Le reste attendrait. Le pull, la valise, le mec dont il ne se rappelait jamais le nom dans sa caisse pourrie. Brandon Cole dit Biscotte avait besoin de faire un break. Comme ça lui arrivait au boulot, quand c'était calme. Il descendait au deuxième sous-sol du parking, éteignait son téléphone et s'endormait dans sa cachette, la tête posée contre une colonne en béton. Ça s'appelait une microsieste et ça ne durait jamais plus d'un quart d'heure.

41

Samedi 6 décembre, 19 h 40

Carmen se trouvait seule dans l'ascenseur plongé dans le noir et arrêté au cinquième étage, où Laura Cunningham l'avait amenée sans le savoir. Ce qui, d'ailleurs, lui convenait parfaitement. Elle pouvait se consacrer en toute tranquillité à sa cuisse de poulet.

La cabine s'illumina et, d'un coup, se mit en marche – une secousse trop insignifiante pour distraire la chienne qui descendit deux étages sans bouger une oreille.

Au troisième attendaient Judith et Glenn Woodroof. Tous deux la soixantaine, grands, minces. Lui, vieux beau. Elle, une tête de jument.

En voyant Carmen, Judith hésita à monter.

Son mari attendait derrière elle. « Bah, qu'est-ce que tu fais ? Avance !

— Tu as vu ?

— Oui, c'est un chien. Un chien qui mange un os dans un ascenseur. C'est pas Pearl Harbor, non plus. »

Judith entra dans l'ascenseur sans pouvoir détacher son regard du carlin. « C'est la chienne de Zuckerman. On devrait la ramener. »

Glenn lui emboîta le pas et manifesta son impatience en pressant nerveusement le bouton du rez-de-chaussée.

« Il y a forcément une raison pour que cette chienne se trouve dans l'ascenseur, lâcha-t-il.

— Que veux-tu dire ?

— Exactement ce que je viens de dire. Il y a une raison pour que cette chienne se trouve ici et tu ne la connais pas. »

Judith, qui avait l'habitude des sautes d'humeur de son époux, ne se laissa pas démonter : « Ça me paraît évident. Elle a chapardé un os et s'est réfugiée dans l'ascenseur pour le manger. Ou quelque chose dans le genre. Son maître doit la chercher partout. Il faut le prévenir.

— Qu'en sais-tu ? Et si elle était punie ? Et si elle s'était échappée parce que son maître lui donnait des coups de pied dans le ventre ? Et si elle était enceinte et qu'il n'en voulait plus ? Tu n'as aucune idée de ce qui s'est passé. Et tu sais très bien que, dans ce genre de conjectures, on est toujours à côté de la réalité. »

Il y eut un court silence, puis Glenn bascula dans tout autre chose : « TU NE SAIS PAS, TU NE SAIS RIEN DE LA VIE DES GENS ! » hurla-t-il, hors de lui, comme s'il était sur le point de tuer son épouse.

Cet homme est complètement fou, se dit Judith, qui n'hésita pas à lui répondre : « Je ne vois pas en quoi je suis à côté de la réalité en voulant prévenir Zuckerman que sa chienne est dans l'ascenseur ! »

Là-dessus, elle appuya ostensiblement sur le bouton du quatrième étage. Elle ne sortirait pas de l'ascenseur au rez-de-chaussée, elle remonterait chez Zuckerman pour le prévenir.

Glenn marqua une pause et, revenu à lui, décida de porter l'estocade : « Ça ne t'a jamais réussi de te mêler des affaires des autres », lâcha-t-il, froidement.

Il faisait référence à un épisode tragique survenu des années plus tôt. Leur fille, alors en CM2, leur avait annoncé qu'un petit garçon de sa classe avait trouvé la mort pendant le week-end dans un accident de la route. Judith, bouleversée, s'était épanchée dans une lettre de cinq pages qu'elle avait envoyée aux parents du jeune Aaron Bennett. Seulement, c'était David Burnett qui était mort. La petite avait confondu les noms – c'était le début de l'année scolaire, elle connaissait mal ses camarades.

On imagine la réaction de la mère d'Aaron lorsqu'elle avait reçu la lettre. Elle avait alerté son mari (à l'étranger pour affaires) et, hystérique, avait accouru à l'école, où elle avait fait interrompre un contrôle de connaissances très important... Cette affreuse méprise, qui avait contraint les Woodroof à changer leur fille d'école, avait rendu Judith alcoolique. Y faire allusion ce soir-là était particulièrement vicieux.

« Quelle ordure », murmura-t-elle en secouant la tête. Elle sortit de l'ascenseur au rez-de-chaussée en s'efforçant de retenir ses larmes et en négligeant de saluer le doorman. Oubliés, Carmen et son maître, elle ne pensait qu'à la méchanceté de son mari qui, chaque fois, la prenait totalement de court.

Le monstre en question lui filait le train. Il voyait, à la démarche accablée de sa femme, qu'elle était malheureuse et ce constat lui procurait une joie légère, infantile.

Quant à Carmen, collée aux basques de cet affreux bonhomme, elle profita des ouvertures de portes successives pour sortir. Ce qui se fit dans l'ignorance du doorman qui, au passage des époux Woodroof, embarrassé par le pétage de plomb de Glenn qui s'était entendu jusque dans le hall, fit semblant de lire le registre des visiteurs ouvert sur son pupitre.

Les humains pouvaient bien s'écharper, ça lui était complètement égal. Elle avait un projet autrement plus signifiant que leurs mouvements d'humeur : aller enterrer dans le parc le bout d'os qu'elle avait dans la gueule.

42

Samedi 6 décembre, 19 h 56

« *Yo, what's up ? Laissez un message cool, OK ?* »

Nando raccrocha et jeta le téléphone à ses pieds. Cinq fois qu'il appelait Biscotte, cinq fois qu'il tombait sur sa messagerie insupportable.

« Il s'est barré, tu penses, dit-il à Gaby. Il s'est retrouvé seul avec le fric, alors il s'est barré ! »

Inutile de partir à sa recherche comme ils l'avaient fait pour Harold. Biscotte devait déjà être loin.

« Et tout ça, c'est de votre faute ! » lança-t-il à Pickwick en le fixant dans le rétroviseur intérieur. L'autre, assis à l'arrière, tourna la tête sur le côté comme si on avait demandé à voir son meilleur profil.

Le Lion s'effondra sur le volant. « J'aurais jamais dû leur faire confiance, ni à l'un ni à l'autre. »

Gaby aurait voulu le rassurer mais, cette fois, les mots lui manquaient. Un type qu'ils connaissaient à peine avait vidé le coffre à leur place et s'était enfui avec le butin. Elle ne serait jamais riche. Elle continuerait à faire des ménages, à découper les coupons de réduction dans le journal du week-end, à décortiquer les tickets de caisse en sortant de Buy'n Save... Enfin, si elle échappait à la prison.

Elle posa la main sur celle de Nando.

« Il faut s'occuper de monsieur Irving. »

43

Samedi 6 décembre, 20 h 24

La voiture roulait par à-coups. Comme si elle butait sur des dos-d'âne placés tous les dix mètres. Comme si un doigt géant appuyait sur le capot, à l'arrière, toutes les trois secondes. C'était affreusement désagréable mais personne ne fit le moindre commentaire. Cette voiture couinait, sentait aussi bon que la poubelle d'un restaurant de poissons au soleil et deux de ses phares n'étaient plus opérationnels : le fait qu'en plus on y était chahuté n'avait rien de remarquable.

Au parking couvert de la 67e rue, ils retrouvèrent Frank qui venait de passer deux heures à jouer à Angry Birds sur son téléphone. Il vit à leur tête que les nouvelles n'étaient pas bonnes, mais il évita de poser des questions. Il était clair que personne n'était d'humeur à s'épancher. Gaby lui raconterait bien assez tôt ce qui s'était passé. Il remarqua aussi l'absence de la chienne et se dit qu'elle était volontaire...

On remit ses double foyer, son manteau et sa chapka au cadavre d'Irving. Pickwick aussi retrouva ses vêtements et fut déposé dans un taxi avec lequel Nando négocia un tarif de 270 dollars pour Poughkeepsie. Après quoi, les deux voitures prirent la route de Sands Point. Il était un peu plus de 21 heures.

Vers la fin du parcours, Nando fit des appels de phares à Frank, qui le précédait. L'endroit convenait parfaitement. Une route passante mais calme. Aucune habitation en vue. Une forêt sur leur droite et, de l'autre côté, une vaste étendue recouverte de neige, le golf de Sands Point.

Le neveu de Gaby ralentit, tourna légèrement le volant sur la gauche et lâcha la pédale d'accélérateur. La Jaguar, propulsée par son seul élan, traversa la route dans une longue diagonale, plongea dans le renfoncement qui bordait la chaussée et fut gentiment stoppée un peu plus loin, par le grillage en fil barbelé qui délimitait le golf.

Nando arriva en courant. Il avait à la main le sac Vuitton, qu'il jeta dans le fossé, à quelques mètres de la voiture. Puis il aida Frank à déplacer Irving. « N'appuie pas trop sur la peau, il ne faut pas laisser de marques. » Le cadavre était raide mais encore malléable. Ils n'eurent pas trop de mal à lui faire prendre une position réaliste sur le siège conducteur. Aucun autre mot ne fut prononcé. Il fallait faire vite, ne pas être vu. Chaque seconde et chaque geste comptaient.

Ils laissèrent la portière passager ouverte, comme si les voleurs ne l'avaient pas refermée après avoir pris le sac. Nando dispersa 3 dollars sur l'herbe gelée (au lieu des billets de 100 prévus initialement), c'était assez selon lui pour suggérer l'idée d'un vol.

Puis ils regagnèrent 11 Septembre au pas de course. Gaby avait garé la voiture dans l'autre sens. À peine les deux hommes y étaient-ils montés que la Camry s'enfonça dans la nuit. Il était 22 h 45.

La première voiture à passer sur le lieu de l'accident ne s'arrêta pas. C'était une petite Golf sympathique. Sa conductrice, Karen Melki, venait de Sands Point et allait rendre visite à une amie dans le patelin voisin de Port Washington. Karen, qui envoyait un texto à sa mère quand elle croisa la Jaguar, la vit sans la voir. Ses yeux se posèrent sur la voiture pendant une fraction de seconde mais l'information ne parvint pas à sa conscience.

La voiture suivante fut la bonne. Elle ne passa qu'à 0 h 07. On était cette fois dans la bonne berline bien chère, chic et confortable. Une BMW Sports Wagon. À l'intérieur, John Morris et son compagnon, Mark Rosko. Le hasard voulut qu'ils connaissent Zuckerman. Pas intimement, mais ils l'avaient rencontré plusieurs fois : leur villa se trouvait à six cents mètres de la sienne.

Les deux hommes furent très choqués par la vision du cadavre glacé de leur voisin qui, selon eux, était mort depuis un bout de temps – même si la portière ouverte et la température extérieure de – 4 °C faussaient forcément les pistes.

C'est Mark qui se chargea d'appeler les secours (John était trop bouleversé pour le faire).

Dispatcher : Vous vous trouvez où exactement ?

Mark : Au golf de Sands Point. Enfin, sur la route qui longe le golf, je ne connais pas son nom... Attendez... Mon ami me dit que c'est Middle Neck Road.

Dispatcher : Middle Neck Road ?

Mark : C'est ça. Le long du golf. Au bout du terrain de golf.

Dispatcher : Et comment vous appelez-vous, monsieur ?

Mark : Mark Rosko. Comme le peintre, mais avec un s.

Dispatcher : Vous pourriez me l'épeler ?

Mark : Oui, R.O.S.K.O.

Dispatcher : Merci. J'aurais aussi besoin de votre numéro de téléphone.

Mark : Je ne le connais pas. C'est le numéro qui s'affiche. Mais je pense qu'il serait plus urgent d'envoyer des secours.

Dispatcher : C'est fait. Les secours ont été avertis.

Mark : Ah, OK.

Dispatcher : Monsieur Rosko, pourriez-vous m'indiquer votre adresse ?

Mark : Euh, nous avons une maison à Sands Point, comme je vous l'ai dit, mais notre adresse principale est à Manhattan.

Dispatcher : Donnez-moi votre adresse à Manhattan.

Mark : 5 Est 22e rue. Appartement 21B. Et le code postal, c'est 10010.

Dispatcher : Merci. Vous avez dit que vous connaissez l'accidenté ?

Mark : Oui, c'est notre voisin. Enfin, un de nos voisins. Nos maisons sont dans la même rue, à Sands Point.

Dispatcher : Vous pourriez m'indiquer le nom et l'adresse de l'accidenté ?

Mark : Son prénom, c'est Irving. Son nom de famille, je ne sais pas, ne quittez pas... *(inintelligible)*... Allô ?

Dispatcher : Je vous écoute.

Mark : Mon ami n'est pas sûr non plus, pour son nom de famille.

Dispatcher : Ce n'est pas grave... Et son adresse ?

Mark : Lui non plus ne vit pas à Sands Point toute l'année, et je ne connais pas son adresse. Je sais que c'est à New York, mais je ne...

Dispatcher : Pas de souci, donnez-moi l'adresse à Sands Point.

Mark : Alors, c'est East Creek Lane. Nous sommes au tout début, au 1023. Et lui doit être au 1051 ou 1053... Il faut qu'on attende sur place ?

Dispatcher : Oui.

Mark : Ah... Parce qu'il fait vraiment froid.

Dispatcher : Vous devriez attendre à l'intérieur de votre véhicule.

Mark : Je sais, mais on est sur la réserve, donc on essaie d'économiser le peu d'essence qu'il nous reste.

Dispatcher : En général, le fonctionnement du radiateur seul brûle très peu d'essence. Et les secours ne vont plus tarder, maintenant...

L'appel prit fin à 0 h 16. Les secours, une voiture et une ambulance du Nassau County Police Department, arrivèrent un peu avant 1 heure.

Entre-temps, un autre véhicule s'était arrêté sur le lieu de l'accident, celui d'une dénommée Joan Vries, qui vivait à Sands Point à l'année et avait passé la soirée à Long Beach. Elle avait déjà croisé le couple d'hommes et connaissait Irving elle aussi. Mark lui avait fait part de son inquiétude concernant l'essence et elle avait gentiment proposé au couple d'attendre dans sa voiture.

44

Samedi 6 décembre, 23 h 20

Nando réveilla Gaby en lui secouant la main.
Elle ouvrit les yeux, mit quelques secondes à comprendre qu'elle se trouvait à Flushing, au pied de son immeuble. Elle avait autant envie de rentrer chez elle que de se faire enlever un sein. Seule, en plus. Ce qu'elle aurait voulu, c'est retourner au Sunnyside avec Nando.

Elle regarda droit devant elle, se racla la gorge.

« Lundi, j'irai au Mayfair comme si de rien n'était. À moins qu'on m'appelle avant pour me dire de ne pas venir, bien sûr. »

Et si je ne me suis pas foutue en l'air dimanche, pensa-t-elle. Elle en rêvait quand Nando l'avait réveillée : les flics se pointaient en bas de chez elle et elle devait trouver le moyen de se tuer avant qu'ils n'atteignent le sixième étage – pas facile de se supprimer en si peu de temps...

« La clef, je dirai que je l'ai perdue. Que je l'ai mise à la poubelle sans le vouloir. Ça m'est déjà arrivé une fois. »

Aucun des deux hommes ne réagit.

Une fois sur le trottoir, elle se pencha pour les saluer. Elle serra fort la main de son neveu puis regarda Nando comme si elle tenait à mémoriser les traits de son visage. Peut-être rêvait-elle qu'il l'embrasse. Qu'il l'embrasse enfin, même dans ces conditions.

« Désolée », lâcha-t-elle, comme si elle se tenait responsable de cet échec colossal. Et, submergée par l'émotion, elle disparut en courant.

Ils la regardèrent chercher ses clefs devant l'entrée de son immeuble et disparaître dans le hall comme si elle était happée par sa lumière.

Sans attendre, le Lion reprit la route, direction Elizabeth. Il n'avait pas fait cent mètres qu'il s'adressa à Frank : « Biscotte nous a lâchés. Tu as une idée d'où il est allé ?

— C'est pas son genre.
— De ?
— Lâcher les gens. C'est quelqu'un d'honnête.
— Ça n'empêche. Il a vu 160 000 dollars, six lingots, un collier, il les a pris et s'est barré.
— Il s'est peut-être passé autre chose.
— Quelque chose qui l'empêche de répondre au téléphone après avoir ouvert le coffre ?
— Peut-être qu'il n'a plus de batterie.
— Quelle coïncidence !
— J'essaie juste de comprendre.
— Il vit comment, ce mec-là ? Il habite où ?
— On travaille ensemble au TripleTree de l'aéroport.
— *Travaillait*, rectifia Nando.
— Hein ?
— Il a dit à son boss d'aller se faire enculer.
— Non !

— Tu vois ? Avec l'argent, les gens deviennent fous... Il vit là-bas, vers Newark ?
— Oui. En dessous de l'aéroport, à Roselle.
— Seul ?
— Avec sa grand-mère. Chez elle, en fait. Elle l'a recueilli quand il était petit.
— Tu connais son adresse ?
— Non, mais ça doit pas être dur à trouver. »
Une heure plus tard, la Camry se garait devant chez Frank. Au moment où il sortait de la voiture, le Lion le retint par le bras. « Je voulais te dire. Désolé d'avoir employé ce ton-là avec toi cet après-midi. C'était indigne de toi. Tu es quelqu'un de bien. »
Frank ne se laissa pas émouvoir, il attendait la suite.
« Si Biscotte te contacte, tu nous préviens, OK ?
— Ouais.
— Je me doute bien que tu ne le feras pas pour moi, mais pense à ta tante. »
Là-dessus, il lui fit un clin d'œil.

Le neveu de Gaby habitait une résidence à deux étages, un petit complexe sans charme construit autour d'un parking. Le Montevista. C'était écrit, dans une typo rétro, sur la façade en crépi effet moucheté. Il y avait des stores de bureau à toutes les fenêtres, les murs sans épaisseur n'offraient aucune intimité et la propriétaire, une furie coréenne, était amoureuse de Frank, ce qui ne simplifiait pas les choses[1].

---
1. Dans les semaines qui avaient suivi l'installation du couple, madame To avait pris l'habitude de faire venir ses

Il avait fait son nid d'amour au premier étage, dans un deux-pièces mal pensé où les toilettes donnaient sur le salon (super, lors les dîners entre amis). Stephanie, dont l'accouchement était imminent, y passait désormais ses journées, dans un survêtement University of California et une paire de chaussettes en grosse laine. Elle avait récemment développé une passion pour la Ben & Jerry's parfum beurre de cacahuète, mais c'est avec un bol de Cheerios dans les mains que Frank la trouva, assise dans le canapé, devant une rediffusion de *Projet haute couture*.

« Hey, lança-t-il, faussement enjoué, t'arrives pas à dormir ? » Il posa son sac près de la porte et s'approcha d'elle. « Comment il va, le bout de chou ? »

Il se pencha pour embrasser son front. Elle arrêta instantanément de mâcher ses céréales et tourna la tête pour l'éviter. « Qu'est-ce qui t'arrive ? » demanda Frank.

Sans rien répondre, sans même le regarder, elle éteignit la télé. Puis elle essaya de se lever, y parvint à la troisième tentative et alla s'enfermer dans la salle de bains. Aux bruits qui suivirent, Frank comprit qu'elle urinait.

---

amies au Montevista dans l'unique but de leur montrer son nouveau locataire.
« Il est beau, hein ? » commentait-elle, à la barbe de Stephanie, qui n'existait pas à ses yeux. Plus récemment, alors qu'ils revenaient d'une soirée chez Antonia, ils l'avaient trouvée ivre morte devant chez eux. Elle beuglait « Je suis riche à millions ! Je suis riche à millions ! » et voulait que Frank parte vivre avec elle à Dubaï... Depuis, elle s'était un peu calmée.

« Tu fais la gueule ? demanda-t-il, bêtement, le nez contre la porte. Tu fais la gueule parce que je me suis absenté plus longtemps que prévu, c'est ça ? Mais je t'ai envoyé des textos, Chaton. Je t'ai écrit, alors que c'était pas toujours facile, tu sais. »

Après quoi vint le topo qu'il avait préparé plus tôt dans la soirée, au dernier étage du parking couvert de la 67e rue, un cadavre portant des lunettes de carnaval assis à côté de lui : « J'ai une super nouvelle, que je ne voulais pas te donner par téléphone. Patatek m'a convoqué cet après-midi, tu sais pourquoi ? Au vu de tous les remplacements et les heures sup que j'ai faits dernièrement, ils ont décidé de me donner une prime exceptionnelle. À moi, rien qu'à moi. Et tu devineras jamais de combien elle est, la prime, Chaton. Dis un chiffre. »

Chaton tira la chasse d'eau. Elle sortit de là peu après en prenant soin d'éviter son regard. Elle accomplit les quelques pas qui la séparaient de la chambre à la manière de Charlot et claqua la porte à la barbe de son chéri. Un bruit inédit se fit entendre aussitôt, celui de la clef dans la serrure. Elle s'était enfermée.

Inutile d'insister, de parlementer, de tenter de l'amadouer. Il la connaissait. Il en aurait au moins jusqu'au lendemain matin. Probablement même jusqu'au déjeuner. Elle lui avait déjà fait le coup. Le coup du je-ne-te-parle-plus-tu-vas-voir-c'est-incroyable-le-temps-que-je-peux-tenir. Il détestait ça. Il la détestait quand elle était comme ça.

Ça ne tombait pas plus mal, après tout. Ça le dispensait d'explications, de mensonges, et il avait besoin de se reposer. Il avait le salon, la télé, le canapé, pour lui tout seul. On n'y dormait pas trop mal, il l'avait déjà testé... Au fait, elle lui reprochait quoi, exactement ?

45

Samedi 6 décembre, 23 h 50

« T'as le cul à l'air en permanence, toi. T'es une drôle de coquine... »

Elle sentit la main chaude lui caresser la tête et la vit tomber devant elle. De gratitude, elle se mit à lécher la paume rougie et boursouflée. Il était gentil, cet homme, même s'il faisait un peu peur au premier abord. Une grande bonté, qui se révélait rapidement. Elle n'en connaissait pas beaucoup, des gens qui partageaient leur couche aussi facilement.

Surtout que, comme lieu de vie, on pouvait difficilement rêver mieux. Idéalement placé (on pouvait observer tout ce qui se passait dans la rue en bougeant seulement la tête), parfaitement chauffé (par des couvertures, des cartons et un ingénieux système de ventilation par le sol) et surtout, question odeurs, c'était un festival ! Crasse, urine, excréments, vomi, transpiration, pet, linge sale, salive sèche, œuf pourri, frite écrasée, viande fermentée. Tout ce qu'elle aimait. Tout ce qui donnait sens à l'existence.

Comment elle était arrivée là, elle ne s'en souvenait pas exactement. Elle se rappelait un long moment à rogner une cuisse de poulet dans l'ascenseur du Mayfair, mais après ça, mystère (ses yeux se posèrent par hasard sur des miettes, près de ses pattes). Le pain de mie, bien sûr ! Le type un peu effrayant l'avait attirée avec du pain de mie ! Elle avait planqué son os dans le parc (ne pas lui demander où, elle ne s'en souvenait jamais) puis le froid l'avait saisie et elle était revenue en ville, où il faisait toujours un peu plus chaud. Elle avait marché plein est et s'était retrouvée sur une avenue encore animée malgré la température et l'heure avancée. Et c'est là qu'elle avait croisé le bonhomme allongé. « Hêêê, viens un peu par là, ma cocotte ! » Elle aurait passé son chemin s'il n'avait pas tendu un bout de pain dans sa direction. Ce n'était pas son truc, le pain, mais elle avait tellement faim ce soir que même un fruit l'aurait attirée. Certains fruits, disons. Une banane (elle ne détestait pas les bananes).

Il posa la main sur ses côtes et, d'un mouvement un peu brusque, l'amena plus près de lui. Là, voilà, ils se tiendraient encore plus chaud. Elle sentit les doigts du clochard s'animer sur son ventre. « T'as des grosses gougouttes, dis donc », marmonna-t-il. Après quoi sa main s'immobilisa, sa respiration se fit plus lente. Il s'endormait.

Blottie contre son cou, Carmen observa un filet de bave se former puis s'échapper du coin de sa bouche. N'écoutant que son cœur, elle se pencha, se mit à laper la salive et, rapidement, à lécher la commissure des lèvres de l'homme qui remua les pieds en émettant un long « Mmmm » de contentement.

Troisième partie

Allez en paix, Gabriela

46

Dimanche 7 décembre, 8 h 48

L'agent Marco Panella découvrit la requête de ses collègues de Nassau en soufflant sur son capuccino beaucoup trop chaud.

Un homme avait trouvé la mort dans sa voiture sur une route de Long Island, quelques heures plus tôt. La rigidité cadavérique était symptomatique d'une crise cardiaque (des analyses en cours permettraient de le vérifier). La victime avait perdu le contrôle de son véhicule qui avait fini sa course contre le grillage du golf de Sands Point. Elle roulait lentement, ayant probablement ralenti en éprouvant les prémices de l'infarctus. Aucune autre personne ni aucun autre véhicule n'était impliqué dans l'accident.

Le permis de conduire retrouvé dans le portefeuille de la victime indiquait qu'il s'agissait d'Irving Abraham Netanel Zuckerman, né le 29 juillet 1938, à Dassel (Allemagne). Ce dernier possédait une résidence secondaire à Sands Point, mais était domicilié 69 Est 79ᵉ rue, 10021 New York (adresse confirmée par le DMV, le bureau du permis de conduire). À ce titre, il dépendait du 19e district, qui devait notifier le décès à la famille de la victime dans les meilleurs délais.

La rubrique « Commentaires » faisait état d'un sac de voyage vide trouvé au bord de la route, à proximité du véhicule. Il revenait aux agents du 19e district de déterminer si ce sac appartenait à la victime, si son contenu avait été dérobé et si, le cas échéant, une enquête pour vol devait être ouverte. Une photo était jointe.

Panella lança l'impression du document en sifflotant. Cette histoire l'occuperait bien jusqu'à midi. Après quoi viendrait la pause déj. Si quelqu'un connaissait un moyen plus cool d'occuper une matinée, qu'il le fasse savoir. Franchement, il adorait ce job.

Alors que les trois pages sortaient de l'imprimante, il consulta son téléphone portable. Sur Facebook, son pote Mitch lançait les pronostics pour le match qui, plus tard dans l'après-midi, opposerait les Seahawks de Seattle aux Eagles de Philadelphie. Marco sourit. Vu comme c'était parti, il serait chez lui à temps pour voir le match. Il réfléchit à un commentaire qu'il pourrait laisser sous le post de Mitch. Un truc drôle, un peu original…

« Panella ! »

Il sursauta. Sa boss se tenait en face de lui. Le lieutenant Nicolette Sue, chef de division. Qu'est-ce qu'elle foutait là ? Elle ne devait pas être à la mairie ?

« Je vous ai vu ou pas, ce matin ? Je sais plus. »

Marco se sentit rougir. « Non, j'ai eu un pépin avec la noun…

— Vous êtes sur quoi ? » le coupa-t-elle.

Il attrapa les trois feuilles sorties de l'imprimante.

« Une demande de notification de décès envoyée par Nassau. »

Elle lui prit les feuilles des mains.

« C'est quoi, cette merde ?

— Un vieux qui a fait une crise cardiaque dans sa voiture.

— On s'en fout, non ? »

Elle parcourut les documents en fronçant le nez, puis les rendit à Panella.

« Bon, alors, très vite ». Elle regarda sa montre. « À 10 heures, c'est réglé. Après, je vous veux sur la fuite de gaz à FDR Drive.

— C'est quoi, la fuite de gaz à FDR Drive ?

— Vous le sauriez si vous étiez venu à la réunion de service.

— La nourrice de ma fille a eu un prob...

— Une forte odeur de gaz sur FDR Drive. On ne sait pas d'où ça vient. Fuentes est déjà sur place. »

Elle disparut.

Marco se tint un moment immobile, les yeux dans le vide. C'était la deuxième fois en quelques jours qu'elle le surprenait en mode glandouille. Il fallait qu'il se reprenne. Qu'il reste un peu plus le soir, par exemple. Aujourd'hui, ce n'était pas possible, mais la semaine prochaine...

« Et pour la millième fois, on n'imprime pas quand ce n'est pas nécessaire ! »

Elle était revenue.

« Non, mais là... bredouilla Marco.

— Non, mais là, rien ! On n'a plus de fric pour payer les cartouches ! Dans quelle langue je dois le dire ? »

Vingt minutes plus tard, Panella et sa collègue, l'agent Denise Hategan, se trouvaient dans le hall du Mayfair. « *Good Lord !* » lâcha Louis, le plus sympa des doormen, à l'annonce du décès d'Irving. Il confirma que ce dernier vivait seul et proposa d'appeler la responsable du syndic, madame Petrosian, qui possédait la liste des personnes à contacter en cas d'urgence. Louis composa le numéro, tomba sur un répondeur et tendit le téléphone à Panella, qui laissa un message. Madame Petrosian rappela le policier alors qu'il regagnait sa voiture. Elle était bouleversée par la nouvelle. Oui, Zuckerman vivait seul et n'avait, à sa connaissance, ni femme ni enfant. Il avait indiqué deux personnes à contacter en cas d'accident : sa sœur, Anne Bronstein, qui vivait dans le Maine, et son généraliste, le docteur Rosenblum, à l'hôpital du Mont-Sinaï.

Les deux flics retournèrent au central. Panella repartit aussitôt vers la FDR Drive, et c'est Hategan qui se chargea de passer les coups de fil. Le numéro d'Anne Bronstein sonna dans le vide. Le médecin, lui, fut joint rapidement. Stupeur, consternation. Zev Rosenblum, qui connaissait Irving depuis plus de trente ans, eut du mal à cacher son émotion. Hasard du calendrier, il était en train de se préparer pour assister aux fiançailles de Laurie Sanchez, fille d'un des patrons de Time Warner et figure mondaine new-yorkaise, qui se dérouleraient dans l'après-midi du côté de Montauk. Un événement auquel Irving et sept cents autres invités avaient prévu de participer.

« Vous pourriez vous rendre à la morgue pour identifier le corps ?

— Quand ça ?

— Le plus tôt possible.

— Où ?

— À la morgue du comté, à East Meadow.

— Je ne vous cache pas que ça m'emmerde, dit Rosenblum. Pardonnez ma franchise, mais passer le dimanche après-midi à la morgue au lieu d'assister à l'une des plus belles fêtes de l'année, franchement... Je le ferai, bien sûr, mais pas de gaieté de cœur.

— Ça ne vous prendra pas l'après-midi. Ça va vite, vous savez. Et puis Montauk n'est pas très loin d'East Meadow. Rien ne vous empêche de passer à la morgue puis d'aller à votre fête.

— Boire du champagne et faire le beau après avoir vu mon ami dans un frigo, non merci.

— Je comprends. Et vous ne connaissez personne de la famille de monsieur Zuckerman qui soit en mesure de se déplacer ? On a essayé de joindre sa sœur, dans le Maine...

— Non, elle est dans une chaise roulante, elle ne voyage pas. Et je crois qu'elle est hospitalisée en ce moment.

— Il n'avait pas beaucoup de famille, ce monsieur.

— Non, il... David ! David, bien sûr ! Je ne sais pas pourquoi je n'y ai pas pensé plus tôt ! David Forman. Son filleul. Il est comme son fils. Il va être effondré en apprenant la nouvelle.

— Vous auriez ses coordonnées ?

— Non. Il vit en Californie mais je suis sûr qu'il a fait le voyage pour assister aux fiançailles. Il est forcément invité. Peut-être même qu'il se trouve dans l'appartement d'Irving, vous avez vérifié ?

— Le doorman nous a indiqué qu'il n'y avait personne chez monsieur Zuckerman.

— Et à Sands Point ?

— Nos collègues de Nassau y sont passés cette nuit, ils n'ont trouvé personne.

— Écoutez, voilà ce qu'on va faire : vous me donnez votre numéro, j'essaie de contacter David de mon côté et je lui demande de vous rappeler. »

47

Dimanche 7 décembre, 11 h 41

Voilà, c'était arrivé. Il s'était toujours demandé comment ça se passerait, ce qu'il ferait à ce moment-là, où il se trouverait. Maintenant il savait. C'était arrivé.

L'impact de ce genre de nouvelles fracassantes dépend beaucoup de ce que vous êtes en train de faire quand on vous les annonce. L'apprendre coincé dans un embouteillage sur la 110 n'a pas tout à fait le même effet qu'allongé sur une table de massage. Lui l'avait appris dans des circonstances plutôt agréables, luxueuses. Très Gatsby. Très David, finalement (il se faisait sourire).

Il attendait, dans sa suite, qu'on lui livre son smoking. Il était nu dans un peignoir en éponge où s'entrelaçaient les initiales du King's Cross Hotel. Une bouteille de champagne dans un seau était posée sur la table basse, devant lui. Il feuilletait le livret des fiançailles de Laurie, trouvé sur son lit à son arrivée. Photos des fiancés à tous les âges, programme précis des festivités, liste des chansons que jouerait l'orchestre (et paroles des plus belles). Dans le fond de son esprit trottait l'idée de revoir la fille qu'il avait rencontrée lors de son précédent passage à New York. Il savait qu'il aurait très envie d'un plan cul après tout ça. Il savait que ça l'exciterait de la voir débarquer dans cette chambre à 2 heures du mat', de continuer à boire avec elle, de se déchaîner après s'être contenu toute la journée. L'hôtel serait plein d'invités aux fiançailles cette nuit-là. Y convoquer une escort à la vulgarité provocante n'en était que plus tentant...

Voilà, c'est à ça qu'il pensait quand son portable avait sonné et que Mary Ann, la mère de Laurie, lui avait annoncé qu'Irving était mort. « David, vous êtes au courant ? »

Le smoking avait été livré pendant qu'il était au téléphone. Il l'enfila sans trop penser à ce qu'il faisait puis il composa le numéro de la police, que Mary Ann lui avait donné. L'échange fut bref et cordial. Il nota l'adresse de la morgue au verso du livret des fiançailles puis il demanda à la réception de l'hôtel qu'on lui prépare sa voiture de location.

Le centre médico-légal dépendait de l'école de médecine de l'université de Nassau. L'endroit était moche, froid, désert. Peinture grise au sol, carrelage sur les murs. David n'avait aucune envie de se trouver là. Il ne croisa qu'une femme à l'accueil et un jeune type au look d'étudiant qui lui demanda de se tenir devant une vitre dont il ouvrit le rideau quelques instants plus tard. De l'autre côté, sur une table en métal, se trouvait un cadavre. « Monsieur Forman, reconnaissez-vous le corps de monsieur Irving Zuckerman ? »

Il aperçut le visage presque souriant de son parrain, fit oui de la tête et décampa. À l'accueil, on lui expliqua que le corps serait confié à une entreprise de pompes funèbres d'East Meadow. On lui demanda une pièce d'identité, deux signatures, on lui remit le certificat de décès, de la documentation, et il sortit de là cinq minutes après y être arrivé.

Il trouva une contravention sur son pare-brise. Il s'était garé sur une place pour handicapés sans faire attention. Il la paierait, il les payait toutes, il ne voulait pas qu'une affaire de PV non réglé ressorte de nulle part s'il se présentait un jour à une élection. Il s'assit dans la voiture, attrapa son téléphone qui n'avait pas arrêté de vibrer pendant qu'il était à la morgue. Onze messages. Mary Ann prévenait les gens, qui étaient choqués, qui voulaient savoir. Ils attendraient un peu.

Il y pensait, quand Irving vivait encore. Il y pensait plus souvent qu'il aurait voulu. À cause de cette confiance excessive que le vieil homme avait en lui. Son parrain l'aimait. D'un amour de parrain et aussi d'un amour d'amoureux. Il y avait eu, ces dernières années, des moments embarrassants (et drôles) : les yeux d'Irving, habités par le désir, découvrant les jambes nues de David lors d'un essayage de costume chez Fioravanti ; une bise pressée, ratée, sur le trottoir devant le Mayfair, où leurs lèvres s'effleurèrent par mégarde ; un lapsus du vieil homme qui, un jour où les toilettes de l'appartement étaient hors d'usage, avait dit à son filleul : « Tu n'as qu'à te soulager dans ma bouche » (au lieu de « ma douche »).

David avait parfois le sentiment que son parrain s'était procuré le coffre pour lui. Il l'avait fait début 2009, dans la foulée de la crise des subprimes et de l'affaire Madoff. Beaucoup de gens firent la même chose à l'époque. Une frayeur s'était répandue dans les beaux quartiers, une défiance envers les banquiers, les investisseurs. C'est au même moment que les deux hommes s'étaient rapprochés malgré la distance, et qu'Irving avait proposé à son filleul d'occuper l'appartement pendant ses absences.

« Personne ne sait », se plaisait-il à lui répéter, en parlant du coffre. Pourquoi ? Pourquoi personne ne savait ? Pourquoi le lui avouait-il ? Était-ce un moyen de le tester ? De lui prouver sa confiance, son amour ? De lui faire comprendre qu'un cadeau qui échapperait à l'impôt l'attendrait à sa mort ? On ne savait jamais vraiment, avec Irving. Il était clair, précis, direct dans son métier, mais toujours un peu ambigu dans les affaires privées. Il mettait de la séduction, des sentiments, partout.

Et, hop, trois de plus ! Quatorze messages... Il posa le téléphone sur le siège passager et regarda par la vitre... Était-ce vraiment la chose à faire ? Et si Irving mentionnait le coffre dans son testament ? Et s'il en avait parlé à son avocat ? À ses amis ? À Constance ?

Il regarda l'horloge à la dérobée. 15 h 15. Il ne pourrait assister qu'à la fin de la fête. Il faudrait justifier son absence, mentir... Il avait fait pire.

Il posa les yeux sur le GPS. Son cœur se mit à cogner dans sa poitrine. On parlait de combien ? 160 000 dollars ? Plus les lingots, plus le collier. Il ne fallait pas hésiter. Au fond, c'était probablement la volonté d'Irving, voilà ce qu'il fallait se dire.

Il alluma l'appareil qui lui lança un « Bienvenue ! » enthousiaste et lui proposa d'entrer une adresse. Son index resta en suspens quelques secondes, avant de s'exécuter.

Ville : New York, NY.

Rue : 79e.

N° : 69 Est.

48

Dimanche 7 décembre, 16 h 14

Attendre dans une Camry déglinguée garée dans une rue désolée de Roselle, New Jersey. Avoir passé la fin de la nuit et une bonne partie de la journée sur place. Avoir été réveillé par un clochard qui tapait à la vitre pour avoir du feu. Avoir pris son café dans une station-service, l'avoir mis à la poubelle après la première gorgée.

Attendre pour rien, car rien ne se passait chez Biscotte. En tout cas, rien de ce que Nando espérait. Une vieille (la grand-mère, probablement) s'était montrée à une des fenêtres du rez-de-chaussée quand les éboueurs étaient passés, un peu après midi. Elle les avait regardés faire, puis le rideau était retombé sur son expression de vieux singe dépressif. Depuis, plus rien.

Biscotte s'était barré avec le magot. Nando en était sûr et ne s'attendait pas à le voir entrer ou sortir de chez lui, mais il avait imaginé d'autres allées et venues : des potes chargés d'avertir la vieille, la sœur de Biscotte sautant dans un taxi pour le rejoindre...

Il fallait qu'il arrête de fixer cette maison. Il ne s'y passait rien et la vision de cet endroit sous ce ciel gris et bas lui filait le bourdon. C'était un pavillon en bois marron clair d'inspiration vaguement coloniale, avec un petit porche et une fenêtre pointue à l'étage. Un truc qui aurait été plutôt sympathique s'il avait été un peu entretenu. Seulement, la peinture était passée, les deux marches du perron étaient complètement défoncées et, à une fenêtre, un bout de carton remplaçait un carreau cassé. Il y avait même une culotte accrochée à l'antenne, sur le toit. Une culotte de grand-mère qui pendait tristement comme un drapeau un jour sans vent.

Son téléphone sonna.

Il reconnut le numéro et eut un coup au cœur. C'était Biscotte.

Il prit l'appel et, à son habitude, ne dit rien.

Comme Biscotte, de son côté, ne souvenait jamais du nom de son interlocuteur, la conversation mit un peu de temps à démarrer.

« Hey ?
— ...
— Hey... mec ?
— Biscotte ?
— *Hey, what's up ?*
— T'es où ?
— Putain, mec, tu vas pas l'croire, je viens de me réveiller !
— D'accord, mais où ?
— Dans l'appartement où y a le coffre.
— Hein ? Mais, l'argent ? Où est l'argent ?

— Bah, là, dans le salon. Dans une valise, dans le salon.

— Donne-moi une seconde, OK ? Juste une seconde... »

Nando jeta le téléphone entre ses cuisses et, de joie, donna trois coups de poing sur le volant (qui se mit à klaxonner trois fois... enfin, *tousser* plus que klaxonner). Il redressa la tête, regarda droit devant lui, les larmes aux yeux. Tout changeait. Tout changeait si vite...

Il reprit le portable.

« Tu pourrais me dire précisément ce qui s'est passé ?

— Je sais pas ce qui s'est passé. Hier soir, j'ai ouvert le coffre et j'ai tout mis dans une valise. Après, je me suis couché et j'ai dormi. Putain, mec, j'ai jamais dormi aussi longtemps !

— Biscotte, écoute-moi : tu ne peux pas sortir. Si tu sors, ça fout tout en l'air.

— Mais le vieux s'est barré avec le clebs et le sac.

— Je sais, mais ça ne suffit pas. Il fallait que tu sortes avant lui. L'infirmier ne peut pas sortir de l'appartement de Zuckerman plusieurs heures après Zuckerman. C'est louche, tu comprends ? »

Biscotte marqua un temps.

« Putain, ouais, je viens de comprendre.

— En plus, Pickwick est sorti avec un sac vide. Ce qui t'oblige, toi, à prendre le magot. Tu seras filmé sortant de chez Zuckerman avec une valise. Tous les soupçons se porteront sur toi.

— Ah, ouais... Mais comment je fais, alors ? Je vais pas rester ici toute ma vie !

— Laisse-moi en parler avec Gabriela. Je suis sûr qu'elle aura une idée.

— C'est qui, celle-là ?
— La femme qui était avec nous hier soir. Elle travaille pour Zuckerman depuis longtemps. L'immeuble n'a pas de secret pour elle. Je l'appelle et je te rappelle. »

Biscotte glissa le portable dans sa poche. Il fit un pas en direction du salon, où se trouvait la valise, puis s'arrêta. Il venait de revoir en pensée l'intérieur du frigo de star. Le gâteau, les fromages, le jus d'orange. C'était irrésistible. Il se dirigea vers la cuisine mais, en chemin, eut l'intuition qu'il ne serait plus en sécurité très longtemps dans cet appartement. Il mangerait plus tard. Il se le promit. Quand tout ça serait fini, il irait au Taco Bell de Hillside et commanderait une tortilla aux trois fromages, un double Taco Supreme avec supplément crème fraîche et un chausson aux pommes avec supplément caramel. Et il ferait passer tout ça avec un milkshake fraise-cannelle.

Retour, donc, au salon.

Il ouvrit la valise pour en vérifier le contenu. Tout était là. Les billets dans leur bandeau vert et, en dessous, les lin... Son lingot ! Il allait oublier le lingot qu'il avait mis de côté pour sa grand-mère ! Il retourna fissa dans la chambre, où il le retrouva sur le dessus-de-lit froissé. Il l'attrapa et, soulagé, voulut l'embrasser...

Un bruit attira son attention. Il se figea, tendit l'oreille. Ça se passait du côté du vestibule. Quelqu'un introduisait une clef dans la serrure. Quelqu'un entrait dans l'appartement !

Il se mit à sautiller dans tous les sens en se demandant où il pourrait se cacher dans cette chambre. Les tentures aux fenêtres ? Pas assez larges. La penderie, de l'autre côté du lit ? Pas le temps de s'y réfugier.

La porte d'entrée claqua. Au même instant, les yeux de Biscotte se posèrent sur le lit. Ce lit de princesse avec son dessus à fleurs et ses quarante coussins, il était peut-être possible de se glisser en dessous...

Il se jeta par terre, glissa un bras, une jambe puis une épaule sous le lit. Ça coinçait au niveau du ventre. Le cadre était trop bas. C'était regrettable, d'autant qu'une fois sous le sommier il aurait tout l'espace disponible, c'était visible...

Il décida de soulever le lit. Il n'avait pas vraiment le choix. Des deux mains, il se saisit du cadre et poussa de toutes ses forces. Alléluia ! C'était faisable ! Le truc n'était pas léger, mais beaucoup moins lourd qu'il l'imaginait. Par des petits mouvements du bassin, il réussit à s'immiscer en dessous, et c'est alors qu'il commit une erreur idiote : il lâcha le lit qui retomba sur le parquet dans un grand boum !

Le silence se fit dans l'appartement. La personne qui venait d'entrer s'était immobilisée. Biscotte ferma les yeux. Le bruit de sa respiration lui parut trop fort et il s'efforça de ne plus respirer.

David fixait du regard l'entrée de la chambre.

Le bruit venait de là. Le bruit d'un meuble qu'on traîne sur le parquet. Non, pas qu'on traîne : qu'on lâche.

« Y a quelqu'un ? » lança-t-il, tout en sachant que c'était impossible. En plus d'Irving et lui, une seule personne avait la clef de l'appartement :

la femme de ménage, qui ne travaillait pas le dimanche.

Il avança doucement vers la chambre et, du seuil de la porte, observa l'intérieur de la pièce. Rien d'anormal. Le lit était un peu défait, Irving avait probablement fait un somme avant de prendre la route. Le bruit provenait sans doute de l'étage du dessus. De chez la fille qui bossait à la télé... Je suis trop tendu, se dit-il, quand son portable se mit à vibrer.

Par curiosité, sans aucune intention de décrocher, il regarda qui l'appelait. Il reconnut le numéro du NYPD qu'il avait composé plus tôt. « Merde », dit-il. Il ne pouvait pas ignorer l'appel.

« Allô ?

— David Forman ?

— Lui-même.

— Lieutenant Hategan, du 19e district. Nous nous sommes parlé tout à l'heure.

— Ah, oui.

— Désolée de vous déranger, j'imagine que vous êtes occupé.

— Assez, oui.

— Ça ne sera pas long, je voulais juste vous faire part d'une information que j'ai oublié de vous communiquer tout à l'heure. Nos collègues de Nassau ont trouvé un sac de voyage sur le lieu de l'accident. À quelques mètres de la voiture de votre parrain, dans l'herbe, comme abandonné. Ils vous en ont peut-être parlé quand vous êtes allé identifier le corps ?

— Non. Je ne les ai pas vus, je ne suis pas allé à la police. Seulement à la morgue.

— Ce sont des gens de la police que vous avez vus à la morgue.

— Ah, j'ignorais. En tout cas, personne ne m'a parlé d'un sac.

— C'est dommage, ils auraient pu vous montrer la photo. Ils sont pratiquement sûrs que le sac appartenait à votre parrain. Et comme il a été retrouvé vide en dehors du véhicule, on est en droit de se demander si son contenu n'a pas été dérobé.

— Dérobé... par qui ?

— Par des gens qui seraient passés par là avant ceux qui ont prévenu les secours, par exemple. Ils se seraient arrêtés dans le but d'aider, ils auraient vu le sac et ils en auraient volé le contenu plutôt que d'appeler les secours.

— Je vois.

— Oui, enfin, c'est une hypothèse. On essaie juste d'expliquer la présence de ce sac vide sur le lieu de l'accident. C'était un sac de voyage en cuir Vuitton. Vous savez si votre parrain en possédait un ?

— Il avait plusieurs sacs de cette marque, oui.

— Et, selon vous, il y transportait quoi ?

— Des vêtements, des affaires de toilette, j'imagine. Un smoking, probablement. Il avait prévu d'assister à une fête de fiançailles aujourd'hui, à Montauk.

— On m'a dit.

— On devait s'y retrouver.

— Donc, selon vous, il ne transportait pas d'objet ayant une valeur particulière ?

— À vrai dire, je n'en sais rien. On n'avait pas parlé de ce qu'il mettrait dans son sac. Ce n'était pas le genre de conversation qu'on avait.

— Vous savez s'il avait prévu un cadeau pour les fiançailles ?

— Oui. On faisait un cadeau à deux, lui et moi. Un papillon Bulgari, un truc très beau. C'est moi qui m'en occupais.

— Je vois... Écoutez, je vais vous demander de faire une chose. La prochaine fois que vous allez chez votre parrain, 79e rue, vérifiez qu'il ne manque rien d'autre que...

— J'y suis, je suis chez lui.

— Ah, d'accord. La famille s'y est rassemblée.

— Non, je suis seul. »

David fronça les sourcils.

« Être seul ici, c'est un peu un moyen d'être encore avec lui. Je sais ce qui va se passer quand sa mort sera connue. Les messages vont affluer. Les témoignages, les condoléances. J'ai encore besoin d'un peu de paix. »

Il en faisait un peu trop.

« Écoutez, c'est encore mieux, reprit Hategan. Vous pouvez me dire dès maintenant si des objets de valeur vous semblent manquer.

— À vrai dire, je viens seulement d'arriver. Je suis encore dans le couloir. Mais, *a priori*, tout a l'air normal.

— OK. Prenez votre temps et rappelez-moi si vous remarquez quoi que ce soit.

— Je n'y manquerai pas. »

Il aurait mieux fait de se taire, se dit-il en raccrochant. De ne pas décrocher. Il se sentait tellement coupable qu'il éprouvait le besoin de partager la moindre bribe de vérité. Il rappellerait dans deux heures en lui disant que rien ne manquait et l'histoire du sac serait enterrée. En attendant, il ne s'éterniserait pas.

Il glissa son téléphone dans la veste de son smoking et prit la direction du bureau de son parrain. En chemin, il remarqua le sapin de Noël puis la valise posée sur le dossier d'un des canapés du salon. La petite valise du père d'Irving, récupérée après son passage dans un camp de concentration. Son nom était écrit à l'intérieur, dans une belle calligraphie d'écolier. Josef Jakob Zuckerman... Pourquoi Irving l'avait-il sortie de la penderie ?

David l'ouvrit sans réfléchir et découvrit l'argent et les lingots. Il la referma calmement et se rendit dans le cabinet de travail. Irving avait bien vidé le coffre. Il n'avait même pas pris la peine de le refermer, ni de remettre en place les livres qui le cachaient...

David retourna dans le salon, ouvrit la valise à nouveau, y plongea la main. Il n'avait pas le temps de compter les billets et ne se souvenait plus du nombre de lingots, mais tout semblait y être... Tout, sauf le collier.

Retour dans le bureau d'Irving, où il inspecta le coffre, les cinq tiroirs du bureau et le reste de la pièce à la recherche des perles. En vain.

Il traversa l'appartement, chercha dans la salle de bains puis, un peu plus longtemps, dans la chambre. Passant la main sur le lit, sous les oreillers, ouvrant l'un après l'autre les tiroirs des tables de chevet et du secrétaire, fouillant parmi les caleçons d'Irving dans la commode et ses paires de chaussures dans la penderie, jetant même un œil au fond du vase de Chine...

De retour dans le salon, il chercha encore un peu, mais sans conviction : il savait que c'était inutile. Le bijou ne se trouvait plus dans l'appartement, il le sentait.

Ça faisait beaucoup. Beaucoup d'informations en peu de temps. Et pourtant, tous ces développements avaient forcément un sens, racontaient une histoire. Il s'approcha de la fenêtre et réfléchit en se frottant nerveusement le front...

Pour une raison qu'il était seul à connaître, Irving avait voulu transporter le contenu du coffre à Sands Point. Il l'avait mis dans la valise de son père puis s'était ravisé : il n'emporterait pas tout le contenu du coffre, seulement le collier. Peut-être prévoyait-il de l'offrir à Laurie. Un cadeau à 700 000 dollars ? C'était beaucoup pour une jeune femme dont il n'était même pas proche, mais il fallait s'attendre à tout avec Irving. C'était un affectif, un impulsif. Au dernier moment, il avait pu décider que Laurie (qu'il tenait en haute estime) méritait mieux qu'un papillon Bulgari. Il avait glissé le collier dans le sac de voyage (avec son smoking et quelques vêtements) et avait quitté l'appartement en laissant la valise dans le salon. Puis, comme le soupçonnait la police, le contenu du sac avait été volé après son accident.

C'était l'explication la plus probable. Et pourtant, il n'en parlerait pas. Mentionner le bijou l'obligerait à parler du coffre et du reste de son contenu. En plus, les flics savaient maintenant qu'il s'était rendu dans l'appartement, seul, juste après avoir appris la mort de son parrain. Quelqu'un cherchant à vider le coffre en toute tranquillité ne s'y serait pas pris autrement. Moins la police entendait parler de lui, mieux ce serait. Son attention devait se porter sur l'argent et les lingots. Et sur le moyen le plus sûr de les sortir de l'appartement.

Il quitta subitement son poste d'observation et retourna dans la chambre. Il y avait un espace entre le volant de mousseline du dessus-de-lit et le parquet, un espace d'à peine deux centimètres par lequel Biscotte, toujours planqué sous le lit, vit les mocassins noirs et brillants de David entrer dans la pièce, tourner à droite et se positionner devant la penderie. La porte coulissa, les chaussures se hissèrent sur leur pointe, il y eut un bref remue-ménage et David quitta la pièce aussi rapidement qu'il y était entré.

Il avait à la main un sac de sport, barré de l'inscription « Wilson », dont une moitié avait la forme d'une raquette de tennis. Un sac qu'il avait acheté lui-même après s'être inscrit au New York Tennis Club, où il s'était rendu deux fois, en tout et pour tout[1].

Il le jeta sur le canapé du salon et y transféra le contenu de la valise qu'il recouvrit d'un plaid au motif écossais dégoté dans la penderie.

L'interphone, dans le couloir, sonna brièvement.

David releva la tête. Il ne décrocherait pas. Il ne commettrait pas cette erreur une deuxième fois. Il dirait qu'il dormait. Il dormait, sur le lit de son parrain, assommé par le chagrin. Deuxième sonnerie. Accompagnée, cette fois, des vibrations de son portable.

---

1. Une première fois pour s'inscrire et s'envoyer en l'air avec une fille des relations clientèle (que ses cheveux raides et ses yeux globuleux faisaient ressembler à la fille de Stan dans *American Dad !*). Une seconde fois, quelques semaines plus tard, pour s'entraîner brièvement, s'arrêter à cause d'une crampe au mollet et s'envoyer en l'air avec la même fille.

« C'est pas vrai », murmura-t-il, en sortant le téléphone de sa poche. La police le rappelait.

Pris d'une intuition, il s'approcha de la fenêtre, l'ouvrit et, se penchant légèrement par-dessus le balcon, vit une voiture de police arrêtée en double file devant le Mayfair. C'est bien ce qu'il pensait, les flics étaient en bas, dans le hall. Il devait décrocher l'un ou l'autre appareil, il n'avait pas le choix.

Quand il arriva dans le couloir, l'interphone ne sonnait plus. Il dut rappeler le doorman.

« Oui, c'est David Forman. Vous avez essayé de me joindre ?

— Bonsoir, monsieur Forman. Oui, je vous ai appelé.

— Je dormais.

— Je suis désolé. Il y a deux officiers de police à l'accueil qui voudraient vous voir.

— Je dois descendre ou ils veulent monter ?

— Attendez, je demande... »

Il eut terriblement envie d'une cigarette. Une Marlboro light qu'il fumerait tranquillement sur le balcon.

« Vous pouvez descendre, monsieur Forman ?

— J'arrive. »

Surtout ne pas paniquer.

Il fila dans le cabinet de travail où il referma le coffre, essuya la poignée avec le mouchoir de son smoking et remit en place les encyclopédies.

Dans le salon, il prit le sac Wilson et la valise grise qu'il alla cacher dans la penderie de la chambre (la valise, en hauteur ; le sac, en bas, au fond, perdu parmi les paires de chaussures de son parrain).

Il referma la penderie. Une sensation de froid sous ses bras lui indiqua que ses aisselles étaient trempées. Heureusement, il portait une veste.

49

Dimanche 7 décembre, 16 h 40

Toujours étendu sous le lit, Biscotte entendit David sortir de l'appartement. Il n'avait pas prévu de s'absenter longtemps puisqu'il n'avait pas fermé la porte derrière lui. Autrement dit, il n'y avait pas une seconde à perdre.

Il s'extirpa de sa cachette et se rua sur la penderie. Il reconnut la valise, s'en saisit et la trouva bien légère. Pas besoin de l'ouvrir pour comprendre qu'elle était vide. Il la remit en place, fit un pas en arrière et aperçut le sac Wilson. C'était donc ça que le type aux mocassins vernis venait d'y jeter. Un sac de tennis. Bien vu. Idéal pour passer inaperçu. Biscotte se pencha pour l'attraper quand son portable se mit à sonner.

Il eut un coup de chaud en réalisant qu'il ne l'avait pas éteint, ni même mis sur vibreur. Le téléphone aurait pu sonner vingt secondes plus tôt, alors que David était encore dans l'appartement !

C'était Nando.

« Mec, je peux pas parler, dit Biscotte, en décrochant. J'te rappelle !
— Qu'est-ce qui se passe ?
— Y a un mec qui est venu, il vient de partir mais il va revenir, c'est sûr, il a pas fermé la porte ! »

Il fallut trois secondes à Nando pour trouver un sens à cette phrase.

« Mais c'était qui ? Qu'est-ce qu'il a dit ?
— Rien, il savait pas que j'étais là, j'étais caché. Il venait pour le fric et les lingots. Il a tout mis dans un sac de sport.
— Il a tout pris ?
— Non, c'est moi qui a le sac maintenant. Putain, mec, je sais pas quoi faire ! »

Biscotte se mit à sautiller. C'est apparemment ce qui se produisait lorsqu'il était soumis à un gros stress.

« Je t'appelais pour ça, répondit Nando. J'ai parlé à Gabriela. Alors, écoute, tu vas aller te planquer à la cave. Tu sors de l'appartement, tu prends l'escalier de secours et tu descends tout en bas. Au sous-sol, tu verras, il y a une petite pièce avec une douche. Personne n'y va jamais. Tu t'y planques et tu attends. Vers 3 heures du matin, quand tout le monde dort, tu sors par l'entrée de service. Il n'y a pas de caméra de ce côté-là. C'est une porte qui ne s'ouvre que de l'intérieur. Je serai là. Je t'attendrai, dans la caisse, quelque part dans la rue. Tu as compris ?
— Il faut vraiment que j'y aille, mec, l'autre va revenir.
— Tu as compris ce que je t'ai dit ? »

Pas de réponse. Biscotte avait déjà raccroché.

50

Dimanche 7 décembre, 16 h 41

Denise Hategan était plus jolie que sa voix ne le laissait penser. Elle était café au lait, à la manière d'Obama dont elle partageait aussi l'aisance naturelle. Mais son sourire et sa poignée de main vigoureuse ne parvinrent pas à rassurer David, incapable de se détendre sur ce coup-là. D'ailleurs, s'il s'était vu, il aurait immédiatement rebroussé chemin : son cou et le haut de son front luisaient de transpiration.

Hategan alla droit au but : « Désolée de vous déranger encore une fois mais, quand j'ai su que vous étiez chez votre parrain, je me suis dit que ce serait bête de ne pas vous rendre visite, vu qu'on est juste à côté. Je voulais vous montrer ça. »

Deux photos d'un sac, prises de nuit, au flash, sur le lieu de l'accident. Un sac de voyage en cuir marron abandonné dans l'herbe givrée.

« Vous me confirmez qu'il appartenait à votre parrain ? »

David fit oui de la tête. « Vous savez, il y a des caméras dans ce hall. Il suffit de regarder les films pour voir s'il est sorti avec.

— Oui, sauf qu'il n'y a pas d'enquête. Ces questions ont pour but de déterminer s'il faut en ouvrir une. Et puis le sac pouvait se trouver dans la voiture depuis un moment. Rien ne nous dit que monsieur Zuckerman est parti avec hier.

— Bien sûr, dit David, en se forçant à sourire. J'ai toujours su que je ferais un mauvais policier. »

La belle Denise ne se laissa pas distraire. « Dans l'appartement, vous n'avez rien remarqué d'anormal ?

— Non. »

Rien, à part un bruit suspect à son arrivée, un coffre-fort ouvert, 160 000 dollars et cinq lingots d'or dans une valise récupérée à Dachau...

« Pardon d'être aussi directe, mais votre parrain avait-il toute sa tête ?

— Absolument.

— Je vous pose la question parce qu'il semblerait qu'il voyageait avec une carcasse de poulet, dans la poche de son manteau. »

L'un des sourcils de David se releva tout seul. Cette information bizarre le prenait totalement de court.

« Je ne sais pas quoi vous dire à ce sujet.

— Ça lui arrivait souvent de stocker de la nourriture dans les poches de son manteau ?

— Pas à ma connaissance. (Il passa rapidement la main sur son front pour l'essuyer.) Mais il pouvait faire preuve d'une certaine originalité. »

Le collègue d'Hategan s'était rapproché. Son badge disait qu'il s'appelait Panella. On ne décelait aucun signe d'intelligence dans son regard, qui ne devait s'illuminer que devant la télé pendant les matchs de baseball. En attendant, c'était une paire d'yeux supplémentaire qui examinait David, et remarqua un détail troublant : le filleul d'Irving transpirait tellement que la sueur dessinait des auréoles sur la veste de son smoking à l'endroit de ses aisselles ! La sueur visible sur une veste noire ! Panella n'avait jamais vu ça.

« Vous êtes sûr que ça va ? » intervint-il.

David se sentit comme sur une ligne de crête, prêt à tomber d'un côté ou de l'autre. Il décida de prendre les choses en main : « Je suis complètement bouleversé. Irving était un peu mon deuxième père... Et puis, la façon dont c'est arrivé. Si rapide, si... (Pause commandée par l'émotion.) Comme j'habite loin, chaque moment qu'on passait ensemble était précieux. On se faisait une joie de se retrouver à cette fête, de célébrer Laurie, qui est une fille géniale. Vous vous préparez à être heureux, et c'est le contraire qui arrive. D'un coup, tout s'inverse, tout bascule, et c'est le drame qu'il faut affronter. Et puis... (Seconde pause.) Et puis, après, vous viennent à l'esprit toutes les choses que vous auriez voulu dire à celui qui est parti. Des choses toutes simples que vous ne pourrez plus jamais dire. Je crois que c'est ça, le pire... Donc, pour répondre à votre question : non, ça ne va pas, non. »

Ça manquait un peu de subtilité, c'était plus du Al Pacino que du Daniel Day-Lewis, mais ça restait convaincant, surtout pour une impro. Sans compter que, derrière lui, dans le champ de vision des deux flics, le doorman avait écouté sans cesser de dodeliner de la tête. Comme caution, on ne pouvait rêver mieux que ce pauvre Louis, dont le visage respirait l'honnêteté.

Panella en oublia son histoire d'auréoles. Et puis, franchement, pourquoi chercher des noises à ce type blanc, friqué, dont le parrain était mort d'une crise cardiaque ?

« On va considérer que le sac ne contenait aucun objet de valeur, dit Hategan en tendant sa carte à David. Appelez-moi, surtout, si vous remarquez quoi que ce soit, et bon courage pour la suite. »

Elle lui serra rapidement la main et rejoignit son coéquipier qui, près de la porte, s'était déjà plongé dans son téléphone portable.

David eut l'impression qu'une main qui lui tirait les cheveux depuis trois minutes les lâchait d'un coup. Ses yeux se posèrent sur le doorman, qu'il eut envie de prendre dans ses bras. Mais il avait plus urgent à faire.

De retour au quatrième étage, il passa un moment remarquablement long à uriner. Le stress comprimait sa vessie qui se vidait par un jet minuscule, intermittent, au rythme des battements de son cœur. Il rinça le bout de ses doigts en se regardant dans la glace et, sans prendre la peine de s'essuyer, retourna dans la chambre. Il prit le sac Wilson dans la penderie et le déposa dans le couloir. De là, il se rendit dans le salon, sur le balcon, d'où il constata que la voiture de police n'était plus dans la rue. La voie était libre.

Il prit quelques secondes, avant de sortir, pour regarder autour de lui. Fin d'un dimanche d'hiver dans l'Upper East Side. Silence ouaté, rassurant. Il prit le sac, éteignit la lumière et sortit de l'appartement. Dans le hall de l'immeuble, il échangea quelques phrases avec Louis qui lui ouvrit la porte. Il dut marcher un peu pour gagner sa voiture, garée pratiquement sur Madison. Il jeta le sac dans le coffre, entra « Montauk » dans le GPS et prit la route sans attendre.

Depuis qu'il avait appris la mort de son parrain, il n'avait pas pensé à lui avec amour une seule fois.

51

Lundi 8 décembre, 3 h 06

Quand Biscotte émergea du Mayfair, cela faisait trente heures qu'il n'avait pas mis le pied dehors.

Il lui fallut un peu de temps pour trouver Nando qui l'attendait à l'arrière d'un taxi garé de l'autre côté de la rue (la Camry n'avait pas redémarré, il avait été contraint de l'abandonner à Roselle, là même où il avait passé une bonne partie de la journée à espionner le pavillon des Cole).

En l'observant traverser la rue, le Lion remarqua assez vite que Biscotte avait les mains vides.

« J'ai pas eu le temps de prendre le sac, expliqua-t-il une fois installé. L'autre type est revenu trop vite dans l'appartement. J'ai juste eu le temps de me cacher sous le lit. Et c'est lui qui s'est barré avec le sac. »

Nando était incapable du moindre mot, du moindre geste.

Biscotte crut opportun d'en remettre une couche : « Si tu m'avais pas téléphoné, ça aurait marché. J'aurais eu le temps de sortir de l'appart avant que l'autre revienne. Mais, bon, tu m'as appelé. »

Le chauffeur de taxi, un Sikh avec un très joli turban noir, finit par se retourner. « Vous pouvez peut-être me dire où on va ? »

52

Lundi 8 décembre, 4 h 59

Ce canapé puait. On le réalisait quand on avait le nez collé dessus. Sa housse sentait le vieux cul. Comment était-ce possible ? Quelqu'un y prenait régulièrement place les fesses à l'air ? Quelqu'un y avait déféqué un jour, et l'odeur l'avait imprégné à jamais ?

Frank ouvrit une paupière, puis l'autre. Il avait à peine dormi un quart d'heure et savait qu'il ne retrouverait pas le sommeil avant un petit moment. Il attrapa son téléphone sur la table basse. Pas de texto, pas d'appel, mais une tripotée de notifications Facebook. Idéal en cas d'insomnies.

Il s'assit dans le canapé, commença à faire défiler les posts. Luis Alfonso Martinez publiait dix photos des pâtes à l'encre de seiche qu'il avait dégustées dans un hôtel de Saint-Barth, Meg Anderson faisait suivre une demande d'adoption d'un chien à trois pattes, Cristina Campelo venait de changer son statut de « célibataire » à « en couple » et en avait déjà récolté 146 « J'aime »…

Un qui devrait changer son statut si ça continuait comme ça, c'était Frank. Stephanie entamait son deuxième jour de gueule : du jamais-vu. En général, un fléchissement se faisait sentir au bout de cinq-six heures, l'explication avait lieu dans la foulée et le retour à la normale était célébré le soir même, au lit, où chacun en faisait des caisses.

Mais pas cette fois. Cette fois, en plus de ne pas lui parler, elle évitait de se montrer. Elle restait enfermée dans sa chambre d'où s'échappaient des applaudissements de talk-shows ou des bribes de ses conversations téléphoniques.

Sa chambre, qui était celle du couple. Avec sa salle de bains attenante. Frank avait tenté une incursion en début d'après-midi, pour prendre sa douche. Il avait gratté à la porte. « Chaton, il faut que je me lave. » Chaton n'avait pas daigné répondre. Frank avait dû partir plus tôt que d'habitude, pour se doucher dans les vestiaires du TripleTree. Et, en route, il s'était arrêté chez Target pour acheter des slips et des chaussettes.

Comme s'il avait besoin de ça. Comme s'il n'avait pas assez de problèmes comme ça.

D'abord, le coup, qui avait complètement foiré. Biscotte l'avait appelé, une heure plus tôt, pour lui raconter ce qui s'était passé. Il s'était fait griller par un type. Un type qui connaissait l'appartement. Un membre de la famille de Zuckerman, probablement. Ça s'était joué à un coup de fil : Biscotte aurait eu le temps de sortir avec le magot si Nando ne l'avait pas retenu en lui téléphonant.

C'était rageant, désespérant, mais rien à côté de l'histoire du chèque de 5 000 dollars. Ce truc-là le préoccupait tellement qu'il se mettait à en rêver dès qu'il s'endormait. Qui la banque avait-elle contacté en pensant appeler Zuckerman ? Qui avait donné son accord au paiement du chèque ? Est-ce que cette personne connaissait Frank ? C'était un supplice de ne pas pouvoir répondre à ces questions.

Il se leva subitement et marcha jusqu'à l'évier de la cuisine, à quelques mètres de là. Il fit couler un peu d'eau dans une tasse trouvée sur l'égouttoir et but, dans le noir, en se grattant les fesses de la main gauche.

Au même instant, comme si elle avait attendu ce moment pour apparaître, une silhouette passa devant la fenêtre. Un homme. Un homme qui n'avait rien à faire ici. La passerelle qu'il empruntait ne conduisait que chez Frank. Il le savait puisqu'il cachait sa tête sous une capuche et évitait de faire du bruit.

Frank se décala sur la gauche pour suivre l'intrus du regard sans être vu. L'homme s'arrêta devant la fenêtre du salon par laquelle il jeta un œil à l'intérieur avant de continuer vers la porte d'entrée.

Le neveu de Gaby retourna près du canapé, attrapa son pantalon et l'enfila. Puis il se saisit d'une batte de baseball (signée par Joe DiMaggio et exposée près de la télé), se rapprocha de la porte et regarda par le judas.

Il ne vit qu'une masse sombre, une tête sous une capuche, immobile comme si elle l'observait elle aussi. Puis, d'un coup, elle disparut. Frank ne pouvait pas rester dans l'ignorance. Il ouvrit la porte le plus discrètement possible et, en se penchant légèrement, vit la silhouette se poster à nouveau devant le salon pour regarder à l'intérieur.

Il décida alors de se montrer.

« Hey, t'as un problème ? » lança-t-il en sortant de chez lui. L'autre tourna la tête et lui jeta un regard terrifié. Frank comprit qu'il allait s'enfuir et ne lui en laissa pas le temps. Il lui asséna un coup de batte qui le toucha à la tête et finit sa course dans la vitre du salon qu'elle fit exploser. L'inconnu poussa un cri en portant la main à la nuque et fit trois pas avant de s'écrouler.

Frank se jeta sur lui, lui arracha sa capuche.

« C'est quoi, ton problème ? »

Le visage de l'homme était déformé par la douleur. Il était blanc, avait la cinquantaine...

« Qu'est-ce que tu cherches ? continua Frank. Réponds ou je t'éclate la tronche !

— Vous m'avez fait incroyablement mal. »

C'est cette phrase qui lui mit la puce à l'oreille. Un type dangereux, un gangster, n'aurait jamais dit ça. Il n'aurait pas employé le mot « incroyablement ». Et puis, pas sur ce ton-là. Les intonations étaient plus proches de Joan Crawford que de Tony Soprano.

Frank se dit qu'il avait peut-être fait une bêtise. Il aida l'homme à se redresser et changea de ton : « Qui êtes-vous ? Qu'est-ce que vous voulez ?

— Répétez, pour voir.

— Hein ?

— Je vous demande de répéter ce que vous venez de dire, j'ai l'impression que je n'entends plus de l'oreille droite.

— Je voulais savoir qui vous êtes et ce que vous voulez.

— Je vais vous le dire mais, soyez gentil, allez d'abord me chercher de la glace. »

Frank retourna à l'intérieur. Dans la cuisine, il sortit du freezer un sac de petits pois surgelés puis il attrapa un torchon sur lequel il fit couler de l'eau froide.

En regagnant la sortie, il tomba nez à nez avec Stephanie qui se tenait dans le salon, la main sous le ventre comme pour l'empêcher de tomber.

« Qu'est-ce que tu fous avec mes petits pois ?
— Tu parles, toi, maintenant ?
— Qu'est-ce que tu fous avec mes petits pois ? Et c'est quoi ce bordel ? Pourquoi t'as cassé la vitre ?
— C'est de ma faute, madame, lui répondit la voix rauque et traînante de l'inconnu, à l'extérieur. Tout est de ma faute, je vous dédommagerai jusqu'au dernier cent. »

Stephanie fit les yeux ronds.

« C'est qui, çui-là ? demanda-t-elle à Frank, à voix basse.
— Je pensais que c'était un voleur mais je crois que je me suis gouré. »

53

J'ai rencontré Irving le 4 mai 1983. J'avais 29 ans, lui 45. Je me souviens de la première phrase qu'il m'a dite : « Cet oreiller sent le vomi. » Pas très romantique, n'est-ce pas ? Et pourtant, ce fut le coup de foudre.

En général, deux ou trois choses vous attirent chez ceux qui vous plaisent. Chez lui, tout me faisait envie : son visage, ses lunettes, son crâne lisse, ses mains, sa distinction, sa maturité, sa manière de s'habiller, son regard pétillant d'intelligence et d'humour. Je le trouvais rassurant, je voulais qu'il me protège.

J'étais encore jeune, loin d'être laid et de moins en moins en souffrance. À ma grande surprise, je me remettais gentiment de l'enfer qu'avait constitué la première partie de mon existence. Je ne vous ferai pas l'offense de vous raconter ces années passées dans une ferme de la Meuse sous la férule d'un père illettré qui cherchait, à coups de torgnoles, à me faire passer l'envie de me faire des robes avec les rideaux de la maison. Cette époque gardera toujours pour moi l'odeur de la grande pièce où nous prenions nos repas (un mélange atroce de renfermé et de lait caillé) et le goût des testicules de bœuf qu'on me forçait à avaler dans l'espoir de me viriliser.

Comme rien n'y faisait, on m'envoya chez les curés. Pour détourner un garçon de ses pulsions homosexuelles, il fallait y penser ! Cette étape eut pour effet de me détraquer complètement. À 15 ans, j'ai commencé à entendre des voix (le bien, à droite ; le diable, à gauche) et je célébrai mon dix-huitième anniversaire en me taillant les veines dans un hôtel de Verdun. Charmant début de vie, vous ne trouvez pas ?

La suite ? Dix ans ou presque à passer de foyers d'accueil en services psychiatriques. Électrochocs, fugues, larcins, prostitution... et la chance, au bout du chemin : un artiste peintre rencontré dans un bar à Nancy. Mon premier amour. Un homme qui m'a tout appris, et il y avait de quoi faire : je pouvais réciter les litanies de saint Joseph mais je ne savais pas qui étaient Mozart ou Victor Hugo. Il me sauva probablement en m'amenant à la bibliothèque, au théâtre, au musée, et aussi en me parlant d'Air France. « Tu y seras bien, tu verras, c'est plein de folles. »

Il avait raison, je m'y suis retrouvé dans mon élément. J'adorais les aéroports, les passagers m'appréciaient et (gros avantage) je dormais peu. Le sommeil était pour moi une expérience douloureuse, redoutée. Lorsqu'elle dépassait deux-trois heures, mes rêves devenaient d'insupportables cauchemars peuplés des monstres de mon enfance. Je ne souffrais pas du décalage horaire, je récupérais très vite (du moins, je le pensais) : on m'affecta en priorité sur les vols long-courriers.

Et c'est au cours de l'un d'eux que j'ai rencontré Irving. Pourtant, ce 4 mai 1983, j'ai bien failli laisser passer ma chance. Il voyageait en première, je travaillais en classe éco, il m'avait interpellé alors que je passais par là par hasard et, après lui avoir apporté un nouvel oreiller, je ne l'ai plus revu pendant le vol. Mais le destin tenait à nous réunir. À notre arrivée à New York, une intoxication alimentaire m'empêcha de poursuivre comme prévu ma route vers Los Angeles. On me remplaça à JFK et je passai deux jours dans une chambre de l'hôtel Intercontinental à boire du thé au citron. Et c'est en allant à la pharmacie renouveler mon stock d'aspirine que je suis tombé sur vous savez qui. Début de l'histoire.

Nous étions complémentaires, lui et moi. C'était un être de raison qui avait un grain de folie, j'étais un grand instable aspirant à la sagesse. Chacun a débarqué dans la vie de l'autre à point nommé. Aucun de nous n'avait vécu une histoire digne de ce nom, c'était aussi impardonnable que de ne jamais être allé au Grand Canyon ou à Venise... Il me voyait comme un héros de Dickens. Mon histoire, et plus précisément le fait qu'elle avait été plus éprouvante encore que la sienne, le fascinait[1]. Il voulait sans cesse que je la lui raconte. Il voulait même que je l'emmène là-bas, dans la Meuse... Ce petit garçon qu'on obligeait à faire des allers-retours sous la pluie en poussant un pneu de tracteur cinq fois grand comme lui,

---

1. Alors que son père était mort dans les camps, et que lui-même avait fui l'Allemagne avec sa mère et sa sœur pour se retrouver dans le Maine, où la polio avait failli l'emporter.

Irving voulait en prendre soin. Il m'a très vite couvert de cadeaux. Des magazines, des livres, des écharpes, mais aussi un vélo magnifique, un chihuahua qui est mort très vite. Il a même proposé de me prêter de l'argent pour acheter un appartement à Manhattan. Un studio dans le quartier de Murray Hill, que nous sommes allés visiter. Quand je pense que j'ai dit non !

Il aimait l'imprévu, il aimait que les cœurs battent plus vite. Il m'a emmené dans les plus beaux musées, à Saint-Pétersbourg, à Florence, et aussi à Istanbul, rien que pour voir Sainte-Sophie. Il m'a fait la surprise de m'attendre à mon arrivée à JFK, un soir, pour repartir aussitôt à la Barbade, en jet privé.

Il y eut une période d'intense bonheur, un été où nos vies semblaient rythmées par une mélodie enlevée, insouciante. Nous longions la côte de Long Island dans une décapotable à la recherche d'une villa pour Irving, faisions l'amour dans les jardins de celles que nous visitions...

Nous avons rendu visite à sa mère, dans le Maine. J'ai adoré cette femme qui ne me jugeait pas, qui d'ailleurs ne jugeait rien, redoutait seulement de fatiguer les gens avec son amour. Elle me fit aimer son fils encore plus, je pleurai en la quittant...

Nous nous promenions le soir le long de l'Hudson dans l'espoir de nous rafraîchir, en fredonnant *Islands in The Stream*, une chanson de Dolly Parton et Kenny Rodgers qu'on entendit beaucoup cet été-là...

And we rely on each other, ah ha
From one lover to another, ah ha...

Et puis, il y eut un matin, dans son appartement new-yorkais. Il était vraiment tôt, je guettais le lever du jour sur le parc et je me souviens m'être dit que je n'y arriverais pas. Suivre Irving, le suivre dans la lumière, être à la hauteur de ses attentes, de son exigence. Là, devant la fenêtre, sans raison apparente, les voix sont revenues. Celle de gauche se déchaînait, elle disait des choses comme « Irving est en train de devenir un des seigneurs de New York alors que tu n'es bon qu'à servir du café dans des gobelets en plastique ! » En général, les alertes vous préviennent d'un danger imminent. Eh bien, la voix dans mon oreille gauche, c'était l'inverse : elle se réveillait pour empêcher le bonheur sur le point de s'installer.

Quelle bêtise, je le réalise aujourd'hui ! J'aurais dû simplement lui en parler. Il aurait trouvé le moyen d'en rire et de me redonner confiance. Au lieu de quoi, je vivais dans la crainte de sa prochaine extravagance, de notre prochaine sortie, en me demandant si je serais à la hauteur.

J'étais obsédé par l'idée qu'il me trompe avec quelqu'un de son milieu, de son niveau. Autour de lui gravitaient un grand nombre d'artistes, dont beaucoup étaient homosexuels. Un, notamment, dont j'ai oublié le nom, qui avait un certain succès à l'époque. Un jeune type à lunettes, maigre, très poilu, assez séduisant. Je les imaginais se livrant à des orgies dans des appartements somptueux quand je partais travailler. Je voyais leurs corps se presser l'un contre l'autre et leurs lèvres s'arracher des baisers pendant que je faisais le larbin à dix mille mètres d'altitude.

Je lui tendais des pièges idiots, en débarquant au Mayfair à l'improviste, par exemple. J'évitais de retourner ses appels (alors que je mourais d'envie de l'entendre) ou laissais des messages interminables sur son répondeur. J'allais au Townhouse (un bar pour hommes mûrs) et m'arrangeais pour qu'il l'apprenne. Je pris goût aux scandales, aux crises de nerfs ou de larmes en public. Nous en sommes venus aux mains, une fois, dans un cinéma de Times Square, en pleine projection de *Tendres passions*.

Dans un éclair de lucidité, je lui parlai enfin de ma maladie (le principe des voix). Il a voulu que je consulte. Sur sa recommandation, j'ai rencontré un docteur au Mont-Sinaï qui m'a diagnostiqué une maniaco-dépression de type II et m'a mis sous lithium. Mais ce qui devait me sauver a causé ma perte...

Je buvais. Un psy que j'ai rencontré bien des années plus tard m'a expliqué que c'était pour moi un moyen de faire passer une enfance trop grosse à avaler. En entrant à Air France, j'avais constaté que l'alcool me détendait, me rendait plus aimable. Whisky à doses raisonnables, les premières années, puis tout ce qui me tombait sous la main, en grande quantité.

Or, le lithium, combiné à l'alcool, avait des effets pervers : j'étais apathique, beaucoup moins productif, les choses avaient moins d'importance. Mes collègues le remarquèrent, ma hiérarchie me convoqua et me demanda de surveiller ma consommation d'alcool. J'arrêtai d'un coup, tout en réduisant le lithium, ce qui eut des conséquences catastrophiques : au cours d'un Paris-Tokyo, je me mis à insulter puis à gifler une passagère qui me demandait un deuxième verre de vin rouge. L'avion dut se poser en urgence en Pologne. Je fus mis à pied pour faute grave et envoyé dans une maison de repos dans les Alpes. À mon retour, on me proposa de me réintégrer sur Air Inter. Je refusai. On me licencia.

Je me suis installé à New York, au mythique hôtel Chelsea. Impossible de rester chez Irving qui avait décidé de mettre de la distance entre nous. Et, bien sûr, plus il s'éloignait, plus je tentais de me rapprocher. Ayant perdu l'homme et le métier qui me faisaient tenir debout, j'étais dans un état de crise pratiquement permanent. Comme une dernière preuve d'amour, Irving me dégota un poste de surveillant au Lycée français de New York. Je ne pris même pas la peine de me rendre à l'entretien d'embauche. Dès lors, il m'évita. À court d'argent, je décidai de quitter New York au printemps 1987, pour des régions moins dispendieuses.

Difficile de raconter ce qui s'est passé par la suite. On dira que j'ai perdu ma propre trace. Je me revois courir après un chien le long d'une autoroute. Je me revois voler dans le sac d'une vieille femme à qui je donnais des cours de français, et aussi me faire tabasser en sortant d'un bar en plein jour. Où, quand ? Impossible à dire.

Les souvenirs se reforment vaguement au milieu des années 1990. Je vis en Californie sur le toit d'un cinéma de San Diego. Je passe mes journées à renifler de la colle et à me masturber. Après quoi, je prends la route du Nord.

Au passage de l'an 2000, je vis à Glendale, dans la rue, avec un couple de lesbiennes qui m'a pris en affection. Elles boivent, se prostituent, se battent (j'ai rarement vu combats plus violents). Elles rêvent de fonder une sorte de Walmart visant la clientèle lesbienne du monde entier. Leur truc, c'est la sangria, dès le réveil, et je les accompagne. L'une d'elles finit en prison pour avoir cassé la mâchoire de l'autre à cause d'un muffin.

Au même moment, j'entends parler d'une association qui, à San Francisco, aide les homosexuels sans domicile fixe. Je pense que je serais mort rapidement si je n'y étais pas allé. J'étais si maigre que je parvenais à peine à me tenir debout, je n'avais pratiquement plus de dents et mon ventre était dur comme du bois.

Ils m'ont soigné puis trouvé un emploi de plongeur dans un restaurant indien. J'y gagnais 130 dollars par semaine, dont la moitié revenait au foyer qui m'hébergeait. J'ai tenu. Mon père est mort à cette époque, ce qui m'a certainement aidé. Plusieurs vies s'étaient intercalées entre mon enfance et moi : elle s'effaçait, et les voix se taisaient. Je repris du poids et, au dispensaire qui nous soignait, je me fis faire un dentier.

Après trois ans de plonge, j'ai été embauché dans un café du centre-ville. J'y préparais des sandwichs au tofu et des salades de lentilles en observant, depuis la cuisine, le monde défiler à la caisse. Un jour, on m'a demandé de remplacer au pied levé une serveuse, souffrante. J'ai retrouvé instantanément le plaisir que j'éprouvais au contact du public, vingt-cinq ans plus tôt. Les clients m'appréciaient, malgré mon apparence chétive, ou peut-être à cause d'elle. Quelque chose d'un peu mystérieux opérait entre eux et moi. Un ami serveur disait que c'était une question de morphologie.

Mon talent dans ce domaine sautait aux yeux. On me proposa rapidement de devenir serveur en salle. À 50 ans passés, dans un lieu dont la clientèle en avait rarement plus de 35 ! J'ai accepté, séduit par l'idée d'empocher des pourboires. Mon train de vie a changé rapidement. J'ai emménagé dans un deux-pièces que je partageais avec un immigré arménien, un garçon discret et gracieux. J'ai pris un abonnement dans une salle de sport, où je me rendais très tôt, six jours par semaine. On me complimentait, j'entendais dire que mon accent était charmant, que j'étais bien conservé, que je ressemblais à Louis Jourdan, je n'en croyais pas mes oreilles ! Il est vrai que je n'avais plus grand-chose à voir avec le cadavre ambulant que j'étais en arrivant à San Francisco.

À la salle de gym, j'avais sympathisé avec un homme qui fréquentait aussi le café. J'ignorais à peu près tout de lui, sauf qu'il pouvait soulever quarante kilos sur un banc incliné. Un beau jour, il m'a appris qu'il était l'un des Gringuish, qui possédaient plusieurs chaînes d'hôtels dans toute l'Amérique. Ils venaient d'acheter un immeuble rétro dans le vieil Austin, où ils prévoyaient d'ouvrir un restaurant de cuisine asiatique haut de gamme. Il voulait que j'en sois l'un des chefs de rang. C'est ainsi que j'ai commencé à travailler au Golden Leaf, il y a bientôt sept ans.

54

Je l'ai immédiatement reconnu lorsqu'il est arrivé. La réservation ayant été faite au nom du couple qui l'accompagnait, monsieur et madame Carter, la surprise fut totale. Il était bien la dernière personne que je m'attendais à voir ce soir-là. L'idée m'a traversé qu'il était venu pour moi puis je me suis rappelé qu'une fameuse exposition de jouets se tenait pas très loin du restaurant. C'était, bien sûr, la raison de sa présence à Austin.

Il ne m'avait pas reconnu et il y avait très peu de chances que ça arrive. D'abord, mon badge disait que je m'appelais Steve. Les clients ayant un mal fou à prononcer « Serge », j'avais changé de prénom à l'époque du café de San Francisco, au grand dam de mon patron de l'époque, grand fan de Serge Gainsbourg.

Et puis, physiquement, je n'ai plus aucun rapport avec celui que j'ai été. Imaginez : trente ans sont passés ! Mon tour de taille est resté le même (je n'ai jamais pu grossir) mais c'est bien la seule chose. Avec le temps, j'ai pris en muscles ce que je juge avoir perdu en beauté.

Je suis donc devenu un athlète, un athlète aux cheveux blancs et aux rides marquées. Je ne perds pas mes cheveux mais mon implantation capillaire s'est modifiée, tout comme la forme de mon crâne et celle de mes mains. Quant à mon nez, il s'est aplati sans explication.

Irving, lui, avait peu changé. Il était juste passé de vieux à vieillard. Peut-être avait-il rapetissé, un peu gonflé aussi. Et le charme avait déserté son visage. Mais pas de transformation. On sentait que, pendant toutes ces années, il avait été sur la même ligne d'émotions (la prospérité, le confort). Ce sont les variations qui marquent, non ? Les hauts, les bas, l'inquiétude, l'incertitude, voilà ce qui ravage.

Mon rôle était de les conduire à leur table, de leur parler de notre carte et de prendre leur commande de boissons. Ce rituel, que j'appréciais habituellement, fut un véritable calvaire. Les images de notre histoire me revenaient en mémoire alors que je leur faisais l'article de nos plats du jour. Rester concentré me coûta un effort prodigieux. Je devais éviter de regarder cet homme alors que je n'avais qu'une envie : me pendre à son cou, lui révéler qui j'étais, lui dire à quel point j'avais été heureux avec lui.

Une fois mon petit numéro terminé, je leur ai souhaité bon appétit et me suis réfugié aux toilettes, où j'ai éclaté en sanglots. Je crevais d'envie de lui parler, d'établir le contact, mais dans quel but ? Ressasser le passé ? Revivre une histoire avec le vieillard qu'il était devenu ? Je ne désirais ni l'un ni l'autre.

Je suis revenu dans la salle un quart d'heure plus tard et j'ai travaillé normalement, jetant régulièrement un œil sur la table où était assis l'homme qui m'avait le plus aimé dans cette vie, m'assurant de loin que tout se passait bien. Irving n'avait d'yeux que pour ses amis, il ne regarda pas une seule fois dans ma direction. Il avait la même énergie, la même volubilité qu'autrefois, et je fus sidéré quand, me livrant à un petit calcul dans mon coin, je réalisai qu'il avait 76 ans.

La soirée me plongea dans un état de grande tristesse. Cet homme assis à une dizaine de mètres pensait-il jamais à moi ? Se demandait-il jamais ce que j'étais devenu ? Où étaient passés ces moments, ces baisers, ces fous rires ? À quoi avaient-ils servi ?

Quand l'addition fut déposée sur leur table, je m'absentai à nouveau. Je ne voulais pas me trouver dans la salle quand Irving partirait. Je ne voulais pas être tenté de le retenir au dernier moment. Je savais que je ne le reverrais plus, que la prochaine fois que j'entendrais parler de lui, ce serait pour apprendre sa mort. Je sortis donc, côté cuisine, fumer une cigarette.

En revenant, j'ai jeté un œil à leur table, où un serveur s'activait. J'ai respiré un grand coup, me suis plongé dans le cahier de réservation. La soirée était calme. Je n'avais pratiquement rien à faire qui m'empêcherait de penser à ce qui s'était passé...

« J'ai trouvé ça sur la banquette. »

Le serveur qui venait de débarrasser la table où Irving avait dîné me tendait un téléphone portable. Un petit BlackBerry noir. Un ancien modèle, sans écran tactile, comme pouvait en posséder quelqu'un de peu porté sur la technologie. Quelqu'un d'âgé. Il y avait une chance sur trois pour que ce soit le sien, et pourtant j'avais peu de doutes.

« Merci, je m'en occupe. »

J'ai attendu d'être seul derrière mon pupitre pour l'allumer. En découvrant le fond d'écran, je n'ai pu m'empêcher de sourire. Il s'agissait de la photo d'un carlin tenant dans sa gueule une petite balle bleue. Irving vouait une passion à cette race de chiens intrépides. Sa grand-mère en avait un qui avait illuminé les premières années de sa vie, en Allemagne. Plus tard, il avait attendu d'être installé à New York pour en adopter un à son tour – ou plutôt une, à laquelle il avait donné le nom de celle de son enfance, Carmen. À sa mort, il avait mis sa photo dans un cadre doré, l'avait accroché dans sa chambre et avait adopté une nouvelle Carmen. Une adorable petite chose qui vivait ses dernières années quand nous nous sommes rencontrés, en 1983. Ainsi donc, il avait perpétué la tradition.

J'aurais pu contacter les Carter au numéro qu'ils avaient indiqué en effectuant leur réservation, mais je n'en fis rien. Je ne cherchai pas à rendre son téléphone à Irving. Cet objet, je le garderais avec moi, pour moi, comme un secret. Il m'apprendrait comment cet homme que j'avais tant aimé vivait aujourd'hui, ce qu'il faisait, qui il aimait. Il serait un lien entre lui et moi, un lien fragile et illusoire, comme une dernière confidence. J'avais hâte de me retrouver chez moi pour parcourir son répertoire, lire ses messages...

Hélas, il fallait entrer un code à quatre chiffres pour débloquer l'appareil. J'ai essayé 1, 2, 3, 4, puis 0, 0, 0, 0, chaque fois sans succès. Je ne devais pas être loin, j'étais sûr qu'il s'agissait d'un code ridiculement simple mais je n'avais plus le droit qu'à un essai et ne voulais pas prendre de risque. Je ne pourrais rien en tirer, tant pis. Je l'ai posé sur ma table de chevet et me suis forcé à penser à autre chose.

Vers 3 heures du matin, alors que j'étais dans mon lit sur le point de m'endormir, le portable se mit à sonner. Je vis à l'indicatif qu'il s'agissait d'un numéro d'Austin. Évitant de répondre, je souris en constatant le manque total d'originalité dans le choix de la sonnerie, celle par défaut des abonnements AT&T. Et puis, j'avais une autre raison de me réjouir : sans code, le téléphone continuait à recevoir les appels. Autrement dit, je saurais qui appelait Irving, au moins jusqu'à la clôture de l'abonnement. Ce serait déjà ça de pris.

Une rapide recherche sur Internet m'apprit que le numéro appelant provenait du Hilton d'Austin. Irving avait probablement appelé son propre portable depuis sa chambre d'hôtel dans l'espoir de le localiser.

Le lendemain, qui était un dimanche, le téléphone sonna trois fois (un « numéro privé » appela deux fois, et le Hilton, à nouveau). Puis les appels se raréfièrent. Il y en eut deux le lundi (« numéro privé »), aucun le mardi ni le mercredi. La clôture avait dû prendre effet. Je n'entendrais plus sonner le petit BlackBerry. Déçu, je l'ai déposé dans le petit panier où je range mes télécommandes, sur la table basse, et j'ai tenté d'oublier toute cette histoire.

J'y suis très bien arrivé, et quand le portable s'est mis à sonner le samedi suivant, j'ai cru que je rêvais. Je le pensais déchargé depuis longtemps, eh bien, pas du tout. Il était 11 heures du matin, je sortais du lit et, par chance pour vous, je me trouvais à proximité du téléphone, qui n'avait pas changé de place. Il indiquait un indicatif de la côte Est (New York, New Jersey, ou peut-être Pennsylvanie).

Pourquoi j'ai décroché ? Parce que ça me donnait l'occasion de parler à quelqu'un. Ne souriez pas, c'est la vérité. J'étais persuadé que ça ne concernerait pas Irving, que sa ligne avait été résiliée, j'étais curieux de savoir qui composait ce numéro et pourquoi. Curieux, amusé, et surtout heureux de pouvoir échanger quelques mots, même sans importance, avec un autre être humain.

J'ai décroché et entendu : « Monsieur Zuckerman ? »

J'ai mis la main devant la bouche et hésité à raccrocher.

« Allô, monsieur Zuckerman ? » a répété l'homme au bout du fil.

Je le sentais plutôt bienveillant. Et puis j'avais envie de savoir. N'était-ce pas dans ce but que j'avais gardé le téléphone d'Irving : découvrir qui l'appelait, en apprendre sur sa vie ? Bref, j'ai répondu : « Lui-même.

— Dave Fisher, de la Bank of New England, agence d'Hempstead. Comment allez-vous aujourd'hui ?

— Très bien, merci.

— Désolé de vous déranger un samedi, mais un jeune homme s'est présenté au guichet avec un chèque que vous lui auriez signé. Je souhaiterais le vérifier avec vous. Une simple mesure de sécurité, qui prendra très peu de temps. »

Irving faisait des chèques à un jeune homme ! Ça, c'était du scoop !

« Aucun souci, répondis-je, en tentant d'imiter le timbre de voix d'Irving (ou, du moins, le souvenir que j'en avais).

— Merci, monsieur Zuckerman. Il s'agit donc d'un chèque de 5 000 dollars que vous auriez signé à l'ordre de monsieur Frank Ballestero. »

Il me donnait son nom, en plus !

Je le fis patienter : « Attendez, il faut que je règle mon sonotone.

— Je vous en prie. »

J'ignorais si Irving avait un sonotone et je pense que monsieur Fisher ne le savait pas plus que moi. Ce que je voulais surtout, c'est qu'il me laisse prendre de quoi noter.

« Voilà, c'est mieux. Vous disiez que j'avais signé un chèque ?

— Oui, à un certain Frank Ballestero, résidant à Elizabeth, New Jersey. »

Je notai tout ça au dos d'un ticket de caisse.

« Tout à fait, répondis-je.

— Un chèque de 5 000 dollars ?

— Absolument. 5 000 dollars.

— C'est noté. Simple vérification, à présent, monsieur Zuckerman : pourriez-vous m'indiquer votre mois de naissance ?

— Juillet ! répondis-je, comme si je participais à un quizz radiophonique.

— Je vous remercie. À présent, pourriez-vous me donner le nom de la ville où a été célébré votre mariage ? »

Quelle drôle de question ! Ne pouvait-il pas plutôt me demander le nom de mon premier animal de compagnie ? Un coup de fil de la banque était-il censé provoquer des émotions aussi fortes ?

« Monsieur Zuckerman ?

— Cornwall, répondis-je, la voix cassée par l'émotion.

— Je vous demande pardon ?

— Cornwall, Connecticut.

— Eh bien, monsieur Zuckerman, je ne vous dérange pas plus longtemps. Je vous remercie et vous souhaite une excellente journée. »

J'ai raccroché, complètement déprimé par cette question surprise. Cette histoire était très morale, finalement. J'avais voulu me distraire aux dépens d'autrui et n'y avais gagné que tristesse et frustration. Irving, j'en étais sûr, n'avait pas autant souffert de la perte de son BlackBerry...

Avec le temps, je m'étais assagi mais le fond de mon âme était toujours aussi tordu. Pourquoi ne pas avoir parlé à Irving le soir où il était venu au restaurant ? Pourquoi avoir préféré la voie sinueuse de la ruse et de la cachotterie ?

J'ai travaillé normalement ce samedi-là et, en rentrant chez moi dans la nuit, j'ai décidé que je reverrais Irving. Je lui rendrais visite, chez lui, à New York, je prendrais de ses nouvelles et lui donnerais des miennes. Sainement. Normalement. Je lui rendrais son téléphone, lui raconterais l'épisode du restaurant et même le coup de fil de la banque. Être dans le vrai, et plus dans le biscornu. Cette perspective me fit beaucoup de bien.

Le restaurant est fermé le dimanche et je ne travaille pas le lundi. J'avais donc deux jours devant moi – exactement ce dont j'avais besoin.

J'ai peu dormi cette nuit-là (je ne dors jamais beaucoup) et, quelques heures plus tard, j'ai pris l'avion pour New York. En décollant, j'ai réalisé que ça faisait un temps fou que je n'avais pas quitté Austin.

55

Lundi 8 décembre, 8 h 10

Serge tenait du fou autant que de la folle. Impossible de dire en le voyant s'il s'échappait de l'asile ou sortait d'une vente privée Fred Perry. Il prenait soin de lui, teignait ses cheveux, ses ongles avaient la taille parfaite. Mais, à ce regard fixe et excessivement cerné, on devinait les insomnies, les terreurs, le cœur fragile et malmené.

En observant sa tête de merle exténué, Frank se demanda comment il avait pu un jour conquérir Irving – et comment, aujourd'hui, il pouvait avoir des responsabilités dans un restaurant apparemment chic.

Après son malheureux coup de batte, il l'avait conduit à un dispensaire près de chez lui où Serge fut rapidement pris en main. On ne lui trouva rien de sérieux mais on lui recommanda de passer un IRM à son retour à Austin. Régler les formalités administratives après coup demanda plus de temps que les soins eux-mêmes, et les deux hommes s'étaient retrouvés dans le hall, de chaque côté d'une table de bistro, dans une espèce de cafétéria.

« Et donc vous êtes venu chez moi...

— Pas tout de suite. Je suis d'abord allé chez Irving. Enfin, je me suis arrêté chez un fleuriste pour acheter des hortensias blancs, ses fleurs préférées, et j'ai débarqué au Mayfair. Là, évidemment, l'horreur. Le doorman m'annonce qu'Irving est mort quelques heures plus tôt, sur la route, en allant dans sa villa de Sands Point, un endroit que nous avions visité ensemble ! Je suis ressorti avec mon bouquet de fleurs, le sol se dérobait sous mes pieds. J'ai marché dans la 79e rue et je suis resté un moment assis sur le perron d'un immeuble, du côté de la Seconde avenue. J'étais tellement abattu que je n'arrivais plus à repartir, malgré le froid. Finalement, je me suis rendu dans un hôtel de Gramercy Park, un petit hôtel qu'Irving appréciait. Rien ou presque n'y avait changé en trente ans. J'ai pris une chambre, j'ai passé un moment au bar puis j'ai dîné dehors. Et c'est bien plus tard, en retournant dans ma chambre, que l'histoire du chèque m'est revenue en mémoire. J'y ai pensé toute la nuit, en me disant que c'était quand même une drôle de coïncidence.

— Je ne l'ai pas tué, vous savez.

— Je sais, il a eu une crise cardiaque. Le doorman me l'avait dit.

— Mais vous êtes quand même venu chez moi.

— Je voulais savoir. Pourquoi Irving vous avait fait un chèque de 5 000 dollars. Quel lien vous aviez avec lui. Je pensais que vous étiez son petit ami et j'étais très curieux de découvrir la tête que vous aviez. En vous voyant, j'ai tout de suite compris. Vous n'étiez pas son petit ami, il vous payait, n'est-ce pas ?

— Oui. Enfin, on ne s'est vus qu'une fois.

— La veille de sa mort, donc.

— C'est ça.

— Votre visage est l'un des derniers qu'il a vus...

— Le dernier, même.

— Votre visage et, hop, une crise cardiaque ! La mort idéale ! Où je dois signer ? »

Ce trait d'humour échappa complètement à Frank.

« Vous n'allez pas chercher à me nuire, hein ?

— Pourquoi vous voudriez que je vous nuise ? Parce que vous vous faites payer pour donner du plaisir à des hommes ?

— Je ne l'ai fait qu'une fois. Avec Irving. Et encore, je lui ai juste tenu compagnie.

— En plus ? Y a franchement pas de quoi s'énerver... Vous êtes quelqu'un de bien, ça se voit tout de suite. Irving avait dû le sentir lui aussi. C'est dommage qu'il soit mort, il aurait bien pris soin de vous. D'ailleurs, je ne sais pas dans quelle branche vous êtes mais, avec un minois comme le vôtre, je n'hésiterais pas une seconde. Un peu de musculation, un petit tour chez le coiffeur et...

— Non, merci, dit Frank, en grimaçant.

— C'est dommage, vous feriez une fortune. Je connais des hommes d'affaires texans qui seraient prêts à payer très cher pour passer un moment av... »

Il s'arrêta pour regarder un infirmier hispanique qui passait près de leur table, une belle bête dont il ne voulait pas perdre une miette. Puis, très normalement, il reprit : « Qu'est-ce que je disais ?

— Que vous ne chercheriez pas à me nuire.

— Non... Ce qui m'embête, par contre, c'est ça. »

Il désignait le pansement qui recouvrait son oreille droite et les bouts de coton qui lui sortaient du nez.

« Vous savez qu'il y a une clause dans mon contrat de travail qui m'oblige à avoir l'air présentable. Je ne sais pas ce que je vais bien pouvoir leur raconter. Je ne vais tout de même pas leur dire que j'ai glissé dans ma douche. On ne croit jamais les gens qui disent qu'ils sont tombés dans leur douche !

— Je suis désolé.

— Un coup de batte dans la gueule alors que je vous ai fait gagner 5 000 dollars ! Drôle de façon de me remercier !

— Je vous l'ai dit, je pensais que vous étiez un voleur. Quelle idée, aussi, de venir regarder chez les gens en pleine nuit. C'était quoi, votre but, exactement ?

— Prendre la température, je vous l'ai dit. Voir où vous viviez. Je crois aussi que j'avais envie de parler d'Irving avec quelqu'un qui le connaissait.

— D'accord, mais à 5 heures du matin ?

— Je ne peux pas dormir. Je n'ai jamais pu. J'avais prévu de venir plus tard, mais pourquoi attendre puisque j'étais debout ? Et puis, je me disais qu'à 5 heures du mat', je serais tranquille pour faire ma petite inspection.

— Manque de pot, j'étais debout.

— Manque de pot, comme vous dites. »

Serge leva les yeux vers l'écran de télévision. Une publicité y montrait un sportif vaporisant du déodorant sous ses aisselles...

« Je ne savais pas qu'Irving avait été marié, dit Frank.

— C'est surprenant, n'est-ce pas ?

— Vous savez avec qui ?

— Hein ?

— Vous savez avec qui il s'est marié ?

— Moi, voyons ! Il s'est marié avec moi ! Vous n'aviez pas compris ?

— Mais...

— C'était en juillet 1984 ou 1985, je ne sais plus. À l'époque où nous étions heureux. Il avait repéré une petite église dans le Connecticut et a demandé à un prêtre très impliqué dans les affaires homosexuelles de nous y retrouver. Un Juif new-yorkais et un Français athée mariés par un prêtre catholique dans une église luthérienne, vous imaginez ! On avait pour témoins un couple de hippies, un homme et une femme qu'on avait rencontrés dans une station-service. Ils ont accepté pour 100 dollars, je me rappelle. C'était une somme à l'époque. Irving commençait à avoir de l'argent. À la fin, je leur ai même donné un de mes foulards, qui plaisait à la fille.

— Mais ce mariage n'avait aucune valeur.

— Aucune, juridiquement. Il était purement symbolique. Un vrai mariage d'amour... »

D'un coup, Serge bascula dans l'inquiétude.

« Je vous dégoûte ?

— Pardon ?
— Physiquement, je vous dégoûte ? »

Que pouvait-il répondre ? La vérité ? Non, vous auriez plutôt tendance à me faire de la peine ?

« Euh, non.
— Alors, vous allez m'embrasser.
— Hein ?
— C'est comme ça que vous allez racheter votre coup de batte. Et aussi me remercier de vous avoir fait gagner 5 000 dollars. En m'embrassant. »

Il se pencha en avant et continua plus bas : « Je vais aux toilettes. Vous m'y rejoignez dans trente secondes. Et vous m'embrassez. Sur la bouche. La langue, c'est en option. J'aimerais mieux, évidemment, mais je ne vous y oblige pas. Vous m'embrassez, et voilà, on est quittes. Vous n'entendrez plus jamais parler de moi. C'est d'accord ? »

Décidément ! Qu'est-ce qu'ils avaient, ces vieux machins, à vouloir être embrassés ? Cela dit, pour l'avoir déjà fait, Frank savait que ça n'avait rien d'horrible. Et si telle était la condition pour ne plus jamais croiser ce spécimen, alors la proposition était carrément emballante.

« OK, fit-il, aussi normalement que s'il s'agissait de laisser passer quelqu'un devant lui à la caisse.
— Je compte sur vous. Vous ne partez pas, hein ? »

Frank fit non de la tête. C'était un bon gars, il tiendrait parole.

Le Français se leva en faisant traîner sa chaise sur le sol. Le neveu de Gaby se mit aussitôt à compter jusqu'à trente, distrait par l'écran de télévision qui diffusait les moments forts du match Seahawks contre Eagles.

56

Lundi 8 décembre, 7 h 10

Elle s'attendait tellement à voir les flics débarquer qu'elle avait glissé du linge de rechange, sa bible, un paquet d'Oreo et la photo encadrée d'Eusebio dans un sac en plastique. En espérant qu'on l'autoriserait à le prendre avec elle au moment de son arrestation.

Elle avait aussi écrit deux lettres, qu'elle avait posées en évidence sur la table de la cuisine. L'une à l'attention d'Antonia, dans laquelle elle expliquait que le plus grand regret de sa vie resterait de ne pas s'être réconciliée avec sa sœur quand elle était encore libre. Elle en profitait pour mettre les choses au clair au sujet de la yaourtière : le pot fêlé l'était déjà quand elle avait récupéré la boîte, elle pensait qu'Antonia était au courant et c'est pour cette raison qu'elle ne lui en avait pas parlé.

L'autre lettre était destinée à son petit-fils. L'enveloppe précisait qu'il devrait en prendre connaissance le 28 avril 2025, jour de son dix-huitième anniversaire. Elle s'y excusait de ne lui avoir transmis aucun bien et dispensait quelques conseils de vie, parmi lesquels « travailler dur sans dévier du droit chemin » car, expliquait-elle, « bien mal acquis ne profite jamais ».

Pourtant, dimanche était passé sans que la police ne se montre. Et à la télévision, il n'était toujours pas question de monsieur Irving, même sur PBS[1], où on l'avait beaucoup vu de son vivant. Il fallait probablement un peu de temps à la police pour visionner les films des caméras de surveillance, faire parler les empreintes, interroger les témoins. Peut-être que certains services faisaient une pause le dimanche. Après tout, un inspecteur ou un médecin légiste avaient aussi le droit de se reposer.

Elle avait très peu dormi et, lorsque le réveil avait sonné, elle avait déjà pris son chocolat, rincé sa tasse et regardé par la fenêtre une bonne dizaine de fois. Debout mais fourbue, elle dut lutter, en se préparant, pour garder les yeux ouverts. Son cerveau exténué jouait inlassablement la scène de son arrivée au Mayfair. Les agents de police en faction devant l'immeuble s'approchaient d'elle en la voyant. « Gabriela Navarro, vous avez le droit de garder le silence. Si vous renoncez à ce droit, tout ce que vous direz… »

À la station Main Street, elle n'avait pas vu le vieux Noir qui tapait sur sa caisse en bois. Absence exceptionnelle qu'elle ne put s'empêcher de prendre pour un signe et qui provoqua

---
1. Public Broadcasting Service. Réseau de la télévision publique américaine. Réputé, notamment, pour la qualité de ses programmes culturels.

certainement le déclenchement de ses crampes. Son ventre, qui avait toujours suivi le cours de ses humeurs, la travaillait depuis le réveil. Alors que le métro passait sur le pont de Queensboro, les spasmes, accompagnés de gargouillis de plus en plus sonores, devinrent insupportables. Elle dut sortir prématurément, 59e rue, et se ruer, courbée en deux, aux toilettes du deuxième étage de Bloomingdale's.

Jamais elle ne s'était sentie aussi mal en arrivant au Mayfair. À cause des somnifères dont elle avait abusé toute la nuit, elle avait un mal de crâne tel qu'il lui semblait que son cerveau lui sortait par les oreilles. Ses acouphènes donnaient un concert, ses courbatures s'étaient réveillées et ses intestins vibraient encore de l'épouvantable diarrhée qui avait pratiquement déclenché l'intervention du SWAT[1] à Bloomingdale's.

L'immeuble affichait son air de suffisance habituel. Quand elle y entra, aucun policier ne vint à sa rencontre. Derrière le pupitre se tenait Idriz, le doorman albanais (plus sympa que Mike mais pas autant que Louis).

En la voyant, il lui fit signe d'approcher, se jeta sur le téléphone posé devant lui et composa un numéro.

« Vous savez que monsieur Zuckerman est mort ? murmura-t-il, en attendant que son correspondant lui réponde.

— Oui, oui », fit Gaby.

Idriz baissa subitement la tête. « Madame Petrosian ? La femme de ménage vient d'arriver. »

---

1. Special Weapons and Tactics. Le RAID américain.

Il confia le combiné à Gaby.

« Allô ?

— Madame Navarro ?

— Elle-même.

— Vous me confirmez que vous êtes bien l'employée de maison de monsieur Zuckerman ?

— Oui.

— Veuillez considérer que vous ne travaillez plus pour lui à compter d'aujourd'hui. Je vais vous demander de rendre votre clef à Idriz.

— D'accord.

— Vous donnez la clef à Idriz et vous rentrez chez vous. Vous rentrez chez vous ou vous allez où vous voulez, mais pas chez monsieur Zuckerman, vous avez compris ?

— Oui.

— Sa famille reprendra contact avec vous pour les formalités et le règlement de votre solde, s'il y a lieu.

— Ah, d'ac...

— Je vous souhaite une bonne journée. »

Cette froideur... La police l'avait probablement informée des soupçons qui pesaient sur Gaby.

La messe était dite. Elle allait sortir et ne reviendrait plus dans cet immeuble, dans ce hall qu'elle avait traversé mille fois... Quinze ans de travail soldés en quelques minutes, de la pire manière. Un doorman indifférent, deux phrases au téléphone, et voilà. Pas de champagne, pas de discours, personne à étreindre.

La journée qui suivit ne ressembla à rien. Elle pensait que marcher dans le quartier lui ferait du bien mais, en passant devant la teinturerie où elle avait donné le linge de monsieur Irving pendant si longtemps, elle se mit à pleurer. Au même moment, une pluie glacée, presque invisible, fit son apparition. En descendant s'abriter dans la station de métro la plus proche, Gaby glissa dans l'escalier. Elle se retint *in extremis* à la rambarde, mais se fit très mal en tombant sur les fesses.

À Flushing, ce fut encore pire. Il lui était impossible de se reposer. Des ouvriers commençaient ce jour-là des travaux dans l'appartement situé en dessous du sien. Elle descendit pour leur demander de faire un peu moins de bruit, leur suggérer d'utiliser des serviettes de toilette ou des chiffons pour assourdir les coups de marteau. On la regarda comme si elle débarquait de Mars. Non, ils ne pouvaient pas utiliser de chiffons. Par contre, ils arrêteraient à 18 heures.

Dieu lui faisait payer, c'était évident. Il avait lancé un avertissement à l'église, elle n'en avait pas tenu compte. Très bien, elle paierait le prix fort. Tout cela n'était qu'un avant-goût de ce qui l'attendait, elle le savait.

C'était quoi, la fréquence des promenades à la prison des femmes de New York ?

57

Lundi 8 décembre, 19 h 52

Le grésillement de l'interphone la sortit d'un sommeil lourd un peu avant 20 heures. Elle mit un temps infini à s'extraire du fauteuil dans lequel elle s'était écroulée, chercha ses mules et se traîna dans le couloir en réalisant qu'elle mourait de soif.

« Oui ?
— Madame Navarro ?
— C'est moi.
— Je suis David Forman, je souhaiterais vous parler. »

Le ton était ferme, la voix classe et posée, mais le nom ne lui disait rien.

« Vous êtes qui ?
— David Forman, le filleul d'Irving Zuckerman. J'ai besoin de vous parler. »

David... David ? LE David ? Seigneur !

Elle allait enfin rencontrer cet homme qui l'avait tant fait rêver... chez elle, dans son trou à rat, à Flushing. On pouvait difficilement imaginer pire, comme cadre. Même si cette visite n'avait rien de romantique, elle s'en doutait bien. Ce qu'il avait à lui dire était forcément désagréable...

Et si c'était le moment de sauter ? Raccrocher, aller à la fenêtre et se jeter du sixième étage. Elle s'écraserait, près de la voiture du beau David...

« Madame Navarro ?

— Oui, je suis là. »

Elle n'aurait pas le cran de sauter, ne l'aurait sans doute jamais. Pourquoi était-elle obsédée par l'idée de se jeter par la fenêtre alors qu'il était tellement plus simple de se gaver de somnifères et de s'allonger dans son lit ?

« Sixième étage, appartement 6E. L'ascenseur ne s'arrête pas au sixième. Il faut aller au septième et descendre un étage à pied.

— Entendu. »

Elle pressa l'interrupteur.

L'appartement était petit, triste, laid et, surtout, il puait. Ça la frappait chaque fois qu'elle arrivait de l'extérieur. Cette odeur rance ne se dissipait que quelques jours par an, à la fin du printemps, quand les trois fenêtres étaient ouvertes en même temps.

Il était hors de question que David y mette les pieds. Elle le recevrait sur le palier, ce qui lui permettrait de cacher derrière la porte ce qu'elle ne souhaitait pas montrer : sa culotte de pyjama trop grande et ses mules roses aux coutures lâches.

Le soleil était entré dans sa cage d'escalier. La laideur de l'environnement faisait ressortir l'éclatante beauté de David qui n'avait jamais été plus radieux.

Il portait un manteau anthracite sur un costume sombre et une écharpe bleu clair dans une de ces laines encore plus douces que le cachemire.

« Vous ne souhaitez pas que j'entre ? dit-il en voyant Gaby derrière la porte entrouverte.

— C'est-à-dire que c'est en fouillis. »

Une bouffée de son parfum, d'une sensualité délirante, lui parvint, et elle manqua de fermer les yeux de plaisir.

« Je comprends mais je ne peux pas vous parler sur un paillasson. »

Elle le laissa entrer. Il fit quelques pas dans le couloir, laissa échapper un « Oh, la vache » effaré et revint sur ses pas.

« Vous n'avez pas de salon ? »

Gaby fit non de la tête. « Il y a ma chambre, mais elle est en fouillis. Sinon, la cuisine.

— La cuisine, très bien. »

Sept mètres carrés. Une ampoule pendant au bout d'un fil. Un frigo particulièrement bruyant. Un four posé dessus.

Ils s'installèrent de chaque côté d'une petite table dont une bonne moitié était encombrée de papiers divers.

« Vous voulez un chocolat chaud ? Une tisane ?

— Non, je vous remercie. »

Il se racla la gorge.

« Bien. Je ne vais pas y aller par quatre chemins. »

Il avait le teint hâlé, une peau magnifique. Même les acteurs de *Lo que la vida me robó*, avec leur maquillage et tous les soins qu'ils recevaient, n'avaient pas un aussi beau grain de peau.

« Vous travailliez pour Irving depuis ?

— 1999. Le 12 avril 1999.

— Je me disais bien que ça faisait un bout de temps.

— Quinze ans.

— Quinze ans... Il vous appréciait. Quand il parlait de vous, c'était toujours dans des termes élogieux. Il louait votre intégrité, votre intelligence...

— Merci.

— Il vous payait combien ?

— 120 dollars par semaine. »

David plongea la main dans l'une de ses poches intérieures, en sortit un chèque, plié en deux.

« Je n'étais pas très loin. »

Gaby l'accepta timidement.

« Ouvrez-le, je vous en prie. »

Elle s'exécuta.

250 dollars.

« Plus de deux semaines de travail », précisa-t-il.

Elle eut envie de rire, et de pleurer. Le pire, c'est qu'il semblait convaincu de faire quelque chose de bien.

« Merci », répéta-t-elle, sans conviction.

Elle replia le chèque qu'elle glissa soigneusement sous un sachet de sucre et profita du silence pour demander : « Vous savez comment ça va se passer, les obsèques ?

— Ah, euh, Irving souhaitait être incinéré. Sa sœur ne pouvant se déplacer, ça aura lieu dans le Maine. Dans la plus stricte intimité. Il y aura aussi une cérémonie à Sands Point mais, là encore, ce sera réservé aux... »

Il ne trouvait pas les mots.

« Aux proches, l'aida Gaby.

— Oui, et aux gens qu'il côtoyait dans son travail. »

Aux gens importants, c'est ce qu'il voulait dire. Gaby était à son service depuis quinze ans, elle était l'une des personnes qui le connaissaient le mieux, mais elle n'était pas invitée. On n'avait pas omis de convier, par contre, le directeur du Lincoln Center, la responsable communication de Lancôme ou le consul d'Espagne à New York...

« L'avis paraîtra dans le *New York Times* de mercredi », ajouta David, pour noyer le poisson.

Silence. Enfin, cet appartement n'était jamais vraiment silencieux. Les travaux avaient bel et bien cessé à 18 heures, mais une télé gueulait dans les étages inférieurs.

« Il y a autre chose, reprit David, en bougeant sur sa chaise. Carmen.

— Carmen ?

— La chienne d'Irving.

— Oui, je sais qui est Carmen, mais pourquoi vous m'en parlez ?

— C'est une chienne exceptionnelle. NY1 News a fait un reportage sur elle, qui passera demain matin. Vous savez pourquoi ? Parce qu'elle est rentrée au Mayfair, ce matin. Seule, comme une grande, de Sands Point ! Elle a fait plus de trente kilomètres pour rentrer chez elle ! »

Ce n'était pas le cas, Gaby le savait bien, mais elle prit l'air impressionné.

« Bref, reprit David, il va falloir lui trouver un nouveau foyer. Je ne peux évidemment pas la prendre avec moi. La sœur d'Irving non plus, à son grand regret. L'étudiante qui la promène aurait bien voulu mais son immeuble n'accepte pas les animaux. Donc, j'ai pensé à vous. »

Alors, ça, c'était le pompon ! D'abord un chèque minable, et maintenant le chien dont personne ne voulait ! C'était ça, la raison de sa visite : lui refourguer Carmen ! Il allait être servi. Gaby n'aimait pas particulièrement les chiens (elle préférait les chats, et surtout les oiseaux), elle ne comptait certainement pas en recueillir un dans son trente mètres carrés !

« Évidemment, quand j'ai pensé à vous, j'imaginais que vous viviez dans quelque chose de plus grand. Je comprendrais très bien que vous refusiez. Dans ce cas, la SPA la récupérera. Leurs règles sont assez strictes mais...

— Leurs règles ?

— Les chiens qui ne sont pas adoptés dans un certain délai sont euthanasiés. Ils m'ont expliqué que les jeunes chiens étaient adoptés en priorité. Carmen ayant plus de 12 ans...

— Je la prends », coupa Gaby, sans émotion.

Autant elle n'avait pas une affection délirante pour la chienne, autant l'imaginer se faire euthanasier lui était insupportable. Elle la garderait le temps de trouver une solution. Dégoter dans son voisinage une mémère qui s'éprendrait de cette petite chose ne devrait pas présenter de difficulté.

« Je ne sais pas comment vous remercier, dit David, en posant ses doigts parfaitement manucurés sur son avant-bras. Je vais vous dire, je pense que c'est ce qu'Irving aurait voulu. »

Ils sortirent ensemble, dans la nuit, le froid, le vent. Gaby, sa doudoune et ses mules fabriquées en Chine. David, son manteau fait sur mesure et ses mocassins à 2 500 dollars.

Carmen, qui attendait sagement à l'arrière de la voiture de location, ouvrit les yeux à leur arrivée.

« Vous avez pris ses papiers, son carnet de vaccination ? demanda Gaby.

— Non, j'ai fait très vite.

— Il y a sa laisse, aussi. Et des jouets. Une petite balle bleue.

— Je vous les apporterai demain.

— Et la nourriture ? Il y a plein de nourriture pour elle chez monsieur Irving.

— Je vous apporterai tout ce que je trouverai. »

Gaby parut embêtée.

« C'est que c'est pas donné, la nourriture. »

David plongea la main dans une de ses poches et en sortit deux billets de 20 dollars froissés qu'il lui donna sans ménagement.

« Ça ira, non ? »

Après quoi, il ouvrit la portière arrière de la voiture et attendit. Il ne voulait pas prendre Carmen dans les bras. Comme la chienne ne sortait pas, Gaby se pencha vers l'intérieur pour l'attraper.

« Donc, vous reviendrez avec ses affaires ?

— Oui, ou j'enverrai quelqu'un. »

Elle avait froid, Carmen était lourde et elle s'était lassée de cet homme qui n'avait aucune manière. Elle s'apprêta à le saluer mais il n'avait pas fini.

« Juste une chose. Irving avait un coffre-fort. Je pense que vous étiez au courant. »

Elle pensa avoir mal entendu : « Pardon ?

— Irving avait un coffre-fort. Vous le saviez, oui ou non ?

— Il m'en avait parlé, je crois, bredouilla-t-elle.

— Selon vous, qui connaissait la combinaison, à part lui ?

— Comment voulez-vous que je le sache ? »

L'assaut était violent, aussi efficace qu'inattendu. Il était loin, le David qui se félicitait de lui régler plus de deux semaines de gages et s'inquiétait du sort du carlin. Celui-là était aussi dur et tranchant que la pointe d'un glaive.

« Vous, par exemple, vous la connaissiez ?

— Bien sûr que non !

— À qui aurait-il pu la communiquer d'après vous ?

— Je n'en sais rien, vraiment.

— Faites un effort, c'est important. Il voyait quelqu'un régulièrement ? Il avait un petit ami ?

— Vous savez, je ne venais chez lui qu'une fois par semaine et on ne parlait pas de ce genre de choses.

— Je suis sûr que vous saviez.

— Quoi ?

— S'il fréquentait quelqu'un. Même s'il ne vous en parlait pas. Une employée de maison sait toujours ces choses-là.

— Mon sentiment, c'est qu'il ne voyait personne. »

C'est pour ça qu'il s'était déplacé. Jamais il ne serait venu à Flushing dans le seul but de lui payer son solde ou de lui filer Carmen. Ce qu'il voulait, c'était avoir cette conversation en tête à tête avec elle.

« Écoutez-moi. Ce que je vais vous demander est très important. J'ai vraiment besoin que vous me disiez la vérité.

— Je vous dis la vérité.

— Il y a dix jours, j'ai changé la combinaison du coffre. Je l'ai notée sur une feuille que j'ai laissée sur le bureau d'Irving. Est-ce que, par hasard, vous auriez retrouvé cette feuille ? »

Une crampe d'estomac fulgurante déchira Gaby en deux. Ne pas grimacer de douleur lui coûta un effort surhumain.

« Retrouvé où ?

— Sur le bureau, dans ses affaires, je ne sais pas. »

Elle fit non de la tête.

David ne la lâchait plus des yeux. « Jurez-le-moi.

— Je vous le jure. »

Elle ne pourrait pas tenir longtemps, elle le sentait et tenta une diversion : « Pourquoi vous me demandez tout ça ? Il s'est passé quelque chose ? »

David n'eut pas le temps de lui répondre : son portable se mit à sonner. Il baissa la tête et, au grand soulagement de Gaby, décida de prendre l'appel.

« Allô... Ouais... Oh, t'as pas idée... Ne quitte pas... »

Il avisa la femme de ménage : « Vous pouvez rentrer chez vous. Quelqu'un apportera les affaires du chien. »

Il avait dit ça avec un mépris souverain, comme il lui aurait jeté de la nourriture sur le sol. Sans bouger (elle se dit que ça lui donnait l'air moins coupable), elle l'observa monter dans la voiture et reprendre sa conversation téléphonique à l'intérieur. Il le remarqua et, tout en continuant à parler, lui fit signe de rentrer chez elle. Cette fois, elle obéit.

Elle n'était pas particulièrement attachée à Carmen et, pourtant, elle savait en la ramenant chez elle que la chienne l'aiderait à se sentir moins seule ce soir-là.

« Tu dois avoir faim. »

Dans la cuisine, elle sortit d'un placard une boîte de saucisses de Francfort, déchiffra l'étiquette puis, prise d'un pressentiment, se rapprocha de la fenêtre et regarda au-dehors.

David était encore là, la voiture n'avait pas bougé. Il attendait certainement la fin de son coup de fil pour partir.

Gaby s'immobilisa, l'œil rivé sur le toit de la Mercedes. « Pourquoi tu t'inquiètes pour le coffre puisque tu as pris ce qu'il y avait dedans ? » pensa-t-elle à haute voix.

58

Vendredi 26 décembre, 16 h 43

David arriva très en retard et invoqua un accident sur la 405. Il portait un chandail vanille en maille légère, un bermuda framboise écrasée, des espadrilles claires. Si Gaby avait été là, elle l'aurait trouvé irrésistible. Les poils blonds frémissaient dans le vent du soir comme de la poussière d'or sur ses avant-bras. Les taches de rousseur sous ses yeux, ravivées par un léger hâle, faisaient ressortir par contraste la clarté de son regard.

Dov Lewinsky, détective privé, l'attendait sous l'une des tonnelles bordant la piscine de l'hôtel. La vision de cet homme gris, voûté, ébouriffé, sur fond de coucher de soleil californien, n'avait aucun sens. Sa gabardine était pliée à côté de lui, sur le transat à rayures jaunes. Dessus était posé un paquet de Winston. Et, sur ses genoux, un bloc-notes à couverture orange sur lequel ses doigts pianotaient nerveusement.

« Ça change de New York, dites donc. Il fait toujours ce temps-là à Noël ?

— Toujours », répondit David, qui retira ses lunettes de soleil pour les remettre aussitôt.

L'autre, qui avait aperçu son regard bleu-vert, pensa à une histoire qu'on lui avait racontée. Celle d'un homme si séduisant que, lorsqu'il était arrêté au feu rouge, les femmes des voitures voisines lui montraient leurs seins. Probablement une légende.

David attendait, immobile comme un chat.

Le détective s'éclaircit la voix.

« Vous avez de la chance ? Habituellement, je veux dire.

— Bah, oui.

— Non, parce que, sur ce coup-là, vous en manquez cruellement.

— Pourquoi vous dites ça ? »

Sans répondre, l'autre désigna son paquet de cigarettes. « J'imagine qu'on ne peut pas fumer ici. »

David confirma.

« Bon, alors, dit Dov en soulevant la couverture de son bloc-notes, commençons par le commencement... Meursault (il prononçait « Mioursolte »).

— Pardon ?

— Serge Meursault. Le type qui s'est retrouvé dans le testament de votre parrain.

— Ah, oui.

— D'origine française. Célibataire, pas d'enfant. Gay, pas de petit copain. Chef de rang dans un restaurant assez coté d'Austin. Il loue un trois-pièces qu'il partage avec une petite grosse qui fait des études de sociologie. Il a des dettes, rien d'exceptionnel, dans les 20 000 dollars. Son loisir préféré : un cinéma porno en bordure de la ville fréquenté par des routiers mexicains. Il y passe tous ses dimanches.

— Charmant.

— Oui. Maintenant, accrochez-vous. Il est venu au Mayfair au moment de la mort de votre parrain. Il a fait l'aller-retour à New York.

— Alors, c'est lui ! Il était dans l'appartement !

— Eh ben, non.

— C'est forcément lui !

— Ça aurait arrangé tout le monde, mais non.

— Pourquoi vous dites ça ?

— Il est venu au Mayfair pour voir votre parrain mais il est resté dans le hall. Il n'est pas monté.

— C'est quoi, ce délire ?

— Il venait rendre visite à Irving. Le doorman lui a appris qu'il était mort quelques heures plus tôt. Meursault est reparti, complètement bouleversé. L'enregistrement vidéo le confirme.

— C'est une histoire de fous.

— Et ce n'est pas fini. Votre parrain, il lui a légué une maison, c'est bien ça ?

— C'est ça. Une villa, à Palm Springs.

— Bon, bah, vous pouvez faire un trait dessus. Ciao, bye bye, la villa à Palm Springs !

— Hein ?

— Comme ça, sans savoir, on pourrait penser que Meursault est un serveur dont votre parrain s'était entiché sur le tard. Eh bien, pas du tout, ils se connaissaient depuis longtemps. Tenez-vous bien, ils se sont même mariés. En 1984. Dans le Connecticut. »

David retira ses lunettes de soleil, comme si elles l'empêchaient de comprendre. Il n'aurait pas eu l'air plus sonné s'il avait reçu un coup de poêle sur la tête.

« Évidemment, ce mariage n'a aucune valeur légale, continua le détective. Aujourd'hui, dans le Connecticut, les homos ont le droit de se marier, mais pas à l'époque. Seulement, ils ont eu une histoire, un passé. Ce qui rend la clause du testament difficile à contester. D'autant que votre parrain a été d'une grande fidélité à l'égard de Meursault : il l'a fait figurer dans toutes les différentes versions de son testament à partir de 1990.

— C'est un cauchemar... Ce *loser* dont personne n'a jamais entendu parler, qui sort de nulle part...

— Oui, et encore plus dingue : ils ne se voyaient plus, ils se sont parlé pour la dernière fois en 1988. Seulement, je ne sais pas si vous êtes au courant mais votre parrain est allé à Austin fin novembre, pour un salon du jouet.

— Je m'en souviens.

— Eh bien, à Austin, il est allé dîner au Golden Leaf, qui est le restaurant où travaille Meursault. Et, vous savez quoi ? Votre parrain a oublié son téléphone portable en partant, et c'est son ex qui l'a récupéré.

— Il a fait exprès de l'oublier, c'est sûr.

— Meursault pense que non. Il dit que votre parrain ne l'a pas reconnu. D'autant qu'il se fait appeler Steve depuis quelques années. Ils ne se sont pas parlé.

— Irving serait allé dans ce restaurant sans savoir que l'autre y travaillait ? Et il aurait oublié son téléphone sans le faire exprès ?

— C'est ce que pense Meursault. Personnellement, je crois que la vérité est entre les deux. Je crois que votre parrain savait que son ex travaillait là-bas et qu'il a profité de son voyage d'affaires pour faire un tour au restaurant. Mais, à mon avis, il ne l'a pas reconnu. Après tout, l'autre avait changé de nom et ils ne s'étaient pas vus depuis presque trente ans. Et pour avoir eu entre les mains un Polaroid pris le jour de leur mariage, je peux vous dire que Meursault a vraiment changé en trente ans. Quant au téléphone, je pense qu'il n'a pas fait exprès de l'oublier. J'ai cru comprendre qu'il n'était pas très attaché à son portable. Il faisait partie d'une génération qui vit très bien en s'en passant.

— De toute façon, ça ne fait pas de différence. Qu'il y soit allé pour Meursault ou pas, qu'il ait fait exprès d'oublier son portable ou pas, le résultat est le même.

— Euh, pas tout à fait.

— Qu'est-ce que ça change ?

— Peut-être que Meursault comptait encore pour lui, peut-être qu'il pensait encore à lui, qu'il avait envie de le revoir. Et, dans ce cas, la disposition du testament n'a pas tout à fait le même sens. »

David mit quelques secondes à organiser ses pensées. « Comment vous vous y êtes pris pour apprendre tout ça ?

— Tout ça, quoi ?

— Tout ce que vous savez sur le Français.

— Ça m'a pris cinq jours. Cinq jours sur place. Et disons que c'est quelqu'un de très seul. »

David n'était pas sûr de vouloir en savoir plus. Il héla un serveur qui passait par là et commanda une San Pellegrino.

« Euh, je prendrais bien quelque chose, moi aussi, glissa le détective.

— Oh, pardon... »

David rappela le serveur. Dov commanda une Bud light et « quelque chose à grignoter ». L'autre, une pimbêche avec un monstrueux bouton de fièvre au-dessus de la bouche, faisait carrément la gueule : « Des olives, ça ira ?

— Parfait », dit le détective.

David observa l'échange et ferma les yeux, dans un effort de concentration.

« Quand je suis arrivé dans l'appartement, les billets et les lingots étaient dans une petite valise. J'ai tout mis dans un sac de sport, sous un plaid. Je me suis absenté moins de dix minutes. Je suis remonté, j'ai pris le sac, je l'ai mis dans le coffre de ma voiture et je suis parti. Je ne l'ai rouvert que le lendemain, en début d'après-midi. Sous le plaid, à la place des billets et des lingots, il y avait trois paires de chaussures de mon parrain. Je veux juste savoir ce qui s'est passé.

— Je ne peux pas vous le dire, je ne le sais pas encore.

— Et la femme de ménage ?

— Non... Elle n'est venue au Mayfair que le lundi.

— À un moment, je me suis dit qu'elle aurait pu trouver la lettre dans laquelle je donnais la nouvelle combinaison du coffre à Irving. »

Le détective fit non de la tête.

« Elle est clean. Elle est fauchée comme les blés, fait ses courses à Buy'n Save et fouille dans les tas d'encombrants. Ce ne sont pas des trucs que vous faites quand vous avez mis la main sur autant de pognon.

— Elle était bien la seule à avoir la clef de l'appartement ?

— Oui. Y a une étudiante qui venait à l'appartement tous les matins pour promener le chien...

— Trich.

— Oui. Mais elle prenait la clef en bas. Le doorman la lui donnait chaque fois, et elle la lui refilait en partant. Et puis elle n'est pas venue ce fameux dimanche.

— Que disent les caméras de surveillance ?

— C'est là que je dis que vous n'avez pas de chance. Ils ont un système complètement archaïque au Mayfair, ils utilisent des cassettes vidéo. Voilà comment ça marche : ils ont quatorze cassettes, une par jour pendant deux semaines. Chaque jour, à minuit, le doorman met la cassette correspondant au jour qui commence dans une espèce de magnétoscope. Sauf que j'y suis allé un dimanche matin. Dimanche dernier, le 21. J'ai pu consulter la vidéo du dimanche 7, celle où on voit Meursault débarquer avec son bouquet de fleurs. Celle du samedi 6, par contre, avait été effacée, la veille, par l'enregistrement du samedi 20.

— Et le registre des doormen ?

— Il indique que votre parrain n'a reçu aucune visite le jour de sa mort. J'ai parlé aux deux doormen qui ont travaillé ce jour-là. Celui qui était en service dans la nuit de samedi à dimanche se souvient avoir vu Irving sortir de l'immeuble avec son sac de voyage. Tout était normal. »

Les boissons et les olives avaient été servies sans que David s'en aperçoive. Il vit Dov attraper sa bouteille de bière, en vider une bonne moitié d'une traite et la poser sur les tomettes brunes.

« J'ai très envie de fumer, là.

— Je pense que vous pouvez. Il n'y a que nous sur la terrasse. »

Pour tout dire, David aurait bien fumé lui aussi, mais il croyait se souvenir que les Winston avait un goût dégueulasse.

Dov alluma une cigarette et recracha une première bouffée qui sembla se diriger sciemment vers les narines de David.

« Quand vous avez quitté New York, vous êtes allé directement à Montauk ?

— Oui.

— Vous ne vous êtes pas arrêté, même trois minutes dans une station-service ?

— Non, j'ai fait la route d'une traite. Ce n'est pas si loin.

— Et, à Montauk, vous vous êtes garé vous-même ?

— Oui. On avait le choix : donner les clefs au voiturier qui attendait devant l'entrée de l'hôtel ou se garer soi-même à l'entrée de la propriété, sur une espèce de parking improvisé, où il n'y avait jamais plus de cinq voitures. Je me suis dit que je prenais moins de risques à me garer moi-même. La voiture était une Mercedes pratiquement neuve, le coffre était fermé (j'ai vérifié plusieurs fois). Même en parvenant à ouvrir le coffre (ce qui était impossible sans les clefs), on ne pouvait pas voir le sac, qui était caché tout au fond.

— Et vous n'avez plus utilisé la voiture ?

— Non. Elle est restée garée au même endroit jusqu'au lendemain. En mettant mes affaires dans le coffre, au moment de partir, j'ai jeté un œil dans le sac et j'ai vu qu'il contenait des chaussures. »

Dov inspira profondément. Au sifflement que produisait sa respiration, on comprenait qu'il était urgent qu'il arrête de fumer.

« Marina Brook, ça vous dit quelque chose ?
— Vaguement.
— C'est une espèce de fille comme on en trouve beaucoup à New York. Une nana pétée de thunes et bourrée de problèmes. Et l'un de ces problèmes, c'est qu'elle vole. Pas dans les magasins, non : chez les gens, les gens qui l'invitent. Ça a commencé par des conneries : des savonnettes, des couverts... Et, en 2011, elle a été accusée d'avoir chouré une bague super chère. Son père a fait ce qu'il fallait, y a pas eu de plainte, elle a rendu le bijou et elle est soi-disant partie se faire soigner dans l'Oregon. Seulement, elle est revenue à New York... »

Il s'interrompit pour écraser sa cigarette avec son pied (un acte pratiquement aussi monstrueux à Hollywood qu'un rapt d'enfant).

« Je n'ai pas creusé du côté de Montauk, reprit-il. J'ai vraiment concentré mes recherches sur Manhattan, mais j'ai aperçu son nom sur la liste des invités aux fiançailles. Je ne dis pas que c'est elle qui a ouvert le coffre de votre voiture, je dis que parmi les invités se trouvaient forcément plusieurs spécimens de ce genre. Et je pense que c'est de ce côté-là qu'il faut chercher. Je peux me lancer, si vous voulez. Je ne vous garantis rien mais mon petit doigt me dit que...

— Ça me paraît assez improbable.

— Vous n'imaginez pas de quoi les gens sont capables. Y avait quoi, sept cents invités aux fiançailles ?

— Plus de sept cents.

— Eh bien, je vous fiche mon billet que parmi ces sept cents personnes, une bonne douzaine n'est venue que pour ça : faire les poches des manteaux dans le vestiaire, ouvrir les coffres de voiture. C'est toujours le cas.

— Mais comment un invité aux fiançailles se serait procuré les chaussures d'Irving ?

— Je ne sais pas comment mais je sais pourquoi. Pour vous pousser à croire que le vol s'est passé à Manhattan. Pour détourner votre attention de Montauk. »

Il y eut un silence pendant lequel le passage des voitures sur Sunset Boulevard imita le bruit de la mer puis David se leva. Il avait l'air déphasé d'un type qui vient de faire un tour de grande roue.

« Je ne sais pas. Je ne sais pas ce que je dois faire. Envoyez-moi votre devis, je vous dirai si je veux continuer. Vous avez reçu le virement ?

— Oui, merci », dit Dov, en se levant à son tour.

Il s'approcha de David et baissa la tête.

« Il y a une chose que je voulais vous demander. Vous étiez le filleul de Zuckerman mais, à part ça, quel lien familial vous aviez avec lui ? »

Il avait une haleine désagréable.

« Aucun, répondit David, en reculant d'un pas. C'était juste un ami de la famille. Il était en affaires avec mon père. Quand j'ai eu 13 ans, il a demandé à mes parents s'il pouvait devenir mon parrain. »

Il n'avait visiblement aucune envie de parler de ça.

« Je vais du côté de Wilshire, vous voulez que je vous dépose quelque part ?

— Non, je vous remercie, je vais rester un peu, il faut que j'aille aux toilettes. J'ai mangé une pizza au thon avant d'arriver et je ne la digère pas. »

David, qui ne savait pas quoi faire de cette information, sourit nerveusement. Puis il serra brièvement la main du détective et le quitta en sachant parfaitement qu'il ne le reverrait jamais.

59

Samedi 27 décembre, 12 h 34

Biscotte découpa le steak de sa grand-mère et lui rendit son assiette. Du coin de son œil valide, il l'observa trier les morceaux de viande (selon un principe qu'elle était seule à connaître), en choisir un et l'amener à sa bouche...

Le moment était venu.

« Qu'est-ce que tu dirais de déménager, Maddie ? »

La vieille femme releva la tête avec une lenteur de grand mammifère. « Tu veux me mettre dans une maison de retraite ?

— Non, on déménagerait dans un truc plus grand, tous les deux. Enfin, tous les trois, avec Flower. Si elle revient un jour.

— Je ne peux plus demander d'argent à personne, Biscotte. Je dois déjà 130 dollars à mademoiselle Higgins.

— Justement. Si je te dis ça, c'est parce que j'ai eu une prime de Noël au travail. Une prime exceptionnelle. »

De ses dents de devant, la vieille femme mastiqua son bout de viande puis sembla se souvenir de quelque chose.

« Tu ne m'as pas dit qu'on t'avait licencié ?

— Si, mais ça n'empêche pas. C'est calculé sur toute l'année, les primes exceptionnelles. Comme j'ai travaillé jusqu'au 6 décembre, j'y ai droit moi aussi. »

Maddie sembla convaincue.

« Alors, je pourrai peut-être rendre à mademoiselle Higgins une partie de ce que je lui dois. »

Biscotte eut envie de rire. « Tu pourras la rembourser complètement. C'est une grosse prime. C'est pour ça qu'ils l'appellent prime exceptionnelle. »

Il lui donna le temps de digérer l'information, puis en remit une couche. « J'ai vu une baraque sur Internet. Un truc bien, tu vois, avec des vraies chambres. Tu ne serais plus obligée de dormir dans le canapé. Y a un jardin, aussi.

— Un jardin, c'est rare, à Roselle.

— En fait, c'est pas à Roselle. C'est en Géorgie. Tu as toujours dit que tu voulais y retourner.

— C'est vrai.

— C'est au sud de Columbus. Vers le canyon de Providence. Tu nous y avais emmenés, tu te souviens ? »

Elle avait décroché. Juste après « Columbus ». D'un coup, la voix de son petit-fils s'était diluée dans l'environnement sonore. Seules les images colorées du *Juste prix* pouvaient retenir son attention, pour quelques minutes encore. Son cerveau avait amorcé sa phase de déconnexion qui culminerait, après le repas, avec la sieste dans le grand fauteuil. À son réveil, deux heures plus tard, elle se souviendrait de toutes les informations qui lui avaient été données, jusqu'à « Columbus ».

Ce qui était bien avec sa grand-mère, c'est qu'il pouvait lui raconter à peu près n'importe quoi. Elle ne s'étonnait plus de rien. Il aurait pu lui dire qu'il avait gagné cet argent à la tombola ou même qu'il l'avait trouvé dans la rue, elle l'aurait probablement cru. Le risque, c'est qu'elle en aurait parlé à mademoiselle Higgins qui lui aurait expliqué qu'il était parfaitement impossible de trouver plus de 300 000 dollars dans les rues de Roselle. L'histoire de la prime exceptionnelle, elle, ne serait pas remise en question, même par mademoiselle Higgins.

Ce qu'il ne pourrait pas lui raconter, c'est comment il s'était réellement procuré cette petite fortune. Jamais il ne lui confierait ce qui s'était passé au Mayfair le soir du 7 décembre. D'ailleurs, il ne s'en ouvrirait à personne.

N'était-ce pas ironique ? La chose la plus extraordinaire qu'il avait faite de sa vie, celle qui le rendait le plus fier et dont il aurait tellement aimé se vanter, il serait obligé de la garder pour lui.

60

Dimanche 7 décembre, 16 h 44

« ... Vers 3 heures du matin, quand tout le monde dort, tu sors par l'entrée de service. Il n'y a pas de caméra de ce côté-là. C'est une porte qui ne s'ouvre que de l'intérieur. Je serai là. Je t'attendrai, dans la caisse, quelque part dans la rue. Tu as compris ?

— Il faut vraiment que j'y aille, mec, l'autre va revenir.

— Tu as compris ce que je t'ai dit ? »

Biscotte a déjà raccroché.

Sans attendre, il se rue sur la penderie, récupère la valise, la jette sur le lit. Puis il attrape le sac Wilson et le vide dans la valise. Dans le bas du placard, il trouve trois paires de chaussures de ville qu'il place au fond du sac. Par-dessus, pour les camoufler, il dispose le plaid tombé avec l'argent et les lingots. Il soupèse le tout. L'illusion est parfaite : impossible, au poids, de faire la différence. Il remet le sac où il l'a pris, referme la valise et, son magot sous le bras, quitte la chambre, puis l'appartement.

Sur le palier, il trouve facilement l'escalier de service, signalé par le symbole universel des sorties de secours. Alors que la porte de l'escalier se referme derrière lui, celle de l'ascenseur tinte puis s'ouvre. David réapparaît au moment où Biscotte quitte la scène. Le filleul d'Irving ne voit rien. Ça s'est joué à une seconde.

Cet escalier, c'est un peu les entrailles de l'immeuble. Il jouxte la cage d'ascenseur dont le mécanisme ne s'arrête jamais vraiment. Le bruit y est permanent, comme dans un ventre. En bas des marches se dresse une porte opérée par une barre transversale. Biscotte l'actionne le plus doucement possible et passe la tête de l'autre côté.

La cave est éteinte, et pourtant on y voit clair. La lumière provient d'une pièce, un peu plus loin, sur la droite, qui doit être la laverie. Difficile de dire, à une telle distance, si quelqu'un s'y trouve. *A priori*, non : aucune voix, aucun bruit de machine ne s'en échappe.

Biscotte avance prudemment dans le couloir. Il fait froid, bien plus que dans l'escalier. Le sol et les murs sont recouverts de la même peinture gris souris, si brillante qu'on la dirait fraîche. Un délicieux parfum de propre flotte dans l'air, un mélange presque planant de produits d'entretien, de lessive et d'adoucissant...

Ding !

L'ascenseur, à nouveau.

Biscotte pousse la première porte qu'il trouve sur sa droite et entre, sans avoir la moindre idée de l'endroit où il met les pieds.

« *Papi, me oyes ? Arrr, mobile de mierda...* »

Une femme est sortie de l'ascenseur. Une hispanique, au téléphone. Sa voix dit qu'elle est plutôt jeune.

« *Papi, llámame in five, OK ?* »

Elle longe le couloir.

Dans son refuge, Biscotte tend l'oreille. Le silence qui suit est abrégé par le bruit d'une pièce de 25 cents tombant dans une machine. Il y en a un second, un troisième, et alors le grondement crescendo d'un moteur de sèche-linge se fait entendre. La fille vient de lancer un cycle de séchage. Biscotte comprend qu'il en a pour un moment.

Ses yeux se font à l'obscurité, sa cachette se révèle petit à petit. Une armoire forte, des étagères, un établi. Des clefs à molette suspendues, un petit pot de peinture entamé, des tournevis dans une boîte en métal Folgers « classic roast ». Il se trouve dans le local de l'intendant. Ce n'est pas une bonne nouvelle. Ces gens-là n'ont pas d'heure. Un dimanche après-midi, il y a des chances pour que celui du Mayfair se trouve dans l'immeuble. Il peut débarquer à tout moment.

Biscotte se retient de sautiller. Il s'adosse contre l'armoire forte, croise les bras et regarde autour de lui. Il serait bien embêté s'il devait se cacher dans cette remise, il n'y a aucun endroit où se planquer. Derrière la porte, peut-être, mais on le repérerait tout de suite…

Il consulte l'heure sur son téléphone : 17 h 12. Il a envie de fumer mais, étrangement, n'y pense pas. Il observe un pied de lampe en céramique cassé en deux sur l'établi, puis promène son regard au-dessus, sur le panneau de liège où divers outils sont accrochés par famille et par taille.

Très vite, son attention se porte sur une feuille de papier punaisée dans le coin, en bas à gauche. Une moitié de feuille A4 fixée proprement, dans le sens de la hauteur. C'est une liste. Une liste de numéros de téléphone utiles.

Il allume la lampe torche sur son portable et s'approche du document. Y figurent les coordonnées de l'hôpital de Lenox Hill, de la fourrière de Manhattan, du service de déneigement de la ville de New York, les numéros des réparateurs de l'ascenseur, des laveurs de fenêtres, d'un restaurant chinois sur la Troisième avenue... Comme ça, toute une page. La liste provient d'un ordinateur mais certains noms ou numéros, qui ont changé depuis son impression, ont été corrigés à la main. C'est ce détail qui l'interpelle.

61

Dimanche 7 décembre, 17 h 15

Les orphelins de la police, il n'y croit plus – où est-il écrit qu'ils possèdent des lingots ? Et, évidemment, la prestation de David n'a fait que conforter ses doutes. Nando s'est servi de Pickwick et de lui pour cambrioler l'appartement d'un mec friqué, ni plus ni moins. L'histoire des orphelins, c'est un bobard qu'il leur a raconté pour qu'ils ne soient pas tentés de se barrer avec le magot.

Biscotte l'a compris un peu tard, c'est dommage. Nando l'attendra à sa sortie du Mayfair, il n'aura pas d'autre choix que de lui remettre la valise.

À moins que...

L'idée lui est venue en découvrant la liste des numéros utiles. C'est un peu dingue, assez risqué, mais ça peut marcher. Il suffit de se concentrer et d'avoir un peu de chance (chance et concentration, deux points faibles de Biscotte)...

À la lumière de sa lampe torche, il parcourt la liste de haut en bas en faisant glisser son index sur le papier. Son doigt s'arrête sur la ligne indiquant les coordonnées d'un réparateur de lave-linge :

Réparation lave-linge, Star Wash Repair : (718) 564 13 82.

Il attrape un stylo-bille noir sur l'établi, retient son souffle et, d'un trait, biffe le numéro de téléphone. Puis, juste au-dessus, en s'inspirant du style des chiffres déjà corrigés manuellement, il inscrit son numéro de portable.

Il recule un peu, contemple son faux.

Il faudrait que l'intendant soit vraiment balaise pour se souvenir qu'il n'a jamais corrigé le numéro de Star Wash Repair. Et, en cas de doute, il lui sera bien difficile d'en déduire que quelqu'un d'autre s'en est chargé – dans quel but ferait-on une chose pareille ?

Une bonne nouvelle n'arrivant jamais seule, la fille de la laverie se barre au même moment. Biscotte l'entend récupérer ses vêtements dans le sèche-linge puis appeler l'ascenseur dont la porte s'ouvre en émettant son fameux tintement. Il laisse passer dix secondes par précaution et sort du local.

La planque indiquée par Nando se trouve sur la gauche, avant d'arriver à la laverie. C'est une pièce minuscule, tout en longueur, au fond de laquelle se trouve une douche qui devait autrefois servir à l'intendant. Aujourd'hui, l'arrivée d'eau n'est plus reliée à rien et le bac est encombré de mouches mortes. L'endroit est plutôt flippant. Il est clair que, sans une bonne raison, personne ne viendra pousser cette porte grinçante, ni tirer ce rideau couvert de poussière et de toiles d'araignée...

La laverie, en comparaison, est d'un luxe extravagant. Une grande pièce blanche, éclatante de propreté, qui semble avoir été refaite il y a peu de temps. Tout a l'air neuf. Les quatre machines à laver sagement alignées sous le règlement intérieur encadré, les deux sèche-linge empilés l'un sur l'autre sur le mur voisin, la fontaine d'eau froide et chaude, dans un coin. Même le plafond suspendu donne l'impression d'avoir été posé la veille.

Biscotte regarde sa montre. 17 h 40. En s'aidant de ses doigts, il compte les heures qui le séparent de minuit... Plus de six heures ! Il doit passer plus de six heures dans la salle de douche tout droit sortie d'*American Horror Story*. C'est monstrueux, mais il n'a pas le choix.

18 h 22

Les sèche-linge font un bruit plus agréable que les machines à laver. Un cycle de sèche-linge coûte 75 cents et est plus court qu'un cycle de machine, qui coûte 1 dollar.

19 h 05

Un crocodile traverse la cave à toute vitesse, fait irruption dans la salle de douche et fonce droit sur Biscotte, qui ouvre les yeux, suffoquant... A-t-il crié ? Et si quelqu'un, dans la laverie, l'avait entendu ? Non, le silence règne autour de lui...

Il regarde sa montre. 19 h 05. Il a dormi moins longtemps qu'il ne pensait.

20 h 20

Il tuerait pour une portion de *fish and chips*.

21 h 17

Il décide de dresser la liste des présidents américains, en partant du dernier. Ça l'occupera un bon moment. Il dit « Obama » et sèche... Qui était président avant Obama ? L'autre, là, qui jouait du saxo. Il voit en pensée le visage de l'acteur Bill Pullman et réalise qu'il se goure complètement. Putain, mec, il ne connaît qu'un seul président américain !

Il se promet, si son plan réussit, d'apprendre par cœur la liste des présidents et des vice-présidents depuis l'année de naissance de Maddie, 1943.

22 h 07

Et s'il sortait maintenant par l'entrée de service ? Qu'est-ce qui l'en empêche puisqu'il n'y a pas de caméra de ce côté-là ? Impossible. Il faut absolument que le bonhomme à la caisse pourrie le récupère à sa sortie du Mayfair. Qu'il le récupère les mains vides. Qu'il pense que le magot lui a échappé. Qu'il n'en doute pas une seconde.

23 h 06

Des pas, lourds mais soutenus, de l'autre côté de la porte. Un frottement d'étoffe, une respiration. Un homme passe dans le couloir. Silence, puis un claquement se fait entendre : le couvercle d'une machine à laver refermé sans ménagement. Après quoi, l'homme éteint la lumière dans la laverie et s'en va, en repassant devant la salle de douche... Biscotte ne courra pas le risque de rallumer la laverie. Tant pis, il fera ce qu'il a à faire en s'éclairant avec son téléphone.

23 h 19

Plus personne ne viendra. C'est pour cette raison que l'intendant ou le doorman est descendu éteindre. La laverie n'est plus fréquentée le dimanche après 11 heures du soir, surtout dans ce genre d'immeubles, où ce sont les domestiques qui s'occupent du linge.

Il se lève doucement, sort de la douche, s'étire. Le noir le rassure, étrangement, il se sent protégé, moins exposé. Son téléphone en mode lampe torche, il pénètre dans la laverie. Il se poste devant une des machines à laver et la regarde, immobile, comme s'il cherchait la réponse à une énigme qu'elle venait de formuler. Puis il s'accroupit, s'empare de l'appareil par-devant et, en reculant, le déplace d'une vingtaine de centimètres. Il se relève, se rapproche du mur et, de là, promène son rayon lumineux sur l'arrière de la machine, où il dénombre quatre points de vis.

Aussi naturellement que s'il avait été chez lui, il retourne dans le local de l'intendant, d'où il rapporte une boîte de tournevis. Il débranche la machine à laver et, en s'éclairant de son portable coincé dans sa bouche, en dévisse l'arrière. Deux grosses vis qu'il n'avait pas remarquées lui donnent un peu de mal, mais il y arrive. Le fond se détache, l'intérieur de la machine lui est révélé.

Sa mission est délicate : il doit occasionner un problème technique que l'intendant ne pourra pas résoudre seul. Or ce dernier est forcément bricoleur. Plus bricoleur que Biscotte qui ne saurait pas monter une porte de placard.

Il a sous les yeux un parpaing en béton, dont la fonction est probablement d'empêcher la machine de se déplacer quand le tambour est lancé. À gauche de ce parpaing, un truc en plastique blanc qui ressemble à une boîte Tupperware. À droite, un truc en fer qui ressemble à un moteur de tondeuse. De la tondeuse s'échappe un faisceau de fils électriques relié à une pièce en plastique jaune, une sorte de prise qui a la forme et pratiquement la taille d'une petite brique de Lego. Elle lui plaît bien, cette pièce. Elle a l'air à la fois simple et rare. Sophistiquée. Le genre de trucs qui ne se trouvent pas dans n'importe quel magasin de bricolage, qu'il faut commander. Et puis, elle paraît facile à enlever.

Boosté par sa trouvaille, il prend d'abord des photos de ce qu'il a sous les yeux – elles pourraient bien lui être utiles. Puis, à l'aide d'un petit tournevis plat, il désengage un à un les huit fils électriques reliés à la brique...

Voilà, c'est aussi simple que cela. Il a dans la main le petit bout de plastique qui fera de lui un homme riche. Il le glisse dans sa poche de pantalon puis, sans perdre de temps, revisse l'arrière de la machine, la remet en place et rebranche la prise. Il retourne dans l'atelier, range la boîte à tournevis là où il l'a trouvée et revient dans la laverie, où il doit encore planquer la valise.

Rien de plus facile. Un enfant saurait comment faire. Du haut de son mètre quatre-vingt-quatorze, il n'a même pas besoin de grimper sur quoi que ce soit. Il éclaire le plafond suspendu, au-dessus de sa tête, lève le bras et soulève un des panneaux. C'est du polystyrène, léger comme tout, presque fragile. Il attrape la petite valise et la glisse délicatement dans l'ouverture. Là, il éclaire la fontaine, sur sa droite, et se met à compter. La valise se trouve à cinq panneaux en partant du mur, dans l'axe de la fontaine. En se forçant à mémoriser ce chiffre, il remet en place la plaque qu'il a soulevée...

Il a fini.

Nando lui a recommandé de sortir à 3 heures du matin, ce qui lui laisse trois heures, qu'il passera dans le bac aux mouches mortes.

En y prenant place, quelques minutes plus tard, il ressent un coup de barre monstrueux. Il programme l'alarme de son portable pour 2 h 50. Puis il se recroqueville, pose la tête contre le mur et prend conscience de l'énormité de la situation. Il y a 160 000 dollars et six lingots d'or planqués dans le faux plafond de la pièce d'à côté. Il a plutôt intérêt à y revenir.

62

Mercredi 17 décembre, 7 h 33

Et il y était revenu. Pas aussi vite qu'il aurait voulu, c'est vrai. Ross, qui avait essayé de réparer le lave-linge lui-même, avait laissé passer dix jours avant de l'appeler. Dix jours ! Autant dire que Biscotte, qui s'attendait à un coup de fil dans les vingt-quatre heures, s'était fait à l'idée de ne jamais revoir sa petite valise grise. Seulement, il ne faut jamais cesser d'espérer. Son portable avait fini par sonner un beau matin, vers 7 h 30, alors qu'il se trouvait en pleine phase de sommeil intermédiaire.

Ross avait laissé un message à son image, c'est-à-dire professionnel, sans la moindre trace de sentiment : « Ross Hardy, intendant du Mayfair, 69 Est 79e rue. J'ai un problème avec une Speed Queen. Y a plus de contact. Vous pourriez me rappeler ? » Biscotte s'était exécuté en se faisant passer pour un certain Al (en référence au chanteur Al Green qui, s'était-il dit, ne pourrait que lui porter chance) et une intervention avait été programmée le jour même, à 14 heures.

Sur place, tout s'était passé comme dans un rêve. Sa femme ayant trouvé un bout de verre dans sa part de pizza, Ross avait dû partir en urgence. Ce fut Louis, le plus cool des doormen, qui accueillit Biscotte. Avant de s'en aller, l'intendant avait trouvé le temps de pondre deux pages sur la panne du lave-linge, deux pages complètement inutiles que le faux réparateur lut de bout en bout, dans le hall, sous le regard protecteur de Louis.

La laverie était déserte et la valise toujours à sa place dans le faux plafond. Biscotte mit billets et lingots dans une caisse à outils empruntée à son frère, sortit de sa poche son petit sésame en plastique jaune et, sans se départir d'un calme qui le surprit lui-même, « répara » la machine à laver. Avant de partir, il fit un tour dans le local à poubelles, où il jeta la petite valise du père d'Irving dans un grand bac noir. En tout, l'opération lui prit moins de cinq minutes.

Dans le hall, il annonça au doorman que le problème était résolu et que l'intendant ne recevrait pas de facture, « la garantie couvrant ce genre d'interventions » (phrase qui le rendait particulièrement fier). « OK, doc ! » répondit Louis, qui n'avait jamais vu un dépanneur aussi heureux.

Dans la rue, il avait envie de danser, de s'agripper aux arbres, d'embrasser tous ceux qu'il croisait. Il avait 300 000 dollars dans sa caisse à outils ! Oui, 300 000 dollars, il avait vérifié sur Internet le prix d'un lingot d'or... Il n'aurait plus jamais besoin de travailler !

Nando avait tort : il n'était pas bête, Biscotte. Il n'avait pas été scolarisé, c'est différent. Il était souvent stone et parlait mal, ça n'avait rien à voir avec l'intelligence. Quelqu'un de bête n'aurait jamais eu l'idée de remplacer le numéro de Star Wash Repair... D'ailleurs, comment l'avait-il eue, cette idée ? Il s'était posé la question plusieurs fois, sans vraiment trouver de réponse. Le ciel, les étoiles, son ange gardien et d'autres choses encore tout aussi magiques avaient certainement leur part de responsabilité. Mais pas autant que les dizaines de milliers d'heures que, dans sa vie, Biscotte avait passées devant la télé, à bouffer des *Experts*, des *NCIS enquêtes spéciales* et autres rediffusions de *Columbo*...

« Je le crois pas », répétait-il en hochant la tête, dans le métro qui le ramenait à Roselle. Dans la rame pratiquement vide, un détail attira son attention. Des inscriptions sur les sièges alignés en face de lui. Sur six d'entre eux était tagué le mot « Malchance » et, sur le septième, celui qui se trouvait le plus à droite, « Chance »... Des larmes se mêlèrent à son sourire... Malchance, malchance, malchance, malchance, malchance, malchance, chance... Putain, mec, c'était l'histoire de sa vie !

63

Mardi 4 novembre, 15 h 12

Il était en retard, mais comme Constance le serait aussi, ce n'était pas grave. C'est un fait qu'on est souvent en retard aux rendez-vous pris longtemps à l'avance ou à ceux donnés près de chez soi. Et celui-là tombait dans les deux catégories.

Constance. Sa plus fidèle amie. Et l'une des rares encore en vie. Ils se voyaient moins qu'avant, moins régulièrement, mais toujours au même endroit. Le bar du Four Seasons, 57e rue. Pour une raison principalement : Constance, que la garde de sa mère grabataire empêchait de sortir le soir, détestait la lumière du jour – et, au Four Seasons, elle était filtrée par d'épaisses persiennes. On y était plongé dans des ors et des rouges étourdissants, tout ce qu'il y a de plus artificiel et excellent pour le moral.

Irving arrivait généralement en premier et s'empressait de commander les boissons : un White Russian pour lui et une Margarita « *tequila reposado* » (les serveurs savent ce que ça veut dire) pour son amie. Le temps que les cocktails se préparent, Constance apparaissait et bredouillait l'une des trois excuses suivantes :

– « Maman » (cette dame ayant 95 ans, inutile d'en dire plus, « Maman » suffisait).

– « Impossible de mettre la main sur ma deuxième chaussure, tu ne sauras jamais où je l'ai retrouvée ! »

– « J'ai doublé ma dose de Nembutal hier soir sans le vouloir et je viens seulement de me réveiller. »

Irving lui faisait comprendre par une mimique que toute justification était inutile (il avait tellement de plaisir à la voir) et enchaînait en la félicitant pour le choix de sa tenue ou de son parfum.

La complimenter sur autre chose était devenu impossible. Quiconque aurait loué sa mine, par exemple, l'aurait forcément fait au second degré, avec une arrière-pensée ou par pure méchanceté. Sa peau, sur tout son corps (visage compris) semblait aspirée par son squelette. Elle avait les cernes de quelqu'un qui avait commencé à abuser des psychotropes à l'époque où Marilyn Monroe vivait encore (les deux femmes avaient d'ailleurs été voisines pendant quelques mois, au milieu des années 1950). Et elle avait un problème majeur de cheveux, devenus si rares qu'ils semblaient flotter au-dessus de sa tête et, de plus en plus, lui donnaient l'air de faire partie du casting figuration de *The Walking Dead* (quand elle bâillait, particulièrement).

Pour tout dire, si elle avait longtemps été gâtée par la nature (une belle Anglaise mystérieuse, à la Virginia Woolf), le temps l'avait marquée au point qu'aux extrémités de la journée (le matin au réveil et le soir au coucher), on pouvait facilement la prendre pour un homme.

Le compliment donnait un coup de fouet à tout le monde et la conversation s'élançait. Au bout d'une heure, sous l'effet de l'alcool, l'œil droit de Constance se mettait à tourner légèrement dans son orbite. C'était généralement le moment où Irving soliloquait sur ses amours passées (en mélangeant noms, dates et anecdotes). Le vieil homme finissait par se taire, fixait du regard l'entrée du bar et se perdait dans ses souvenirs, tandis que son amie tentait de résoudre son problème oculaire en donnant de petits coups de tête saccadés sur sa gauche.

Le tout se terminait peu après par un « happening ». Constance se mettait à chanter de sa voix triste et lasse ou Irving se lançait dans une imitation désopilante de Carol Channing. Une fois, ils avaient précipitamment quitté le bar pour se rendre (complètement ivres) au Metropolitan afin de vérifier la couleur de la robe de Mrs Hammersley dans le tableau de Sargent. Une autre, Irving s'était endormi, la tête renversée sur la banquette (il revenait de voyage). Pas question de le réveiller. Constance avait attendu un long moment avant de s'éclipser, tout simplement.

Ce jour-là, exceptionnellement, Irving arriva après son amie. Il lui expliqua qu'en ouvrant son courrier, en sortant de chez lui, il avait trouvé une lettre qui l'avait chamboulé : une invitation à un salon du jouet ancien qui se déroulait à la fin du mois à Austin.

Constance l'observa un instant, paupières mi-closes.

« Le Texas, quelle horreur !

— Ce n'est pas le Texas qui me... »

Irving cligna nerveusement des yeux.

« Jack Pallard. Tu sais, Jack Pallard, qui s'est suicidé au printemps. À moins que ce ne soit Bob, Bob Morrison. Je ne sais plus, peu importe. L'un d'eux, en revenant d'Austin, il y a deux ou trois ans, m'a dit qu'il y avait vu Serge. Il était serveur dans un restaurant.

— Mon Dieu quelle horreur, lâcha Constance, comme s'il s'agissait d'un seul mot.

— Je me doutais bien que tu n'apprécierais pas. »

Irving laissa voguer son regard devant lui.

« Seulement, je repense à lui, ces derniers temps.

— À nos âges, penser au passé est une occupation à plein temps, que veux-tu.

— Je sais. Mais là, c'est différent. Il ne s'agit pas seulement de nostalgie. Je me dis que j'aimerais le revoir. Le revoir pour (tu vas dire que c'est stupide, je te connais)... pour lui dire au revoir... Au revoir et merci.

— Merci de quoi ? De t'avoir pourri la vie quand vous étiez ensemble ? De t'avoir traité de "vieille pédale juive" en public ? De m'avoir volé des boucles d'oreilles ?

— C'était un homme très perturbé, tu le sais bien. Son père le réveillait en pleine nuit pour lui faire creuser des trous dans la terre.

— Il l'a bien fait payer à tout le monde.

— Je sais... Mais il était sur mon chemin.

— Qu'est-ce que ça veut dire, ça ? »

Irving regarda son amie dans les yeux.

« Qu'il est l'un des êtres que j'ai le plus aimés dans cette vie. »

Constance jeta l'éponge.

« Va au Texas dire au revoir à Frenchy, va.

— Et merci, insista Irving. Au revoir et merci.

— Vas-y, tu me raconteras.

— Le souci, vois-tu, c'est que je ne connais pas le nom du restaurant. Et d'ailleurs, il a peut-être quitté Austin depuis. Il a très bien pu rentrer en France.

— Ou mourir.

— Ça m'étonnerait, il était jeune.

— Oui, mais bourré de vices. »

Sur ce, sans raison apparente, Constance attrapa son sac à main, le posa sur ses genoux et en sortit son poudrier.

« Il y a un truc qui permet de savoir où sont les gens et ce qu'ils font.

— Un truc ?

— Un programme, dans les ordinateurs, dit-elle, en commençant à se repoudrer.

— Un programme dans les...

— C'est mon coiffeur qui m'en a parlé, tu veux que je l'appelle ? »

Elle disparut dans un nuage de poudre. Irving se pencha vers la table pour éloigner les cocktails.

« Dis-moi d'abord comment ça marche.

— C'est comme un bottin, si tu veux. Un bottin amélioré qui donne plein d'informations sur les gens : où ils habitent, ce qu'ils font... (Elle rangea son poudrier dans son sac et en sortit son tube de rouge à lèvres.) Et même ce qu'ils mangent.

— C'est fascinant », commenta Irving, en observant son amie se peinturlurer.

Au même moment, le serveur, un grand gay avec des cicatrices d'acné plein la figure, se montra à leur table.

« Tout se passe comme vous voulez ?

— Vous tombez bien, Oliver, dit Constance en rangeant son rouge à lèvres. Comment s'appelle ce programme dans l'ordinateur qui permet de savoir ce que les gens font et où ils sont ? C'est comme un bottin, avec des photos. »

Ce n'était pas extrêmement clair mais le serveur pensait savoir : « Les Pages Jaunes ?

— Mais non, fit la vieille femme, en haussant les épaules. Il y a *Face* dans le mot.

— Facebook ?

— LE FACEBOOK ! hurla-t-elle (si fort qu'Irving sursauta). Vous savez l'utiliser ?

— Bien sûr. »

Oliver regarda autour de lui et sortit son téléphone de sa poche. « Normalement, on n'a pas le droit ici, mais...

— Notre cher Irving voudrait savoir si l'une de ses connaissances vit toujours à Austin, vous pensez que le Facebook pourrait nous renseigner ?

— Peut-être. Comment s'appelle cette personne ?

— Serge Meursault », répondit timidement Irving, avant d'épeler Meursault. S'entendre prononcer ce nom de famille après tant d'années lui donna le vertige.

« À Austin, Texas ?

— Exactement. Enfin, c'est justement ce que j'aimerais savoir : est-ce qu'il se trouve toujours à Aus...

— Il y a un Steve Meursault qui travaille au Golden Leaf à Austin », coupa Oliver en collant son smartphone sous le nez d'Irving.

Le vieil homme releva ses lunettes, plissa les yeux et approcha le visage de l'écran, si près qu'il le toucha presque du nez. Il y distingua la photo peu avantageuse d'un homme en chemise hawaïenne qui, apparemment, se teignait les chev...

« C'est lui », lâcha-t-il, d'une voix blanche, en reculant sur la banquette.

Constance se jeta sur le téléphone.

« Pouah ! » fit-elle en découvrant la photo, comme si elle entrait dans des toilettes publiques très sales.

Oliver récupéra le smartphone et, ravi d'avoir trouvé une excuse pour utiliser Facebook au travail, se promena sur la page de Serge.

« Vous voulez que je le poke ? » finit-il par demander à Irving.

Le vieil homme, bouleversé par ce qu'il venait de voir, posa sur le serveur un regard hébété.

« Je ne comprends pas le sens de cette question. »

64

Samedi 29 novembre, 22 h 34

« Constance ?
— Irving ?... *Non, mère, recouchez-vous, ce ne sont pas les sirènes, c'est le téléphone...*
— Tu dors avec ta mère ?
— Bah, oui, depuis longtemps. Nous partageons la même chambre... *C'est Irving, mère. Irving Zuckerman. Oui, vous l'avez rencontré. De nombreuses fois...* Irving, pourquoi tu m'appelles aussi tard ?
— Excuse-moi, je ne me suis pas rendu compte.
— Qu'est-ce qui se passe ? Où es-tu ?
— À Austin, dans les toilettes du restaurant où travaille Serge. Je m'y suis réfugié pour t'appeler. Ah, c'est affreux.
— Quoi ? Il est mort ?
— Non, non, il est vivant, et il est là. Seulement, il ne m'a pas reconnu. Tu penses, ça fait trente ans ! Cet homme que j'ai tellement aimé et qui n'a pas la moindre idée de qui je suis, ça fait mal au cœur, tu sais...

— Non, il n'habite pas Wimbledon. Vous mélangez tout, mère. Irving habite à Manhattan. Pardon ? Oui, nous aussi... Irving, qu'est-ce que tu attends pour lui parler ?

— Je ne peux pas.

— Bois un coup et va lui parler.

— Je ne peux pas, je te dis ! Je suis venu avec Charles et Robyn Carter, des gens charmants mais qui voteront certainement pour Jeb Bush à la prochaine élection. Ils seront horrifiés s'ils comprennent que je m'intéresse au serveur... Je me disais que je pourrais peut-être lui faire passer un mot.

— Laisse quelque chose.

— Hein ?

— Quand j'étais petite, on nous lisait un manuel de bonnes manières destiné aux jeunes filles. Et je me souviens qu'il conseillait aux demoiselles qui voulaient attirer l'attention d'un garçon de faire semblant d'oublier quelque chose après le premier rendez-vous. Un foulard, un mouchoir. Comme ça, si le garçon ne la recontactait pas, ce n'était pas humiliant. Tu n'as qu'à faire ça. Tu laisses quelque chose derrière toi.

— C'est astucieux... Seulement je n'ai pas de foulard. Et j'ai un mouchoir, mais il est sale.

— Irving, je ne peux vraiment pas rester.

— Oui, je comprends, excuse-moi, je ne me suis pas rendu c...

— *Non, mère, laissez ça et recouchez-vous ! Je le ferai, moi, je vous l'ai dit, j'irai vider ce pot. Pardon ? Je sais bien qu'il est plein.* »

65

Lundi 29 décembre, 11 h 49

Elle revoyait Antonia.
Cet événement avait mis de côté tous les autres, écarté ses angoisses, écourté ses insomnies. Elle reprenait confiance en elle, retrouvait foi dans l'existence. Elle n'était plus obsédée par la police qui, d'ailleurs, ne s'était pas manifestée (c'est bien simple, elle n'avait plus entendu parler de monsieur Irving depuis l'article du *New York Times*). L'argent manquait ? Elle avait mis des affichettes au supermarché pour trouver du travail le lundi. Son appartement était moche ? Elle repeindrait bientôt sa cuisine, toute seule, comme une grande.

Comme il l'avait promis, Frank avait parlé à sa mère, laquelle avait appelé sa sœur le soir même. Les deux femmes avaient passé une heure cinquante-sept au téléphone. L'affaire de la yaourtière rapidement évacuée, elles avaient décidé de se revoir et avaient passé un après-midi, chez Antonia, à boire du chocolat chaud et à pleurer. Elles s'étaient retrouvées, le lendemain, pour aller voir les vitrines de Macy's, bras dessus bras dessous, comme au bon vieux temps. Et elles avaient même fêté Noël ensemble, en compagnie d'une bonne partie de la famille (moins Frank qui avait un gros rhume).

Ce jour-là, elles avaient prévu de se retrouver à 14 heures, pour aller changer un haut qu'Antonia avait acheté dans un centre commercial et qui la boudinait. Il était aussi question d'une manucure dans une des boutiques voisines (Gaby avait un coupon de réduction).

Mais avant cela, elle devait s'occuper de Carmen.

Ou, plutôt, s'en débarrasser.

Tout se passait bien avec la chienne. Ç'avait même été une révélation pour Gaby, cette harmonie entre elles deux. Elle qui ne s'était jamais intéressée à sa personnalité avait découvert un animal aimant, intuitif, un peu féerique. D'ailleurs, depuis qu'elle l'avait recueillie, elle ne pleurait pratiquement plus et n'avait pas une seule fois pensé à se suicider.

Seulement, financièrement, c'était impossible. Depuis la mort de Zuckerman, elle devait composer avec 500 dollars de moins par mois et ne pourrait tenir à ce rythme avec une bouche de plus à nourrir, fût-ce celle d'une petite chienne. Le sac de croquettes premier prix chez Buy'n Save coûtait 7,49 dollars et il lui faisait cinq jours, ce qui représentait 50 dollars de dépenses mensuelles. Du délire, quand on en gagne un peu moins de 1 000.

Elle avait bien essayé de la placer autour d'elle, mais c'est à croire que les mémères du quartier s'étaient passé le mot : toutes trouvaient la chienne craquante, certaines proposèrent même de la garder quand Gaby s'absentait, mais il n'était pas question d'adoption. L'une invoquait un Alzheimer précoce, l'autre son prochain déménagement dans le Colorado, « région beaucoup trop froide en hiver pour ce genre de chiens », une troisième faisait semblant de ne pas comprendre ce que Gaby lui demandait.

L'annuaire lui avait fourni les coordonnées d'un refuge pas très loin de chez elle mais il était fermé. Définitivement. Elle en avait trouvé un autre, pratiquement à la limite avec le Connecticut, et s'y était rendue avec Carmen. Deux heures et demie de transports en commun pour apprendre qu'elle pouvait y laisser la chienne à condition de s'acquitter d'un droit de dépôt de 120 dollars et de frais de dossier de 50 dollars, auxquels, jusqu'à l'adoption, s'ajoutaient des frais de garde hebdomadaires de 70 dollars...

Désespérée, elle avait décidé de contacter David, projet qu'elle trouvait toujours le moyen de remettre à plus tard (l'épilogue de leur dernière rencontre y était probablement pour quelque chose).

Et puis, complètement par hasard, en sortant de la pharmacie de son quartier, elle avait rencontré le père Francisco, un des curés de Notre-Dame-du-Saint-Sacrement, sa paroisse. Elle lui avait parlé de Carmen et le prêtre s'était montré réceptif (il faut dire qu'elle avait évoqué son projet d'aller perdre la chienne dans les Adirondacks dès qu'il ferait un peu moins froid). Il lui avait proposé de passer à l'église le lundi suivant, avec le carlin.

Elle attendait depuis vingt minutes dans la sacristie, Carmen à ses pieds, quand le père Francisco se montra. C'était un homme exquis, d'une grande délicatesse de cœur et de gestes. Il avait un visage pâle et allongé de jeune prince.

Il s'excusa pour son retard, pria Gaby de rester assise et se baissa pour caresser Carmen.

« Vous savez, Gabriela, que le Seigneur a mis cet animal sur votre chemin pour une raison qu'il vous appartient de découvrir.

— Si je la garde, l'une de nous deux ne pourra pas manger à sa faim, mon père. C'est aussi simple que cela. »

Il se releva, la chienne dans les bras.

« Quel adorable petit être.

— Elle est très gentille. Très joueuse.

— Que des qualités. »

Il marcha jusqu'au centre de la pièce et déposa la chienne sur l'un des coins d'une grande table en chêne impeccablement cirée.

Gaby, restée sur sa chaise, tendait la tête dans leur direction. « Vous pensez que vous pouvez m'aider ?

— Vous n'avez pas l'air dans la souffrance, Gabriela. Je dirais même qu'au contraire vous rayonnez.

— Vous avez raison, je ne souffre plus. Enfin, moins. Je revois ma sœur, Antonia, alors qu'on ne se parlait plus depuis deux ans. »

Cette nouvelle fit la joie du père Francisco qui sourit de plus belle. « Je vais la prendre, pour vous soulager. Je pense que je n'aurai pas trop de mal à lui trouver des maîtres parmi les paroissiens. C'est un petit chien, c'est une chance. Avec un gros, ç'aurait été plus difficile.

— Je ne sais pas comment vous remercier.

— En n'en parlant pas autour de vous. Je ne tiens pas à ce que cette sacristie se transforme en refuge.

— Je ne dirai rien, à personne. »

Le prêtre promena ses longs doigts blancs sur l'encolure du carlin. « Comment s'appelle-t-elle ?

— Carmen. »

La chienne réagit en remuant les oreilles.

« Carmen... Elle appartenait à votre employeur, c'est ça ?

— Un de mes employeurs, oui. Il est décédé au début du mois. C'est son filleul qui me l'a confiée.

— Te voilà donc orpheline », dit le prêtre à la chienne.

Il l'impressionnait, c'était visible.

« Vous connaissez son âge ?

— Pas exactement. Je sais qu'elle n'est pas jeune. Le filleul du propriétaire devait passer me donner ses papiers mais il ne l'a jamais fait. Il faudrait que je l'appelle mais je n'en ai pas envie. »

Le curé ne réagit pas. La négativité glissait sur cet homme comme l'eau sur les plumes de canard.

« Vous savez si elle est tatouée ?

— Je pense, oui.

— Et vous savez ce qu'il y a, là-dedans ? »

Il désignait le petit étui suspendu au collier de Carmen.

« Non, je n'ai jamais regardé. »

Sans rien répondre, Francisco entreprit de défaire le collier – un collier de star, en cuir rouge, orné de petits fers à cheval métalliques.

« C'est marrant, ce deuxième collier.
— Pardon ?
— Sous son collier, il y en a un autre. Noir, très joli. »

Gaby approcha, vit le deuxième collier, mit la main devant la bouche et regagna sa place.

« Tout va bien, Gabriela ?
— Très bien, mon père. »

Ça n'avait pas l'air. On aurait dit que son visage s'était vidé de son sang. Et sa poitrine s'élevait et s'abaissait à un rythme inquiétant.

« Vous voulez un verre d'eau ?
— Non, je vous remercie. »

Elle inspira profondément.

« Je viens de penser à quelque chose... Antonia, ma sœur... Je la vois tout à l'heure... Je vais lui proposer de prendre la chienne... Je ne sais pas pourquoi je n'y ai pas pensé avant. »

Elle se leva pour se rasseoir aussitôt. Ses jambes ne la soutenaient pas.

« Vous la reprenez ?
— Oui ! » s'empressa-t-elle de répondre.

Le prêtre remit son collier à Carmen et la rendit à Gaby.

« Je voudrais rester assise un moment, si ce n'est pas trop vous demander.
— Aussi longtemps que vous voudrez.
— Je suis désolée de vous avoir fait perdre votre temps.
— Ne vous excusez pas. Vous ne m'avez pas fait perdre mon temps puisque je vous ai aidée à comprendre.
— Comprendre ?
— La raison pour laquelle notre Seigneur a mis cet animal sur votre route.

— C'est vrai.
— C'est plus clair, maintenant ?
— Absolument. »
Il marcha jusqu'à la porte.
« Allez en paix, Gabriela. Continuez à répandre l'amour du Seigneur autour de vous. Et restez en contact avec votre sœur, cela vous réussit.
— J'y veillerai. Merci, mon père. »
Elle le regarda sortir puis elle observa la chienne, couchée sur ses cuisses. Elle avait 685 000 dollars autour du cou, personne ne s'en doutait, ne s'en était aperçu. Comment était-ce possible ? Comment les perles avaient-elles pu se retrouver là ?
Gaby réfléchit un moment et conclut qu'elle ne pouvait pas répondre à toutes les questions qui se posent, surtout quand elles sont aussi difficiles.
Alors, elle se pencha lentement en avant et se contenta de déposer un baiser sur le crâne de l'animal.

66

Lundi 1ᵉʳ décembre, 6 h 54

Dans l'avion qui le ramenait à New York, *USA Today* lui apprit qu'on était le 1ᵉʳ décembre. 1ᵉʳ décembre, l'anniversaire de Serge. Décidément... Il quitta le journal des yeux, tourna la tête vers le hublot et, en observant Philadelphie passer en contrebas, réalisa qu'il était contrarié.

Abandonner son téléphone au restaurant avait été une erreur, il l'avait compris la veille au soir en rassemblant ses affaires dans sa chambre d'hôtel. Le Golden Leaf n'avait pas cherché à le joindre et, lorsqu'il appelait son portable, il tombait sur sa messagerie. Il avait pensé retourner au restaurant mais il était fermé le dimanche. Et puis, il aurait eu l'air malin : « Hello, Serge ! J'ai oublié mon téléphone ici samedi soir. Tu vas rire : je l'ai fait exprès, dans l'espoir que tu me recontacterais... »

Quelqu'un avait trouvé le portable et l'avait gardé pour lui. Un serveur mexicain, probablement. Il n'y avait plus qu'à en demander la résiliation... Merci, Constance ! Merci pour ce conseil stupide ! Il aurait été tellement plus simple de faire passer un mot à la fin du dîner...

Quoique. Il n'était plus certain d'avoir envie de le revoir. Se retrouver face à lui samedi soir avait, d'un coup, ravivé le passé. Il se rappelait les tensions, les crispations, la noirceur du personnage, sa toxicité... Les ruptures, à l'instar de la mort, nous font enjoliver les êtres. Comment avait-il pu tomber si facilement dans les pièges du souvenir ? Avait-il à ce point besoin d'un compagnon ? Finalement, c'était bien Constance qui avait raison, elle qui avait de Serge une si piètre opinion.

« Tu es un aigle, et lui un serpent qui s'entortille autour de tes pattes pour t'empêcher de voler », avait dit Jack Pallard, à l'époque. Irving y repensait, trois décennies plus tard, en traversant LaGuardia, sa valise à roulettes à la main. Lui était un être de vie et d'énergie, d'action et de succès, encore capable à son âge de se lever aux aurores pour prendre un avion sans en éprouver de fatigue. Rien à voir avec ce personnage fuyant, grimé, mensonger (teinture et musculation). Ce n'était pas un hasard si trente ans ou presque s'étaient écoulés sans qu'ils se croisent. La vie savait qu'ils n'avaient rien à faire ensemble.

Il ne le reverrait jamais, se dit-il, en entrant au Mayfair, et s'en sentait léger, libéré. L'avenir lui apparaissait comme un ciel lavé de tout nuage. D'ailleurs, il faisait un temps superbe à Manhattan ce matin-là.

Chez lui, il fit fête à sa chienne, vit qu'elle avait vomi dans la chambre, prit une douche, se prépara un café, vérifia si son filleul avait mangé des chouquettes, lut son courrier dans le salon et, dans son bureau, découvrit la lettre de David, qui lui procura une joie disproportionnée. Non parce qu'elle dressait l'inventaire de son coffre, mais parce qu'elle lui rappelait qu'il était invité, le dimanche suivant, aux fiançailles de Laurie Sanchez, ce qui lui était évidemment sorti de la tête.

Rien ne pouvait lui faire plus plaisir. On l'invitait encore. Il *importait* encore. À 76 ans ! Et puis, Laurie était une belle personne, vraie et attachante – mélange miraculeux à ce degré de fortune et de privilèges. Une jeune femme qu'on avait envie de fêter, de voir heureuse.

Il voulut tester la nouvelle combinaison sans attendre, déplaça les volumes de l'encyclopédie sur l'étagère et entra les chiffres sur le clavier. Le coffre s'ouvrit normalement, tout était au point, David à son habitude avait bien fait les choses.

Au moment de le refermer, il eut envie de revoir le collier. Ça lui arrivait régulièrement, sans qu'il prenne jamais le temps de le faire. Il sortit le bijou de son écrin et passa un moment à le contempler, face à la fenêtre. Jamais les perles noires au reflet bleu nuit ne lui parurent plus belles, plus bienfaisantes. Sans parler de leur fermoir en argent serti de rubis, un chef-d'œuvre à lui seul. Impossible d'en détacher le regard. La beauté apaise, peut-être même soigne-t-elle.

Le hasard voulut que la chienne entre dans la pièce au même moment, se poste aux pieds de son maître et lève la tête pour contempler le bijou elle aussi.

En la voyant, Irving fit le lien entre les trois choses qu'il avait à l'esprit et eut la vision de Carmen portant les perles de Jackie aux fiançailles de Laurie. Un carlin portant le bijou d'une première dame ! Ce serait tellement drôle, tellement chic ! On en parlerait, c'est sûr... Encore fallait-il que le collier soit à sa taille...

Il attrapa sa chienne et la posa sur le bureau. L'animal se figea instantanément, comme si le moindre mouvement compromettait son existence. Les mains tremblantes d'excitation, son maître lui retira son collier rouge pour lui passer le nouveau... qui lui allait comme un gant – Jackie avait donc le même tour de cou qu'un carlin obèse ? Peut-être la serrait-il un peu. Difficile à dire tant les bourrelets étaient épais autour de son cou. Les perles noires sur le pelage sable étaient, en tout cas, du plus bel effet.

À l'autre bout de l'appartement retentit le carillon. Carmen sauta sur la chaise, puis de la chaise sur le sol, avant de filer en jappant. Irving regarda sa montre : 8 h 12. C'était Trich, à coup sûr, la promeneuse de chiens. Elle avait une clef (que le doorman lui confiait) mais signalait son arrivée, comme il lui était demandé. Il referma le coffre, remit les livres en place et rejoignit la jeune fille dans l'entrée.

Trich, qui ne savait jamais s'il se trouvait chez lui, était heureuse de le voir. Elle appréciait cet homme, le moins compliqué de ses employeurs (de loin). Dans le vestibule, elle lui fit un compte-rendu des promenades du week-end qu'il eut un mal fou à écouter. D'abord, il avait une totale confiance en elle (tout se passerait bien, quoi qu'il arrive) et, surtout, il ne parvenait pas à détourner son attention de l'énorme bouton rouge qu'elle avait sur le bout du nez, aussi visible qu'un gyrophare sur un camion de pompiers.

Il s'éclipsa dès qu'il put pour retourner dans son bureau. Carmen, le collier de perles, les fiançailles de Laurie, tout ça lui était sorti de la tête. Il repensait au téléphone qu'il avait laissé à Austin. Avant de demander la résiliation de la ligne, il voulait s'assurer une dernière fois que le Golden Leaf n'avait pas appelé les Carter (un des moyens que le restaurant avait d'entrer en contact avec lui). Et, dans ce but, il se mit à chercher la carte de Charles qu'il avait quelque part, dans ses poches ou dans ses tiroirs…

Pendant ce temps, dans le couloir, Trich se demandait comment elle pourrait bien s'y prendre pour attacher la laisse au nouveau collier de Carmen. Un très bel objet, certes, mais pas du tout pratique : on n'y trouvait pas de boucle et il paraissait trop fragile pour y accrocher directement le mousqueton. Exaspérée (d'autant que la chienne, impatiente de sortir, faisait des tours sur elle-même en commençant à se répandre sur la moquette), Trich se gratta le bout du nez et, décidée à demander de l'aide à Irving, se rendit dans le cabinet de travail, où elle l'avait vu partir. Il n'y était pas mais, heureuse coïncidence, elle y trouva l'ancien collier du carlin.

La jeune fille s'en saisit et releva la tête. La voix d'Irving, au téléphone, résonnait dans l'appartement. Il demandait aux renseignements téléphoniques le numéro d'un abonné à Austin. On percevait, à son ton, qu'il n'était pas ravi d'avoir affaire à un système de reconnaissance vocale. Trich se voyait mal l'interrompre pour lui demander si elle devait enlever le joli collier avant de remettre l'ancien.

Que ferait Susan Sarandon ? L'étudiante se posait la question chaque fois qu'elle était confrontée à ce genre de dilemmes (depuis qu'elle avait vu *Thelma et Louise* avec vingt ans de retard, l'actrice était devenue pour elle un modèle en toutes choses). D'abord, Susan Sarandon éviterait de se gratter le bout du nez à chaque accès d'anxiété car elle savait que ça ne pourrait qu'aggraver le problème. Et puis elle ne se prendrait pas la tête : elle remettrait son ancien collier à la chienne sans toucher au nouveau et sortirait rapidement de l'appartement où Irving, de plus en plus exaspéré, s'égosillait à épeler le nom « Carter ».

Dont acte. Carmen retrouva son collier rouge, que sa taille et sa largeur firent rapidement recouvrir le bijou. Et c'est ainsi qu'elle passa les vingt-huit jours qui suivirent avec deux colliers et 685 000 dollars autour du cou.

L'été suivant

« Tu te rends compte qu'elle lui a fait la gueule pendant dix jours avant de lui cracher le morceau ! Pendant dix jours, Frank s'est demandé pourquoi elle ne lui parlait plus. Il se disait que c'était de sa faute, vu qu'à l'époque il faisait pas mal d'heures sup pour remplacer des collègues malades. Il pensait qu'elle le soupçonnait d'infidélité. »

Les lèvres carmin d'Antonia formèrent un O devant la paille de son smoothie, avant de se reprendre : « Et elle ne lui a dit qu'après l'accouchement ! Tu ne crois pas qu'il aurait été plus simple de lui avouer au début de la grossesse ? »

Gaby observait sa sœur, interdite.

« Mais alors, ce marmot, il est de qui ?

— Du type avec qui elle avait une histoire. Un podologue de l'hôpital où elle travaille. Heureusement, il était célibataire. Enfin, divorcé. Sans enfants, Dieu soit loué. Elle s'est installée chez lui en sortant de la maternité. Il a un pavillon à Elmora Hills. Ça, c'est mieux que le Montevista ! Elle a gagné au change, je peux te dire !

— C'est pour ça que Frank ne donnait pas de nouvelles.

— Il m'avait demandé de ne rien dire. De faire comme si tout était normal, le temps qu'il se remette. Il ne voulait pas que les gens s'apitoient. J'ai tenu parole, qu'est-ce que tu veux, c'est mon fils et je n'en ai qu'un.

— Pauvre Frankie... Je vais l'appeler. »

Antonia tira brièvement sur sa paille.

« Écoute, il n'a pas l'air trop malheureux. Il passe de plus en plus de temps à Austin, où il parle de s'installer. Un copain lui aurait trouvé un travail dans un hôtel, mieux payé qu'au TripleTree. Ça m'embêterait, bien sûr, mais comme je lui ai dit je préfère le savoir heureux au Texas que malheureux au bout de la rue. »

Gaby approuva, se cala dans son fauteuil et se perdit dans la contemplation du paysage, de l'autre côté de la vitre. Du vert, à perte de vue, ondulant comme la mer. Ses mains se mirent à malaxer l'encolure de Carmen, allongée sur ses cuisses. Elle adorait ce moment qu'elle passait avec sa sœur le samedi matin dans les salons du club pendant que leurs hommes répétaient leur swing dans le practice.

« C'est nouveau ? »

Antonia avait posé la main sur la manche du haut que portait sa sœur, un boléro de velours noir aux boutons dorés. Le genre de tenue dont s'émerveillent les petites filles.

Gaby fit oui de la tête.

« Tu es magnifique », reprit sa sœur.

Il est vrai qu'elle n'avait plus grand-chose à voir avec celle qu'elle était quelques mois plus tôt. Elle s'habillait, se maquillait, rendait visite à un coiffeur qui avait mis au point le « blond Gaby », aux reflets roux, miel et cendrés. Elle avait troqué sa paire de lunettes en plastique à la branche scotchée contre une monture Gucci aux branches dorées, d'énormes verres fumés qui évoquaient ironiquement ceux que portait Jackie O. lorsqu'elle se promenait incognito dans les rues de New York. Ses ongles étaient longs, soignés, et elle avait comme nouvelle habitude d'en jouer contre les verres et les tasses. Elle faisait penser à une secrétaire de direction des années 1970, à l'épouse choyée d'un parrain de la mafia. En la voyant, on avait envie de l'enlacer, de poser la tête au creux de son cou et de ne plus bouger, de seulement respirer son parfum que l'on devinait doux et chaud, sucré et poudré.

« C'est fou, ce qui t'est arrivé ces derniers temps, dit Antonia. L'argent et l'amour, coup sur coup.

— Ce n'est pas l'argent qui rend heureux », répondit discrètement Gaby.

Sa sœur, perplexe, hocha la tête, puis elle se tourna vers elle. « Je n'ai pas trop compris comment vous vous êtes rencontrés. Vous vous connaissiez déjà, c'est ça ? »

Gaby, qui lui avait déjà raconté qu'elle avait touché « une somme colossale » en gagnant son procès contre Saint-Luke, s'était promis de ne plus lui mentir.

« Oui, enfin, on ne se connaissait pas vraiment. On se croisait régulièrement dans le métro. On n'échangeait jamais plus qu'un sourire. Et, un jour (le jour où j'ai appris que j'allais devenir riche), je ne sais pas pourquoi, j'ai pensé à lui. J'ai décidé que, la prochaine fois que je le verrais, je l'inviterais à prendre un chocolat. Et c'est ce qui s'est passé. »

Évidemment, ce n'était qu'une partie de la vérité. Elle ne lui dirait pas que, quand elle l'avait abordé, Regis passait huit heures par jour à taper sur une caisse en bois à la station Main Street, ni qu'il était à la rue depuis plus de cinq ans (enfin, pas tout à fait à la rue puisqu'il dormait dans sa voiture).

Elle ne lui dirait pas parce que ça n'avait pas d'importance. Ce qui comptait, c'était l'homme qu'elle voyait, sentait, devinait au-delà de son apparence, depuis tout ce temps. Le compagnon tendre et attentionné, le batteur accompli qui, bientôt, se produirait à nouveau dans une formation de jazz, l'incorrigible optimiste qui disait à qui voulait l'entendre que tout pouvait changer du jour au lendemain. Ce qui comptait, c'était le baiser qu'il déposait sur son front pour la saluer le matin et les airs qu'il lui fredonnait le soir avant de s'endormir. *I'll be seeing you, in every lovely summer's day...*

Nando ? Il était doué pour certaines choses, comme se rendre en Europe pour y livrer un collier et se faire payer sur un compte aux Caïmans. Et sa générosité n'était pas une légende : prétextant qu'il n'avait pas de dépenses, il s'était attribué un pourcentage ridicule sur ce que le bijou leur avait rapporté. Mais, pour le reste... La dernière fois qu'elle l'avait eu au téléphone, il exultait parce qu'il avait truqué le bingo loto du Sunnyside et était sûr de remporter le gros lot, une boîte de pâtes de fruits, 56 pièces, 7 parfums. Puis il lui avait parlé de gratin de salsifis pendant vingt minutes. Elle comprit qu'il ne s'intéresserait plus aux femmes. Peut-être pensait-il moins souffrir en se passionnant pour la nourriture. Ou peut-être perdait-il la boule, tout simplement.

Frank, lui, s'installa bien à Austin, où il devint un *escort boy* très demandé. Il voyait ses clients en semaine dans les grands hôtels et se produisait le week-end au Ricky's, un populaire club de strip-tease. Il faisait de la musculation, surveillait son alimentation et prit même goût aux soins de peau. Tout cela sous la protection de Serge, bien entendu, dont il apprit à apprécier la compagnie autant que les talents de manager. Quand il lui arrivait de déprimer, il pensait à son pouvoir d'achat et retrouvait rapidement le sourire. L'un de ses clients réguliers, un fabricant de moteurs pour machines agricoles basé dans l'Oklahoma (évangéliste, républicain, père de cinq enfants), s'éprit bientôt de lui au point de faire ériger un « hommage à sa beauté », une espèce de manoir très cher et hideux, dans la banlieue de Tulsa. Mais c'est avec Jolene, serveuse dans un restaurant de gaufres tout près du Ricky's, qu'il fila le parfait amour. Ce joli brin de fille, à qui les activités de son homme ne posaient aucun problème, prit même des cours de pole dance dans l'espoir de devenir elle-même stripteaseuse. Projet auquel elle renonça rapidement, après un test de grossesse positif. L'échographie révéla qu'elle attendait des jumeaux, une fille et un garçon. Frank ne fut jamais plus heureux.

Le neveu de Gaby resta en contact avec Biscotte qui, lui aussi, avait déménagé. Jamais il ne questionna l'origine des fonds qui avaient permis à son ami d'acquérir une grande demeure à retaper dans la région de Colombus (peut-être, avec le temps, se douta-t-il de quelque chose). Biscotte passa de longues semaines dans un rocking-chair, sous le porche, à fumer en observant les ouvriers tirer des câbles ou préparer un enduit. Un beau jour, il se souvint de la promesse qu'il s'était faite le soir du 7 décembre et monta dans sa chambre, sous les combles, pour y apprendre le nom de tous les présidents américains depuis 1943. Ce qui lui prit cinq semaines, au terme desquelles il décida d'enchaîner avec les présidents précédents (depuis l'Indépendance jusqu'en 1943). Deux mois. Suivirent les cinquante États américains (et leurs capitales), le tableau périodique des éléments (affreusement difficile) et la filmographie d'Eddie Murphy (pour se reposer du tableau périodique). Quelques années plus tard, il se retrouva sur le plateau de *Qui veut gagner des millions ?* où il lui fut notamment demandé : « Quel est le poids exact d'un lingot d'or ? » Sa solide culture générale lui permit de remporter ce soir-là un peu plus que le butin du Mayfair. Son seul regret : que Maddie ne soit plus là pour assister à son triomphe. C'est à elle qu'il pensait sous la pluie de confettis blancs et rouges pendant le générique de fin.

David Forman, quant à lui, eut beaucoup moins de chance. Irving, qui avait légué l'appartement de New York à sa sœur, la villa de Sands Point à une fondation et la Jaguar au neveu de Constance, avait cru bien faire en laissant à son filleul une huile de Klimt dépassant le million de dollars. Mais les ayants droit de l'artiste contestèrent la légalité de l'acte d'achat original et, après plusieurs mois d'une bataille juridique intense, récupérèrent le tableau. David, qui s'était lourdement endetté pour payer ses avocats, réalisa que la mort d'Irving, loin de lui rapporter quoi que ce soit, l'avait mis sur la paille. Très éprouvé, il partit se ressourcer au Nouveau-Mexique.

Là, comme si elles s'étaient liguées pour l'empêcher de tourner la page, plusieurs personnes le contactèrent coup sur coup pour lui parler de son parrain. Lynn Richardson, qui vivait en face du Mayfair, affirmait avoir vu un grand Noir sur le balcon du quatrième étage le soir du 7 décembre. « Je l'ai vu, je vous dis, je ne suis pas dingue ! » Un vieil homosexuel prétendait, lui, avoir aperçu Irving, quelques heures avant sa mort, dans un bar de la 58e rue, accompagné d'un jeune homme « très très beau ». Une folle se mit aussi à le harceler : lors d'une séance de spiritisme, complètement par hasard, elle était entrée en relation avec Zuckerman qui la pressait de révéler au monde qu'il n'était pas mort dans sa voiture mais dans la salle de bains de sa villa de Sands Point...

Ces témoignages n'avaient évidemment aucun sens. N'empêche, ils ébranlèrent David qui finit par penser qu'un complot se tramait contre lui. Il passa plusieurs mois enfermé dans une chambre d'hôtel, au bord d'une autoroute, à boire dès le réveil. Puis il se rapprocha d'un groupe de parole lié à la scientologie à laquelle il était sur le point de se convertir quand il fut agressé à l'arme blanche en pleine rue alors qu'il allait acheter des cigarettes. Un déséquilibré lui porta vingt-deux coups de couteau, apparemment sans raison. On s'en émut (il y eut même un article dans *Vanity Fair*, intitulé « La chute du beau David Forman ») et on l'oublia... Aux dernières nouvelles, il n'avait pas recouvré l'usage de ses jambes. Il travaillait dans un bureau de poste de la banlieue de Tucson et était devenu obèse.

Le téléphone d'Antonia vibra discrètement.

« Ils nous attendent au restaurant », dit-elle en découvrant le message qu'elle avait reçu.

Gaby se leva prestement. « J'espère qu'il y aura du prosciutto. Le même que la semaine dernière. »

Elles rassemblèrent leurs affaires et prirent le chemin de la sortie.

Près de la porte, une employée du club passait un balai à franges sur le parquet vernis. Une jeune femme, maigre mais plutôt jolie. Indienne, ou peut-être sri-lankaise. Elle portait la blouse bleu pâle et le tablier blanc des femmes de chambre dans les hôtels.

Antonia passa devant elle sans la voir.

Gaby, elle, ralentit en arrivant à sa hauteur.

« Comment allez-vous, aujourd'hui ? » lui demanda-t-elle en posant la main sur son bras.

L'autre lui répondit par un sourire d'une douceur infinie.

J'AI LU

11800

Composition
FACOMPO

*Achevé d'imprimer en Espagne
par BLACKPRINT CPI IBERICA
le 4 avril 2016.*

Dépôt légal avril 2016.
EAN 9782290133569
OTP L21EPLN002037N001

ÉDITIONS J'AI LU
87, quai Panhard-et-Levassor, 75013 Paris

Diffusion France et étranger : Flammarion